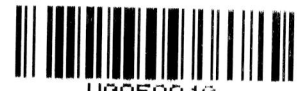

泉州文庫

選堂題

（清）施世綸 著
陳忠義 點校

南堂詩鈔

泉州文庫整理出版委員會
商務印書館

前　言

泉州建制一千三百多年，爲中國歷史文化名城和古代海外交通的重要港口。“比屋弦誦，人文爲閩最”，素稱海濱鄒魯、文獻之邦。代有經邦緯國、出類拔萃之才，歐陽詹、曾公亮、蘇頌、蔡清、王慎中、俞大猷、李贄、鄭成功、李光地等一大批傑出人物留下了大量具有歷史、文學、藝術、哲學、軍事、經濟價值的文化遺産。據不完全統計，見載於史籍的著作家有一千四百二十六人，著作多達三千七百三十九種，其中唐五代二十九人三十二種，宋代二百人三百九十一種，元代二十一人四十種，明代五百三十六人一千五百八十五種，清代六百四十人一千六百九十一種；收入《四庫全書》一百一十五家一百六十四種，《四庫全書存目叢書》五十六家七十四種，《續修四庫全書》十四家十七種。二〇〇八年國務院頒布第一批國家珍貴古籍名録，屬泉人著述、出版者十三種。

遺憾的是，雖然泉州典籍贍富，每一時代都有一批重要著作相繼問世，但歷經歲月淘汰、劫難摧殘，加上庋藏環境不良，遺存至今十無二三，多成珍籍孤本。這些文化遺産，是歷史的見證，是泉州人民同時也是中華民族的寶貴文化財富，亟待搶救保護，古爲今用。

對泉州地方文獻的搜集與整理，最早有南宋嘉定年間的《清源文集》十卷，明萬曆二十五年《清源文獻》十八卷繼出，入清則有《清源文獻纂續合編》三十六卷問世。這些文獻彙編，或已佚失，或存本極少。二十世紀四十年代，泉州成立“晋江文獻整理委員會”，準備整理出版歷代泉人著作，因經費短缺未果。八十年代，地方文史界發起研究“泉州學”，再次計劃編輯地方文獻叢書，可惜後來也因爲各種條件的限制，其事遂寢。但是這兩次努力，爲地方文獻叢書的整理出版做了準備，留下了珍貴的文獻資料和書目彙編。

二〇〇五年三月，中共泉州市委、泉州市政府决定將地方文獻叢書出版工作列爲國民經濟和社會發展第十一個五年規劃的一項文化工程。翌年,正式成立“泉州地方典籍《泉州文庫》整理出版委員會”,着手對分散庋藏於全國各大圖書館及民間的古籍進行調查搜集,整理出《泉州文庫備考書目》二百六十七家六百一十四種,以後又陸續檢索出遺漏書目近百家一百八十餘種。經過省内外專家學者多次論證,最後篩選出一百五十部二百五十餘種著作,組成一套有一定規模、自成體系、比較完整,可以概括泉人著作風貌、反映泉州千餘年文化發展脉絡的地方文獻叢書,取名《泉州文庫》,二〇一一年起陸續出版發行。

整理出版《泉州文庫》的宗旨是:遵循國家的文化方針政策,保護和利用珍貴文獻典籍,以期繼承發揚中華民族優秀文化傳統,增進民族團結,維護國家統一,提高民族自信心和凝聚力,加强社會主義核心價值體系建設,增强文化軟實力,爲泉州的物質文明和精神文明建設服務。

《泉州文庫》始唐迄清,原著點校,收録標準着眼於學術性、科學性、文學性、地域性、原創性、權威性,具有全國重要影響和著名歷史人物的代表作優先。所録著作涵蓋泉州各縣(市、區),包括金門縣及歷史上泉州府屬同安縣,曾在泉州任職、寄寓、活動過的非泉籍人氏的作品,則取其内容與泉州密切相關的專門著作。文庫採用繁體字横排印刷,内容涉及政治、經濟、歷史、地理、哲學、宗教、軍事、語言文字、文化教育、文學藝術、科學技術等領域,其中不乏孤稀珍罕舊槧秘笈,堪稱温陵文獻之幟志。

值此《泉州文庫》出版之際,謹向各支持單位、個人和參加點校的專家學者表示誠摯的感謝!由於涉及的學科和内容至爲廣泛,工作底本每有蛀蝕脱漏,加之書成衆手,雖經反復校勘,但限於水平,不足或錯誤之處還是難免,敬請讀者批評指教。

泉州地方典籍《泉州文庫》整理出版委員會

二〇一一年三月

整理凡例

一、《泉州文庫》（以下簡稱“文庫”）收録對象爲有關泉州的專門著作和泉州籍人士（包括長期寓居泉州的著名人物）著作，地域範圍爲泉州一府七縣，即晋江（包括現在的晋江市、石獅市、鯉城區、豐澤區、洛江區）、南安、惠安（包括泉港區）、同安（包括金門縣）、安溪、永春、德化。成書下限爲一九四九年九月以前（個别選題酌情下延）。選題内容以文學藝術、歷史、地理、哲學、政治、軍事、科技、語言教育等文化典籍爲主，以發掘珍本、孤本爲重點，有全國性影響、學術價值高、富有原創性著作優先，兼及零散資料匯總。

二、每種著作盡量收集不同版本進行比較，選擇其中年代較早、内容完整、校刻最精的版本爲工作底本，并與有關史籍、筆記、文集、叢書参校，文字擇善而從。

三、尊重原著，作者原有注釋與説明文字概予保留。後來增加者，則視其價值取捨。

四、凡底本訛誤衍漏，增字以［　］表示，正字以（　）表示，難辨或無法補正的缺脱文字以□表示，明顯錯字徑直改正，均不作校記。

五、凡底本與其他版本文字差異，各有所長，取捨兩難，或原文脱訛嚴重致點讀困難，或史實明顯錯誤者，正文仍從底本，而於篇末校勘記中説明。

六、凡人名、地名、官名脱誤者，均予改正，訛誤而又查不到出處之人名、地名、官名及少數民族部落名同異譯者，依原文不予改動。

七、少數民族名稱凡帶有侮辱性的字樣，除舊史中習見的泛稱以外，均加引號以示區别，并於校記中説明。

八、標點符號執行一九九六年實施的國家《標點符號用法》。文庫點校循新版二十四史及《清史稿》例，一般不使用破折號和省略號。

九、原文不分段者,按文意自然分段。

十、凡異體字、俗體字、通假字,如非人名、地名,改動又無關文旨者,一般改爲通用字;異體字已經約定俗成、容易辨認者不改。個别著作爲保持原本文字語言風貌,其通假字則不校改。

十一、避諱字、缺筆字盡量改正。早期因避諱所産生的詞彙成爲習慣者不改正。

十二、古籍行文中涉及國家、朝廷、皇帝、上司、宗族等所用抬頭格式均予取消。

十三、文庫一般一册收録一種著作,篇幅小的著作由兩種或若干種組成一册,篇幅大的著作則分成兩册或若干册。

十四、文庫採用横排、繁體字印刷出版。每册前置前言、凡例。每種著作仿《四庫全書》提要之例,由編者撰寫《校點後記》,簡略介紹作者生平、著作内容及評價、版本情况,説明其他需要説明的問題。

泉州地方典籍《泉州文庫》整理出版委員會辦公室

二〇〇七年二月五日

南堂詩鈔原序

其　一

黄虞稷

余自來京師，日閉户從事史吏，多不與外人交。惟一二故鄉親友，時或過從。因宗伯雲麓富公，得識潯江施君於座上，見其循循儒雅，絶無世胄裘馬習心，竊敬之；然未知其能詩也。無何，潯江歸省其尊人元侯於故里，不相聞問者久之。人有傳其能詩者，心雖識之，然亦未得見其詩也。甲子春，潯江復來京師。至即相過晤語，後稍及詩事，間出一二章見示，心洒然異之，然終未見其全詩也。今年夏，潯江始出其全稿以相示，淵然穆然，冲融大雅，有比興之遺，得温厚之旨，然後知潯江真當世之詩人，而惜見其詩之晚也。

夫詩豈易言哉？不本於風雅，則其源不正；不出乎性情，則其境不真；不博通乎經傳子史，則其學不大。潯江少習《三百篇》，能究其指趣。於君臣師友之際，性情復能自見。讀書耽玩探索，不僅觀大意而止，宜其抒而爲詞者，意與筆俱，情與境會，非他人所可及也。

君今且出而仕矣。古之詩人，如江文通、韋應物、麴信陵輩，皆以文章著於政事。語曰："心和則氣和，氣和則政和。"君本温柔敦厚之意以敷政，豈復有競緑者哉？况君之名齋也以静。《詩》曰："我静如鏡，民動如煙。"本其衷之澄一者以鑒物，物豈有遁形也歟？吾知君且與文通諸賢媲美古今矣！因書之以爲序云。

黄虞稷楮園。

其　二

鄭纘祖

自韓昌黎序《荆潭唱和詩》,謂歡愉之辭難工,窮苦之言易好,於是天下後世之爲詩者,率多學爲幽憂感憤淒切無聊之辭,以爲非是無以道其性情而不見其佳。而天下後世之讀詩者,亦多愛其幽憂感憤淒切無聊之辭,以爲非是無以道其性情而不見其佳。孰知昌黎之爲是説,夫固有感而然,是豈不易之定論哉?余蓋讀吾友潯江之詩而得之矣。

潯江性沉静,生長公侯之家,好讀書,能爲古文詞。其於詩也,尤沉酣於杜少陵。夫少陵一詩,大而軍國朝野,細而蟲魚草木,莫不寄其忠君愛國憂天憫人之意。迄今讀其詩,猶聞愁苦歎息之聲。潯江而沉酣少陵也,宜有以激昂其氣,哀怨其音,何以其音鏘然,其氣遒然,神蒼骨秀,體高調逸,絶不假幽憂感憤淒切無聊之辭,以纏綿其筆端,而所謂幽憂感憤淒切無聊之辭,卒莫有以勝之。雖所遭之境使然,要非博古好學大肆其力於文章,亦烏能悠揚暢快若是乎?

嗟夫!難工者既工矣,易好者宜好矣,又何以窮愁困苦如余,欲求好其言而不可得,豈非才有逮有不逮歟?然則昌黎之言不見信於潯江者,潯江可以無愧古人;而其不見信於余者,余愧古人且愧潯江矣!

夫一代之興,則有一代偉人起而鼓吹休明,此亦人事之必然者。潯江行以天子命出宰方州。其自叙有曰:“虞廷賡歌,周文燕鎬,其在時之或遇乎?”潯江而無意於斯也。潯江而苟有意於斯,吾知其必能發爲大雅之音,於以鳴國家之盛,又豈徒斤斤工爲歡愉之辭已哉?顧安得起昌黎而與之共見耶?

鄭纘祖遠公。

其　三

孫在豐

余甫至海陵,其地之縉紳先生暨諸父老,咸嘖嘖稱州守施君之賢,謂昔龔、黄、召、杜之流亞也。已而久與之處，果見其敏而裕，廉而不劌。批郤導窾，恢恢乎游刃有餘地，則洵知其爲良吏矣。與之談，言論斐娓，與俗輩不同。徐出其所著詩草一帙，覽之泓然以清，蔚然以秀。其風神格律，幾幾乎登作者之堂，則又卓然一詩人也。夫以良吏而能詩者，自古迄今，所在都有。獨尊人琢公先生，以方叔、召虎之烈，立功海外，世享侯封，而施君恂恂然，弱不勝衣，以廉静之才，出入風雅之林，是則尤可異也！閩中固多詩人，如王孟陽、林子羽、趙景哲、鄭善夫諸公，在明初爲最盛。流風遺韻，漸被已久，而君適綰綬兹土。海陵之長於詩者，亦自不乏。試於聽政之暇，與孝威、仙裳諸子，覽其山川風物，以托諸咏歌，互相酬唱。所著日多，詩格亦日進。異日下輶軒之使，采詩以觀民風，海陵其先及乎？杜少陵贈嚴中丞詩有云："政簡移風速，詩清立意新。"余請移此以爲施君贈，亦庶乎其有當也已！

孫在豐屺瞻。

其　四

鄧漢儀

海陵使君施潯江先生，莅郡三載，爰裒其近作，屬余爲之序。余讀之卒業，歎曰："公之不可及也！"公以五等諸侯之苗裔，不愛茅土之封，玩好之物，衣租食税之樂，乃退而修文人之業，對策大廷，爲天子所深奬，特授知泰州。泰固名邦，漢時封親藩子弟，曾鑒茱萸灣，置倉海陵，以儲紅粟，而今稍敝。公至，不以貴淩人。一切迎送期會如常儀，又時時循井里察問父老民間諸疾苦。廉以律身，而正以率物；剛以制暴，而慈以恤孱。期月之餘，催科不煩，而蒲鞭示意。鄰邑之人，咸質虞、芮之訟，可不謂教化大行哉！公顧産乎廷禮子羽之鄉，夙諳風雅。而又久遊京雒，與諸名流折衷歷代之正變，商酌六義之指歸。今雖服官臨民，理繁治劇，而筆墨未有廢焉。凡登臨羈旅，宴飲酬贈，以及憫俗憂時，具有韋蘇州元舂陵之遺意。其質處皆華，淡處皆古，高處皆秀，愷切而深中人之心。公自有天然入妙，而非粉繪靡曼家所可望者。諸文學托乘於後車，宜無能贊一詞也！余也懶慢迂疏，不通人事。家雖乏擔石，而衡門晝掩，高卧自如。賴州大夫之賢，實叨庇蔭，且賦詩見贈，奬飾踰涯。而今更命余序其新集，草茅愚見，詎足上測高深？亦足見公之厚道誠心，而非世路形迹之可擬者矣！嗟乎！富厚崇高，雖足矜炫；而惟卓然樹立，乘天壤而光日月者，斯堪不朽。今觀公之政事，再觀於文章，余雖欲不歎爲不可及，豈可得哉？

鄧漢儀孝威。

其　五

黄　雲

天下惟至性人能竪立三不朽，豈不視乎其志哉！《書》曰："詩言志。"陸士衡《文賦》："詩緣情而綺靡。"昭明序亦云："詩者，志之所之。情動於中而形於言。"可見情因志生，詩由情作。故騷經美人香草之名，無非寄其纏綿忠孝之意，流傳不朽，非偶然也。潯江施先生喜賦詩，詩必有爲而作。顧其立志，凡人品、文章、政事，皆必欲占第一流。雖通侯貴胄，棨兼五馬，而治郡清勤，催科聽訟，常日暮不遑飲食。厨傳蕭然，一如貧士。署中舊有芙蓉閣，歲久湮廢。先生重構草屋數椽，顔曰"西園"。每退食，即讀書其中。修竹凉陰，與鬢眉相映。興來吟咏，篇帙遂多。蓋沐浴於《三百篇》、《楚辭》、漢、魏、六朝者深，故爲詩雅健蒼秀，較舍弟俞邰太史所選京師舊刻，又進一格，固仕優勤學之明驗也。余宇下治民，漁樵江渚先生，暇輒引談風月，愚父子亦絶不以片肝累人。南州之下榻陳蕃，北海之題門通德。公真古賢，余慚後勁耳。先生守泰，有赫赫名。清則冰清，敏則神敏，明則鏡明，此皆大江南北布滿口碑，不具述。大約以實心任事，以誠悃接物，以真氣揮毫，無一不出於至性。讀其詩，如見我愷悌君子、神明父母焉。戊辰獻歲，囑書齋聯，偶爲集《孝經》、《毛詩》成句："夙興夜寐，無忝爾所生；立身行道，揚名於後世。"先生曰："此吾志也！"因序新刻，並書識之。

黄雲仙裳。

其　六

高　裔

廣陵太守施君，靖海將軍之子，工詩，有吏才。初知泰州，以廉能聞於上，南廵,擢爲守。君爲人清正,無所撓屈,而恤民疾苦甚殷。數月,吏畏民懷,郡大治。余較士真州,君來謁。雅度冲素,意頗相得。既乃出其詩草,請余序。余聞閩中山水奇秀甲東南,自南宋迄明,人文争勝江左。本朝四十年來,海寇負固,變爲用武之地,人文亦稍衰微。嗚呼!風氣以人開,以人勝,其衰也由於氣運;而剥復消息之際,則天人參焉。臺灣陡絶窮海數千里外,澎湖崇厓峭舉爲門户。崩濤山立,簸嚙天地星日無涯涘。蛟鼉窟宅,萬怪訇哮出没。而賊盤踞已歷四世。其人猱捷善戰,跳盪波濤如平地。乃靖海一舉,不十日傾其巢,郡縣其地,此固天憫元元兵革之苦,欲休息之。而君之詩,清韻和厚,鼓吹風雅,又以振起其文風,則後此人文之盛,不必有讓於宋、明,蓋可知矣。余生長輦轂下,叨侍從十餘年,未嘗一經名山大川。今奉命江左,逾河涉江,偏覽吴會金陵、姑孰形勝,南窮宣、歙幽遐聳秀之觀,又自皖口渡江,歷廬、鳳、滁、和而至於此,然後歎向所吟咏,不足發其志氣。君生於閩,又熟習將軍英略,周旋旌旗壁壘,望溟渤萬里,蜃市川岳樓臺,極天下之奇觀。則其詩固别有以工者,而詩之工,何足怪也!

高裔素俟。

其　七

黄　雲

郡伯施先生三集詩刻成。其出京邸,仕江南,詩凡三變,屢變而愈上。初集風華,繼刻於海陵者沉著,至守廣陵郡刻三集,則益閎中肆外,才横而神藏,駸駸乎駕軼唐人,有獨往之概矣!余讀之歎服,人見其詩之高,而不知其沉深好學,爲積厚而發榮也。先生嘗告余曰:士君子不可一日不讀書,仕優則學聖門之訓也。其在《書》曰"學古入官,議事以制",其在《詩》曰"古訓是式"。因題一清堂退食之地,曰:但得政中暇時,親書裡人。則先生之神明好尚可知已。廣陵舊稱風雅淵藪,何水部吟梅於東閣,鮑明遠作賦於蕪城,而且文章太守歐、蘇接踵;今得先生領郡,後先輝映,足堪繼美。蓋先生之政事,卓絶一時;先生之詩賦,獨有千古。先生之勤學,不異儒素。詩已臻上乘,温柔敦厚,全得《三百篇》風人之旨。而居官夙夜祗畏,國恩待酬,庭訓是凛,氣益静,心益虚,猶日望直諒多聞之友,副其飢渴飲食之情,以圖相長其學問,豈徒以翰墨爲勳績,詞賦爲君子也哉?

黄雲仙裳。

其　八

阮旻錫

聖門分政事、文學爲兩科,然求也藝,非無文學,子游宰武城,非無政事,特以所重者言之耳。歷觀唐、宋諸詩人,有政蹟者多矣,而皆以詩擅名,如韋左司之刺蘇州,白太傅之守杭州,歐陽公之歷滁、潁而兼開封尹,蘇子瞻之任徐、杭而移定州守,多有善政可紀,而世但以詩人稱之,政事多爲文學所掩,其大較也。此其故何哉?蓋政之善者,一時邦國傳之,天下傳之,久而見諸史策,過則已焉。即後世傳之,亦指其行事,識其姓名而已。若夫詩人之集,當時之人讀而傳之,後世之人又讀而傳之,其旨趣之工,辭華之美,足以使人聞風而悦,慨然想慕,直欲師之友之,與之同堂,而晨夕不忍舍去也。此政事所以多爲文學所掩也。京兆潯江施公,工於詩者也。自其志學之年,窮經核史,性喜吟詠,不事交遊。稍壯,以勳蔭出牧海陵,歷守維揚、秣陵二郡,廵淮、徐,作藩吴、楚,入爲卿,擢京尹。公之爲政也,以廉能稱,不避權要,一以慈愛爲本。其治郡最久,除姦去蠹,儼若神明;而清操凛然,即趙清獻、海忠介不過是也!此天下所共見而共傳,而他日史官當載之名臣之列。但其所爲詩,世未盡見而盡傳之。公居官雖簿書旁午,手不釋卷,焚膏繼晷,至丙夜始休。故其詩,高峻如泰華之峙,浩蕩如江海之流,巍峩有大人氣象,堂皇具清廟遺音。而丰姿秀擢,才情横放,則風水相遭,雲煙變幻,而不可窮極,大抵得之杜、韓、蘇、陸爲多。其所刻有《潯江集》。在金陵有集,在湖南有集,入都以後又有集。其鋟布未盡,世雖知之,而無由讀之,故但以政績稱公,不知政績雖不可磨滅,而文章光燄,後來或亦掩之矣。嘗讀史,見魏鍾繇都督關中，晉王羲之爲會稽内史，皆有經濟之才，特以工於法書，世重其筆跡，稱之曰“鍾、王”，而不及其他。夫一藝之神，尚能掩其人之生平；况文章載道，又非技藝可比乎？公後日必以文學掩其政事，又何疑哉！

阮旻錫輪山。

南堂詩鈔原跋

其　一

黄泰來

閩海施公,起家通侯。尊公大將軍,冒蠻煙,觸毒瘴,跨海懸軍,克復澎湖、臺灣,竟隸版籍,使卉服文身之輩,知聖天子之威靈,行於雕題鑿齒之國。偉哉,其大丈夫得志之秋乎!夫人功蓋一世者,其爲後人,愈難求其恪守成法不替,休問稱善嗣矣!欲其克振家聲,清白自愛,天下嘖嘖稱廉吏如誦駿烈焉,豈可數數覯哉?况廉吏而詩復臻絶境者,此必不可得之數矣;而公不然。初公謁選,得海陵守,意甚不樂。或問之,曰:"海陵素被水之區,瘡痍未起,鴻雁飛鳴,莅斯土者,烏乎樂?"適吾家大阮俞郃公過焉,曰:"海陵數十年前稱沃壤,麥隴稻塍,蟹閘漁榔,紅粟相因,固不知有水患也。今雖舟楫行於皋阜之間,魚鱉游於茆屋之内,地無足取,而人文有可觀者。"因袖出愚父子詩賦而讀之。公曰:"快哉!有是詩人也可與倡酬,吾焉往而不樂乎?"及莅泰,公式廬見訪如平生交。暇時,輒招過竹下,苔蘚侵衣,琴書滿座,燈火青熒,吟興不倦,洵可樂已!公爲政特立獨行,不狥情,不枉法。父老扶杖而歌頌,以爲數百年所未見。或問公可方古之何如人?余謂:剛而直,威而寬,則汲黯其儔也;儉而約,廉而明,則劉寵其侣也;愛民無已,所至戴德,則寇恂其類也;精通經術,奬進後學,則文翁其人也;不避權勢,守正不阿,則蘇章其偶也。然古之良吏,各具一美,而公則合而有之。以實心行實政,即以真情爲真詩。每一篇出,遠近傳誦,又以爲李、杜復生。何公之才無所不可耶?抑有以立乎其詩之先,故世莫之及耶?吾竊感今之牧民者矣,庸庸碌碌,爲營私封植之計,見民之艱苦疾痛而不之救。簿書鞅掌之中,久無詩書道德之氣。望風俗之躋於古,可爲輶軒之采者,萬萬無有也!而世之言詩者，復呫嗶章句，求爲詩人而止。有能施之政治，本性情以化民者，其可得乎？乃益信公之詩，有以立乎詩之先；公之政，有以運乎政之内，其爲必傳之人無疑矣！大將軍不愈增榮顯也哉！余父子奉教於公最久，人竊疑公之與余父子交爲最奇，不知余父子不濫交一客，其孤拙之性，與公之骨鯁略相符，故公樂爲交。家俞部公聞之，當亦自樂知人之明。讀公之集，並樂大將軍之有榮施焉。

受業黄泰來交三。

其　二

徐乾學

君之尊人有大功於國家，侯封萬里。君以貴公子而能戴星長民，起家州縣，其去流俗也遠矣！君晉水人，而治於泰。閩中山川絶勝，生其地者，往往能詩。泰州枕江臂淮，有天目、羅浮之山，太子港、七星丹諸蹟，有曾肇、趙抃以文章政事顯。君之宰也，循覽山川，考古賢哲，詩之不墜忠厚和平之意，益可知也已！

徐乾學健庵。見《詩觀》選本

其　三

王復衡

數年來，聞海陵賢守施公之惠愛清廉，真所謂如漢代之潁川黄霸、渤海龔遂之風，勸耕桑而足民衣食，時時景仰慕之，而江都距海陵百里，未遑一晉見也。康熙己巳春，聖駕南巡，聞施公清如水，炯如露，特拜爲維揚太守。闔郡紳士子民，歡欣歌頌，喜得召父、杜母焉。甫下車，百姓皆樂安恬而厚鄉閭，正風俗爲之教養兼隆。因以政治之餘，以叶詠歌之雅。衡不敏，偕同學許君師六、宗君定九，敬覽《潯江詩集》與吟箋新咏，登諸名家，詩成一編。他日命太史陳詩以觀民風，閱此帙得以嘉施公清廉之品，惠愛之澤，採政治而上朝廷也。

王復衡山公。見《詩成》選本

其　　四

王文謨

讀《潯江詩集》,所謂清標特立,一境不染,湛然脱洒塵慮者也。唐人王、孟中當稱獨坐。

王文謨孚嘉。見《詩成》選本

其　　五

宗元鼎

今之少司寇富沙鄭山公夫子,往年初仕江南靖江令,多惠政。時蝗飛不入靖境,遠近莫不神之。又鹽道崔公蓮生先生守維揚,而民安田里。曩曾爲兩公選詩成《循良合集》。今太守施公治揚,值春旱,禱雨而甘霖立時沛澤焉,無不稱施公之感格,而文人見諸歌咏也。因同王君山公,梓施公一册,合鄭、崔詩成爲《循良三家》焉。夫施公莅郡,惠愛不一,而白鹿行春,隨車致雨,其政之最先者,鼎曾爲喜雨詩,附録於後:“使君禱雨雨來蘇,淮海隨車沛澤珠。萬户青煙村塢密,一犁黄犢野人扶。桔槔聲裡推車網,餉饁筐邊掛酒壺。但聽催耕與布穀,桑榆林落曉齊呼。”

宗元鼎定九。見《詩成》選本

南堂詩鈔自序

余賦性薄劣，既短於才，而學又弗力。雖志慕篇章，然欲求一言之幾於古如所稱“楓落吴江冷”而不可得，則詩豈易言哉？間嘗曠覽古人，《三百篇》尚矣，降自漢、魏、六朝，歷唐、宋以迄今兹，代不乏人。人具一家言，心聲所及，皆有不可磨滅之處。余既耽是，不樂外騖。京居之日，趨庭之暇，每瞻皇居壯麗，愧乏《帝京》之篇；日睹西山鬱蒼，慚無《終南》之作。春而花明鳥媚，秋而月朗風清，感四序之代謝，慨人事以榮枯。目觸身經，徵歌屬和。既不能忘形乎物我，又不敢以聾啞遇之。是以弗計工拙，聊學步於邯鄲，而效顰夫西子也。或曰：“詩非多讀書不可。杜少陵不云乎‘讀書破萬卷，下筆如有神’，然則，不破萬卷書不可以言詩，而子顧欲挾其詹詹一得以自衒，得毋慮有售世之譏歟？”嗟夫！余何敢言詩哉？夫豐城之劍不終於埋没者，以其有異氣也；南山之豹寧甘於藏霧者，以其有文章也。今余無豐城之異氣，而所謂霧豹之文章亦復索然。非不自知其固陋，惟是幼失問奇，長虧有造。顧餘篇而徘徊，獲一言以躑躅。方將共棄其非，又若自愛其是。去留靡决，泛泛若孤舟之隨波。是用不揣，付諸剞劂，與其哦對一室，孰若就質大方之爲得也。嗟夫！余何敢言詩哉？亦惟道余之性情云爾。雖然，《梁甫》之吟，孔明之所以寄意也；東山之咏，安石之所以興懷也。古人一吟一咏，微義存焉。若夫虞廷賡歌，周文燕鎬，其又在時之或遇乎？

康熙乙丑菊月，晉江施世綸文賢識。

目　録

南堂詩鈔卷一 前集

讀　書　吟

閉户謝送迎，心清慮更濯。正好讀我書，敢辭習誦數？今人古不如，古人去何邈？安得起古人，相對猶如昨？經史有陳編，精靈在所托。青燈夜雨寒，呼之或可作。恍然神智開，毛髮皆濡渥。聖賢道豈殊？所貴悟能卓。游泳一春深，春歸猶未覺。

咏　史

南陽有卧龍，出處高其守。人皆向孫曹，君獨扶漢后。抱膝梁甫吟，夙具經綸手。非無濟時資，三顧始回首。知音感所遇，良禽擇其偶。當思躬耕時，志豈在隴畝？

又

鳳雛未高飛，流落在東吴。冠蓋滿南州，司馬識異儒。去吴復留漢，踽蹙可長吁。竟非百里才，淹抑困泥塗。嗟哉英雄主，貌取失賢愚。安知案牘間，風雲起壯圖？

又

孤高天地中，何處非吾道？立身惟忠信，風濤可自保。金丹多愚俗，吁嗟拾瑶草。嵇康學養生，方期服食老。鍛煉成殺身，何曾顔色好？悠悠廣陵散，千載傷懷抱。

又

艷色非所恃，蛾眉誠誤身。嫫母天下貴，西施湖海人。嗟哉漢宫女，沉滅幾經春。乍得君王識，已蒙塞上塵。琵琶空留月，青草冢猶新。才華多棄置，丈夫爲酸辛。

落　日

落日薊門春,他鄉節物新。鳥啼臨陌路,花發待歸人。

春　酌

瀲灩碧溪東,桃花覆水紅。不愁春色盡,惟恐酒尊空。

海嶠喬松圖歌

日暖風多春欲暮,華堂高掛新松樹。滄江昨夜有奔雷,素壁今朝出濃霧。石老根翻島嶼垂,天陰月黑虬龍怒。我聞天台有此松,人間那得輕一顧?側耳更聽波濤聲,瞿唐灩滪相奔注。

報國寺古松歌

燕山古寺松最古,臥如龍蟠立如虎。枝幹杈枒森向人,欲伸牙爪爭搏取。有時月黑西山陰,波濤往往翻江浦。半壁雲飛勢欲摧,萬户聲中振風雨。春城日暖散晴煙,龍返深淵虎息怒。須臾變態復婆娑,矯如鳳翔與鸞舞。我來睹此意悠然,嘆息英才誰敢侮?君不見昔日軍中歌韓范,儒生可文復可武。

送人之桃源

桃源吾欲到,爲汝亦關情。今日孤笻別,春山二月程。由來將卜隱,歸去羨謀生。却念居停在,臨岐悵遠行。

春雨夜坐

閣夜雲全黑,孤鐙自照明。簷花空際落,庭草暗中生。

春盡對雨

寒雨送春去,東風滿地愁。濕花飛不起,何似客遲留。

荒寺

荒寺僧寥落,空階鳥雀稀。諸天無色相,大乘少光輝。棟宇前朝是,江山此日非。黄金鋪地盡,風雨蔽禪扉。

咏燭

分鄰嗟績婦,赴熱嘆飛蛾。孤影棲金屋,雙痕濺翠娥。刻成詩句少,秉向夜遊多。獨有匡衡者,偷光鑿壁過。

送周季眉之松江

老大飄零客,如今又早秋。未歸梨嶺去,復作泖湖遊。白浪寒風起,錦帆斜日收。别離各自遠,千里路悠悠。

游洪畏軒太常金魚池

紅亭高映緑池隈,幾度招携醉酒杯。檻外樹經新雨洗,籬邊花入早秋開。魚曾慣客隨波至,鳥解聽詩出竹來。酩酊不知歸去晚,何如昏黑渼陂回?

過友人居

閉户鳴蟬響,高人卧此中。入門清磬發,捲幔緑陰通。讀史三冬日,忘懷五柳風。頻來君不厭,談笑破虚空。

贈鄭遠公

海内似君少,高懷今子真。十年相識舊,萬里締交新。江總還家未? 仲宣歸賦頻。金尊自遣興,風起憶鱸蒓。

秋夜聽客彈琴

寒月照無寐,客來鳴素琴。清商復羽調,暗露沾人襟。落葉坐西軒,秋風過前林。蘭操怨遥夜,凄切警予心。

秋　原

日夕響原樹,鳴蟬聲悠悠。白雲在寥廓,楊柳連清秋。夜雨幾時過,麥隴青欲浮。惆悵行人少,長歌散旅愁。

惆悵詩和韻

惆悵蕭條各異居,兄南弟北十年餘。天長雲影初飛雁,木落秋聲又感余。萬嶺風煙吹鼓角,高堂晚暮倚門廬。極知魚信吞鯨浪,誰遞空中一紙書?

又

惆悵誰知南阮貧?數杯未厭入吾脣。龍光斗宿凌雙劍,豹澤文章萃一身。寤寐咏歌閒歲月,棲遲嘆息老風塵。謾誇昔日安江左,王謝今來是逸民。

又

惆悵蒼生日未蘇,南征車馬幾時無?聖朝有道疑新息,濁世何人識鳳雛?露布不聞馳壯闕,水軍猶自戰東湖。憑誰一洗瘡痍遍?倚劍長歌海月孤。

又

惆悵羈棲賦曰歸,風光轉覺舊遊非。河山回首愁如許,桑梓關心夢較違。棨戟當年惟鎮静,風波此際又危機。可憐千載勒銘地,日夕烽煙幾道飛。

秋　蟬

日夕秋聲近,蟬鳴古樹陰。因風無定響,飲露有清音。玄鬢餘殘影,清宵亦苦吟。行看紅葉路,聽爾白雲岑。

流　螢

流螢中夜飛,繞座入人衣。帶雨光難濕,因風火不稀。避明能自晦,處暗必生輝。轉盼飄零質,多因腐草微。

促　織

促織暗中吟,高堂月欲沉。淒淒無限意,切切有餘音。蕩子從軍曲,佳人憶别心。秋聲不可聽,大半在前林。

秋　雨

坐久琴書潤,莓苔上藥欄。風輕井梧落,煙重瓦松寒。暝色和愁杳,秋聲入夢殘。無人信疏懶,看取菊花團。

至日雨

獨鹿逢佳節,輕陰鎖未開。雲間雙雁去,雨裏一陽來。籬瘦濡殘菊,山芳放早梅。遥思去年日,雪覆鳳城杯。

瓶　梅

日日尋春春未回,今朝春色傍寒梅。乍逢影映青江岸,轉見身登白玉臺。高傲不曾延俗客,風流祇自羨仙才。誰知氣骨由來瘦,獨向嚴冬雪裏開?

歲暮有感

壯志親弧矢,存心愧一經。還家頭尚黑,傲世眼終青。已許人同醉,無爲我獨醒。西山催暮雪,風色夜泠泠。

又

守屈應吾道,愁吟歲暮時。誰憐彭澤酒?獨愛草堂詩。孤憤看霜劍,疏狂倒接羅。心閒從所好，難與世相宜。

送邱東侯之任平山

相送梅花下，離情灞水流。佩刀臨別路，走馬出皇州。雪白清源驛，春青望岳樓。趨庭應有日，來歲會歸舟。

又

之子去何處？東行入濟陰。江山留臘意，花柳欲春心。獨作宦遊客，誰憐歲暮吟？後時秋水至，相見復情深。

江　　柳

江柳生春早，江樓繫別情。青青臨陌路，歷歷繞邊城。細雨千門暗，斜陽兩岸平。傷心惟此樹，攀折幾回生？

落　　梅

細雨霑雲幔，花飛西復東。溷茵應莫定，開落總成空。窗影虛來月，簷香暗斷風。誰家吹玉笛？春盡滿城中。

感　　咏

松柏無冬夏，堅貞秉所獨。不與花争榮，豈與花同落？奈何世上人，別具心與目。歡彼艷冶姿，棄此棟梁木。

又

春風吹夜雨，新長桃李枝。灼灼東窗下，紛紛逞艷姿。各謂有所託，嬌冶無盡時。寧知春色去，還被風雨欺？

閨　　曉

緑窗眠裏聞啼鳥，玉鏡臺前梳曉人。試問桃花昨夜雨，不知添上幾分春。

聞　笛

東風吹柳短長亭，燕子歸來芳草青。一曲傷春山欲暮，落梅花恨滿空庭。

買　花

春來未見花，忽聞賣都市。凡花開尚早，盈筐惟桃李。愛此花開辰，買花供净几。呼童汲井華，瀉入高瓶裏。對花坐題詩，清吟夜未已。入眼漏春光，吾今且徙倚。

蝶

小鬟朝起啓園扉，偶入前堂款款飛。紅板東西眠艷冶，青樓十二領芳菲。風中柳絮驚難定，雪裏梨花落不稀。陣陣相追隔牆去，未知何處弄春輝。

春夜聽曲

急管嬌歌夜未央，清音縹緲思難忘。半遮玉面爲誰赧，細度愁眉只自傷。花影一枝呈窈窕，鶯聲百囀乍低昂。可憐斜倚銀缸立，斷盡春風久客腸。

春　遊

到來忘卻路東西，谷口人稀鳥自啼。無數桃花隨水去，雲深何異武陵溪？

惜　花

行雲急雨過城西，一夜風吹紅滿堤。惟有多情雙燕子，朝來猶自惜香泥。

同友人遊玉泉山

相邀尋勝去，我友樂相從。白練玉泉水，蒼虬寶刹松。天空聞萬籟，地迥見孤峰。深寺禪房静，繁花照古鐘。

暮春同友人尋香山碧雲諸勝

勝概連西境,閒遊出較遲。鷺飛山點雪,鶯織柳添絲。塵净諸天界,雲深祇樹枝。來迎僧問訊,惆悵負花期。

又

出寺復尋寺,西山生興豪。探奇穿洞壑,選勝坐亭皋。水氣凉疑雨,松聲瀉似濤。最欣清净地,回首夕陽高。

月　　夜

西嶺銜紅日,東方吐碧輪。有懷秋寂寞,不寐夜清新。宿鳥光難定,流螢暗自親。迢迢河漢闊,誰是泛槎人?

同黄健可書齋話别

銀燭書齋裹,子來鳴素琴。相逢誰得意?欲别轉驚心。寒月上高閣,棲烏啼舊林。明朝還世路,裘馬一冬深。

登正覺寺塔遠眺

寶洞陰陰夾壁開,層梯幾折上香臺。鈴音互答隨風轉,塔勢高懸湧地來。歷歷山光環北望,濛濛春色自東廻。登臨無限襟懷豁,獨向清溪一溯洄。

萬壽寺觀大鐘兼遊後院園林

寺外清溪柳幔開,花庭下馬復徘徊。初隨曲徑尋鐘至,忽得孤園入洞來。煙磴移時盤鳥道,石橋過處恍天台。西山日暮松風起,更欲科頭聽一廻。

落　　花

坐久看花落,飄零滿院東。難分桃與李,但見白兼紅。有恨霑春雨,無情逐曉風。莫須争倚泊，飛向紫微宫。

玉　簪　花

昨夜秋陰雨漲沙，玉簪朝插問誰家。風前挹桂香疑是，雪裹逢梅色謾誇。仙子凌波遺得種，佳人鬆髻墜成花。籬塘八月欣相向，再入重陽醉菊華。

重過西莊感舊

坡塘策馬夕陽來，寂寞西園鎖落槐。一自泛舟人去杳，空餘秋水日縈洄。

聞簫同阮疇生、鄭遠公和丁雁水樞部韻

清商日暮燕歸巢，誰使春心繫柳梢？吹徹玉關人未返，怨成金管夢難拋。秦樓月朗堪飛鳳，赤壁秋深欲舞蛟。曲盡夜闌眠未得，滿庭風竹細相敲。

對月憶家兄文御

倚檻看新月，高樓静晚輝。河邊烏鵲過，天外鶺鴒飛。艱險應誰共？音書祇自稀。不眠中夜立，時聽擣寒衣。

天　河

分明清迥夜，最顯在秋時。風起銀濤動，星廻碧漢移。顧無槎可泛，那有石堪支？天路自遥遠，空傳牛女期。

送三弟文昂

馬首經秋色，白雲千里飛。關山辭北去，鴻雁向南歸。曉月臨岐路，寒風吹短衣。此時一爲别，何日復相依？

又

十里天微曙，行行落月低。山橋迎驛馬，野店唱荒鷄。海氣連吴越，秋聲入

鼓鼙。回看花萼遠,惟見草凄凄。

奉别建侯叔

臨岐送所親,欲别轉傷神。來作三年客,歸爲萬里人。天風吹浦遠,夜月照江匀。去去家山近,秋聲海國新。

送阮疇生由江右旋里

伊人何處去?此日别孤笻。燕市悲歌壯,楚天秋興濃。山川留古意,草木信行蹤。歸路春潮發,鄉關望夕烽。

贈　别

孤帆發南國,轉棹歸征人。别離驚落葉,鴻雁滿江濱。同客十餘載,情多勝千春。爾亦遭時屈,徒步歌隱淪。豈不惜君遠?君家有老親。於義竟難留,心悲誰與陳?浮雲各南北,行路日埃塵。相思不可見,歸向夢中頻。

移　居

已擇幽居地,無營類閉關。風塵雖近市,心迹喜多閒。坐愛秋深候,吟成夕照間。何須携好友,讀史向匡山?

月夜有懷

寒氣蕭森集四鄰,海天遥掛碧峰輪。已驚秋老風吹鬢,漸覺更闌露滴身。徑有落花愁未掃,雲無來雁望何頻?不知今夜南關月,曾解相思照北人?

秋海棠

鳳城十月小春光,也許秋花鬧海棠。冷艷更憐看有色,品題未忍説無香。嬌含微雨佳人並,醉倚輕霞公子旁。睡覺碧紗窗裏月,卻疑永夜待紅妝。

銀紅菊同鄭哲象分賦

參差别種出籬東，最似桃花春不同。昨夜微霜籠細粉，今朝落月映輕紅。朱簾對客蕭疏影，畫閣依人濃淡風。除卻寒芳能潦倒，尊前無賴聽秋鴻。

新　　月

新掃彎眉倚畫樓，金閨人望學雙鈎。誰教早夜砧聲急？敲落寒光一片秋。

聞　　角

萬户霜飛落月陰，一聲聲徹動疏林。何人吹出關山調？驚盡天涯旅客心。

賦得清霜换旅衣

落葉清霜重，凉飆毒暑還。三軍思挾纊，少婦欲裝綿。轉計秋將晚，深驚客未旋。且辭絺綌去，鴻雁滿前川。

水　仙　花

歲晏憐嬌態，悠然見素心。潔根沙的的，香影水深深。配竹宜高下，依梅自古今。頻年移得汝，夜永伴清吟。

早春呈鄭遠公

竟日閒窗春晝晴，閉門讀史懶將迎。正逢谷口遷鶯語，漸聽江南歸雁聲。淑氣欲催山杏發，暖風時拂水蘋生。期君花事遥相報，莫自携尊出禁城。

長安春遊

綵仗峰前積雪移，鳳城佳氣日遲遲。上林物色春歸雁，南陌笙歌曉聽鸝。叱撥一聲芳草長，鞦韆雙戲緑楊垂。風光入眼遊人醉，盡在煙花二月時。

春日過什刹海訪蒼林上人，見梨花盛開，次邱東侯韻

東風次第領花開，冷艷先春到講臺。曾向玉階欺白雪，偶依金刹伴青苔。散花天女身遥立，飛錫高僧手自栽。幾度月明看不盡，飄然欲醉紫霞杯。

西　　齋

茗飲坐西齋，清風日夕佳。飛花懸隙網，行雀上空階。地僻情偏適，機忘物不乖。邇來隨所遇，且復慰天涯。

又

院閉遲遲日，簾開細細香。雨餘欣草木，春晚夢池塘。蜂蕊登書案，燕泥歸畫堂。悠然閑散步，高咏落花旁。

柳　　花

客心何事轉匆匆？飛絮吹人一夜中。有恨無情梁苑雪，欲來還去薊門風。沾衣忽過紅橋北，繞騎仍歸紫陌東。日暮更誰歌折柳？落花春盡雨濛濛。

春日贈乾長姪

盡日春風遊子悲，東窗昨夜老花枝。雨中春色可憐盡，三月河堤飛燕時。我已悠悠爲客久，子來更憶家山否？燕市狂歌十二春，相逢且酌杯中酒。

書　齋　鼠

獨坐空齋眠未得，蕭蕭微雨夜昏黑。明燈乍滅罷書聲，嚙橐頻驚夢裏客。誰言爾黠常畏人？徒費辛勤巧伺隙。四壁蕭然只琴書，爾縱貪饕復何益？

責　貍　奴

嗟爾無威武，外飾如熊羆。空存搏擊任，安用爪牙爲？豢養自朝夕，辜負主

人私。怯弱不自奮，羣小至蔓滋。水懦民易玩，火烈或畏之。無乃漢汲黯，卧治淮南時。

夏雨即景

長夏苦炎蒸，西山雲氣逼。昨夜月沉河，鷄鳴凉枕席。窗晦起我遲，簾疏風雨入。緑亂盆荷翻，紅綻庭榴泣。佳人催曉妝，濃淡施粉靨。眉作遠山青，眸凝秋水碧。移我青書案，吟花對花寂。

蒼蠅

引類何其多，紛紛趨炎熱。揮麈頻去來，厭惡不可遏。小人甚於斯，微物固瑣屑。致身廊廟中，爾輩宜屏絶。

友人齋中觀梅

風日今將暖，江山歲欲賒。出門尋我友，乘興訪梅花。金谷藏芳信，梁園玩物華。疑來飛雪地，誤倚玉人車。隔水香遥度，臨窗影半遮。滿城春未覺，先入到君家。

秋聲十二咏

金風

爽氣西來大火流，金風颯颯夕陽樓。江山有色皆垂老，天地無聲不帶秋。萬里獨看桑梓日，一身遥在帝王州。已教歸憶張翰膾，蕭瑟林間總未休。

寒雨

高城漠漠雨凄凄，雙闕連陰擁馬蹄。山色暝侵階竹合，野煙寒上井梧栖。簾疏易入愁人耳，秋老空聞去燕泥。滴向夜窗不肯曙，曉鐘帶濕建章西。

落葉

白露無聲冷畫欄，風飄木葉不勝殘。千山落盡爲誰緑？一片秋來獨自丹。

夢覺玉階時瑟瑟，坐依翠幙日漫漫。多情那更題詩去，惟恐御溝流水寒。

清　砧

秋到黄昏欲斷腸，千家萬户搗衣裳。心隨隴月依沙塞，聲逐邊風過苑墻。雙杵永懸河漢外，孤雲時滯斗牛旁。不教夢入金微路，力盡寒侵午夜霜。

昏　鴉

東郊薄暮起昏鴉，陣陣歸來蔽落霞。衰柳門前秋色淡，寒山影外夕陽斜。背翻殘照流金屋，聲繞餘枝透碧紗。最是夜中啼不住，柔腸夢斷戍樓家。

早　雁

霜信傳來隴樹紅，沙洲團聚宿蘆叢。離群别向長安月，失序偏逢南浦風。萬里獨飛秋色外，一聲高叫碧雲中。江關此日銷兵氣，天路迢迢去不窮。

暮　蟬

日夕蟬鳴向路岐，旅人聽此益淒其。獨將苦調催遲暮，共感流聲帶别離。地是孤高無定響，景因摇落故多悲。燕臺客舍空蕭索，斷續風前萬木衰。

夜　蛩

客裏逢秋最不禁，微蛩也訴苦寒心。每逢草際嚶嚶出，轉向燈前箇箇吟。響徹孤幃催婦織，哀連四壁動床琴。宵長夢短商聲切，露白庭空月色陰。

邊　笳

關槐落盡少人群，何處笳聲向月聞？朔氣已枯邊上草，悲風半入隴頭雲。吹來紫塞霜盈野，奏徹交河日易曛。不用長歌十八拍，祇今一曲泪紛紛。

塞　角

無事烽煙撤戍樓，關城早晚月如鉤。一聲畫角邊沙起，千里黄雲塞雁秋。蕩子離家思破敵，將軍擁節望封侯。西風莫向長安落，恐入金閨半是愁。

機　杼

月映疏窗碧影齊，誰家婦織夜機啼？聞聲恐是秦川女，悔别應知竇氏妻。最苦鴛幃長獨宿，故成鳳綺欲雙棲。相思更向蘭燈倚，挑作回文字不迷。

剪　刀

秋來刀尺遍漁陽，紅蓼花開夜正長。渺渺銀缸侵院落，聲聲玉剪出房廊。寒衣一襲千行泪，殘漏三更九折腸。聞道明朝馳漢使，和愁强起斷流黄。

角

高館清秋裏，孤城畫角中。一聲墜曉月，萬籟起凄風。邊塞聞應慘，深閨淚不空。白雲吹去盡，天末卷征蓬。

砧

心緒滿砧杵，西風搗夜闌。力微聲不續，情切韻猶寒。落月愁誰語？長河耿獨看。深幃人更苦，莫道從軍難。

冬夜同李羽侯、聞于叔聞簫即事

雪寒漏永月初上，對酒垂幕酣相向。瀛洲海客擅風流，玉簫高引陽關唱。乍聽有如百舌鳴，淒淒忽作猿聲愴。不知泣訴慕何人？低徊令我心神曠。貪將勝會欵今宵，銀燭金尊百花旁。滿堂哀玉亂相敲，西園公子最惆悵。啾啾似怨未能休，無情有恨春風颺。曲罷起看星漢斜，回驚一樹花盡放。

寄阮疇生

歲暮懷君萬里心，興來屢欲棹山陰。别經喪亂他鄉久，夢斷江關何處尋？無限煙花收卷帙，許多洞壑恣登臨。虔州春色真無賴，知聽鶯聲入碧岑。

雪　夜

紙窗初上月，清寐已三更。照徹洞房曙，高懸旅幌明。林鳥疑客過，風葉似人行。出户嘆淒絶，寒光更有情。

壯　心

壯心不自抑，屢向五更愁。歲暮公孫被，天寒季子裘。關山多雨雪，江海少歸舟。昧爽披衣起,鐘聲越禁樓。

除夕次韻

天涯喜得故園書,先把椒觴醉草廬。風送歌鐘知夜迴,春回爆竹覺寒疏。每因爲客驚年换,也許隨人守歲除。獨愛梅花如我瘦,一枝斜影落窗虚。

元旦前韻

東皇萬國一車書,瑞色光含雪滿廬。紫陌珂鳴朝騎集,建章鐘動曉鷄疏。春回宫闕開天仗,花覆衣冠拜玉除。四海載歌元日至,旅中又度歲華虚。

人日前韻

稍盡將迎復擁書,更逢人日愛吾廬。花前尊酒鄉愁遠,雪外春山旅興疏。寂寂寒梅香院落,雙雙鬥雀墜階除。風光從此應無限,吟倚南窗對碧虚。

元宵前韻

勝友相邀枉尺書,夜遊忘卻返精廬。何來寶馬嬌無數?是處金吾禁已疏。九陌銀花蟾影避,滿城歌鼓漏聲除。皇家更作春臺舞,一刻良宵信不虚。

送别之晉

客路青青草滿堤,垂楊深處聽鶯啼。尊前盡是南歸者,馬首春風獨向西。

散愁

徒步愛芳晨,散愁邀比鄰。鸝歌偏對客,燕語解留人。緑野行應遍,青山望轉頻。春歸何處去?柳絮滿江濱。

落景

遠眺村煙合,深林衆鳥飛。西山忽已暮,東郭掛斜暉。川暗羊牛下,徑迷樵採歸。迢迢何所待？鐘定掩柴扉。

題　畫

仿佛似山林，悠然諧夙心。杳冥秋色遠，縹緲夕陽深。一水數枝映，千峰羣象臨。相看遥可接，更欲往攜琴。

又

寤對相忘假，都無塵累封。神馳青靄道，身入碧雲峰。支遁興何遠，謝公情自濃。鶯花一室内，丘壑有遺蹤。

南堂詩鈔卷二 前集

春日對雪

曉雪中庭白，窗虛映碧紗。濕衣翻似雨，到地不成花。雲暝遲歸雁，春寒集早鴉。門前過客少，愁見酒旗斜。

登西苑白塔呈黃俞邰太史

鬱蒼佳氣溢神京，白塔崚嶒俯禁城。湖水兩分瓊島出，虹橋三接玉河清。天連積翠煙常合，地湧堆雲雨未晴。最是宸遊多景色，長楊詞賦待君成。

芳草

莫長王孫路，馬蹄踏可傷。願生羅襪地，日逐阿嬌香。

送別

辭北風霜少，還家歲月同。斷冰隨去鷁，細雨逐歸鴻。

春日呈林天逵

落日紅塵起，東風滿鳳城。獨憐君作客，不是愛浮名。

同李羽侯踏春逢妓

亦有留人意，桃花愛淺紅。自知春色暮，無力借東風。

春遊同林天逵

惜春尋醉典春衣，醉後無勞歌是非。芳草陌頭鶯喚喚，柳花岸上雪飛飛。

浮雲遠帶西山雨,流水徐牽上苑暉。市井喧闐防俗客,低徊勝概欲忘歸。

郊　遊

驅馬出北門,散愁風景霽。遂令豁心胸,遥見西山翠。赤頂露玉泉,泉源來甚細。林影遠參差,岸過緑楊蔽。巒岫幻晴陰,雲物生佳麗。雖近城郭間,覺無俗塵累。清風淡蕩吹,客子酣游憩。且莫促歸歟,余心正迢遞。

春　思

日暖百花城,春深好鳥鳴。畫眉人未返,青草夢猶生。

秋　思

月去簾櫳黑,霜來草樹光。可憐長夜坐,應是怯空房。

觀　棋

春風浩蕩夕陽遲,閒倚疏簾看弈棋。制勝只争先一着,當機未許劫相持。縱横四塞威何壯,出没中原勢不移。謾道宣城羸太守,東山應見捷書馳。

春日郊行同許雲石

聯步都門外,青郊滿目春。和風吹草長,好雨及田均。物候催林鳥,時光散野人。山櫻開又落,隨意坐花茵。

贈别莊羅峰太史

錦繡朝歌出禁宸,珊瑚鞭拂玉麒麟。鳳池草别瀛洲客,紫帽花迎翰墨臣。浪裏舟行三月暮,柳邊鶯囀五湖春。知君此去多詞賦,繪入河山卷帙新。

遊　玉　泉

玉泉西望翠屏開,十里香風隔寺來。清磬數聲何處發?閒看流水坐蒼苔。

登玉泉山

層軒飛閣鎖峰腰，盤出上方鐘磬遥。長嘯一聲凌絶頂，青山數點認前朝。

春　愁

何事王孫歸未歸？可憐閨閣望依依。桃花落盡梨花落，腸斷江南柳絮飛。

春　歸

家家花柳散晴暉，春去花殘柳絮飛。盡是馬蹄經過處，遊人多少惜芳菲？

芍　藥

只爲多情别却春，千花落盡始含顰。東風乍上芳香閣，暮雨時登錦席茵。金屋巧藏巫峽女，銀瓶高佇漢宫人。一枝艷質風流在，相贈何須到洧溱？

石榴花

海上移來不及春，莫須惆悵怨芳辰。爲誰帶雨啼紅淚？獨自含風啓絳唇。紫燕疑添朱幕客，黄鸝驚换緑衣人。芳叢裊娜情何許？醉倚南樓窺宋鄰。

驟　雨

天陰夜黑雨聲稠，雷電蒼茫萬籟收。客路翻愁沉尺素，嚴城已覺失更籌。滿簾似瀉三湘水，孤室虚疑一葉舟。洗罷行雲歸洛浦，依然明月上高樓。

燕山午日

佳節逢爲客，多情異去年。我家看競渡，憶在筍江前。

玉河觀蓮

太液池開蓮葉新，花嬌何似鏡中人。蘭橈乍過鴛鴦起，江北江南無限春。

送友人之江東

引櫂去江東,還家清浦中。散應如落葉,歸已及秋風。天入朝雲薄,波流夜月同。那堪人聚首,此別又匆匆。

螢　　火

西山螢火亂,流影入樓臺。耿耿愁無寐,輝輝去復回。感秋中夜變,伴客五更灰。且莫弄花蕊,臨書好映來。

奉頌家大人提師閩海二十韻

虎帳分雙闕,龍旌建八閩。老成推有素,雄畧算如神。往昔方隅寄,三千撻伐身。鯨鯢摧白浪,原野静黄巾。掃滅期無累,機宜更有陳。皇情矜禦侮,星使切咨詢。萬里宣行急,中朝屬望頻。勒銘垂奕禩,錫爵冠羣臣。正喜銷烽燧,旋驚起戰塵。熊羆威下楚,犀豹出强秦。桑梓遭塗炭,生靈萃苦辛。帝思頗牧將,廷簡節旄人。出禁聲華大,從天寵錫親。青霜飛驛騎,白露駐滄津。柳拂旗門迥,花迎幕府新。樓船横海岱,笳吹動江濱。精采軍容變,忠誠膽氣真。聞風氛祲散,計日凱歌臻。銅柱寧相仿,朱崖非等倫。直將名姓待,圖畫向麒麟。

奉别劉業師令黄縣

獵獵寒風出帝京,高賢暫向海東行。別違絳帳思千里,化入絃歌見一城。月主祠前初曉露,黄山驛裏小春晴。自公多興誰參賞? 徒隔間關立雪情。

月夜憶曾用耿

柳濯簷間月,花香院底風。良宵空復度,憶在小樓東。

寄晉侯叔

聞道山西詔,承恩更許歸。那知倚門望,思見老萊衣。

送　　客

去及秋風落,歸應雨雪多。相看遊子發,不忍唱離歌。

送友人之晉

嘶馬出皇州,憐君幾度愁。春催梅柳樹,酒盡鷫鸘裘。豫讓風還古,之推俗可求。無爲知己念,前路日悠悠。

別友人之邊城

歲暮憐君發,梅花對寂寥。行行邊地近,去去故鄉遥。朔月遊人夢,霜風獵馬驕。長城無戰伐,爲問霍嫖姚。

送蕭誦抑之蔚州

匹馬雲中路,行行到蔚州。不知遊子意,祗訝故人愁。雪嶺邊風急,冰河春色浮。臨岐回首望,鴉滿夕陽樓。

擁爐次韻

擁火恨寒多,霜風凍玉河。那堪征戍客,朝夕更操戈。

夜　　雨

鐘聲傳夜雨,殘夢不離家。滴入三春草,流穿一徑沙。携燈潛過院,躡屐暗移花。自顧多幽興,閒居戀物華。

曉　　霽

春城初曉霽,雨氣入窗紗。隱几聞吹笛,披衣掃落花。人煙沿樹濕,池柳帶風斜。旭日猶沉翳,東林散早鴉。

登華巖洞

高洞陰陰歲月遲,客來重讀壁間詞。山川俯仰悲今昔,桃李春風又一時。

送林爾立之任壽春

江南江北望旌旗,五郡秋風統鋭師。玉帳今開飛雁日,金壇再拜落花時。陳兵已合觀淝水,興利尤當問芍陂。下馬自饒修露布,軍城夜月好敦詩。

贈别鄭九績之任永春

今代銅章古子男,出分列宿到天南。御蘭山上花迎舄,環翠庭前柳拂驂。良吏才多非宰百,使君政異必稱三。遥知民日歌何暮,地遍桑麻雨露湛。

奉贈李可瑞拜工部員外

鶯啼二月拜恩光,只尺丹書下建章。今日能詩何水部,當年題柱漢仙郎。冬卿署裏梅花白,上苑春中御柳黄。共羡鳴珂臨大道,朝回揖客帶天香。

寄曾用耿

何時清興不君同,倏爾分飛似轉蓬。北地寒深猶有菊,南天歲晚正多鴻。子歸尚戀燕山月,我客長懷故國風。無限蒹葭秋水永,令人日暮憶江東。

送春

尊酒送春春事非,春花狼藉減芳菲。江山路遠憑誰覓?長寄相思紫燕飛。

夏雨

晝静人閒夏正炎,臨風啜茗對前簷。柳中雨色連雙闕,竹外峰陰隔一簾。紫燕何來身半濕,紅花無語淚頻霑。秋時定拂南歸騎,此日燕雲客思添。

留别阮疇生、鄭遠公、哲弢、哲昭、諸會嘉、陳定侯毋舅邇可兄

飄風淅淅動征輪,尊酒離歌出四鄰。十載吟同燕市月,一官忙逐馬頭塵。江干曉雁愁行客,山外秋花憶故人。别後相思何處是?霜橋野店夢頻頻。

留别文昂弟

不是趨庭切,那堪離别催?風霜辭北去,山水向南來。好月他州見,孤帆隔岸開。秋聲聞夜雁,相憶越王臺。

又

執手秋風落,前程無數山。長途迷處所,歸客去中間。馬倦催投宿,鷄鳴浪過關。念兹遠别淚,不禁欲潺湲。

又

暫往鄉園去,弟兄南北遥。山城聞早角,野店度霜橋。楊子秋濤夜,江郎煙靄朝。回看雲白處,惆悵復迢迢。

雨

一扃春色閉,四座雨聲長。風灑斜侵案,泉鳴半入塘。草霑新釀緑,花濕不聞香。最是愁人耳,江齋生夜凉。

始發都門宿竇店

十五年來客帝京,何期今日向南行。長途萬里江山外,坐數秋宵第一程。

曉　　行

征鞍猶帶月,客路尚侵星。行行三十里,未辨曉山青。

野　　宿

客舍無更漏,不知秋夜明。相思迷遠夢,唤醒有鷄聲。

白　溝　河

馳驅何日到鄉關？處處垂楊路百灣。野店疏燈連客夢，荒鷄曉月帶征顔。誰憐一雁三秋裏？獨憶孤花兩地間。相去不知凡幾許，白雲早已失西山。

宿漫河，見三弟壁上題詩，感作

匆匆投宿夕陽時，壁上逢君舊寫詩。憶得春深渠到日，那堪秋後我歸期？風流冉冉南征賦，慷慨悠悠北上詞。明發再登前去路，更看何處墨淋漓。

經　雄　縣

樹色隱村縣，蒼茫四望平。霜橋連騎迴，野水向人清。天外懸雙塔，雲端落一城。南飛同雁去，還有北來情。

曉發黄河涯望岱岳

曉發黄河涯，西風吹古道。明星四野垂，去馬嘶寒潦。十里天未明，荒鷄起我早。霜冷隔山鐘，空村砧遥擣。客思正無窮，秋聲又將老。香飄何處花，緑暗前途草。旭日出扶桑，寒鴉散秋曉。攬轡俯荒郊，村原惟梨棗。嗟哉道路長，輾轉愁難掃。悠然見岱宗，突兀當懷抱。我愛杜陵詩，齊魯青未了。安得共斯人，登臨恣探討？

泰　安　道　中

峭立如城郭，環圍不盡山。孤村青靄外，半嶺白雲間。草滿溪橋細，煙深鳥道閒。兩邊惟木合，危磴此中扳。

新　泰　道　中

半嶺起村煙，斜陽驛騎前。鳥飛巖際没，花發路傍鮮。雲帶沙溪雨，秋明泰岳天。石泉清且淺，流入遠山田。

道經泰山

東來逢泰岱，駐馬惜經過。五岳峙如此，千春青若何？秋風沽魯酒，落日唱齊歌。封禪書誰上？雲山空鬱峨。

揚州

趲程惟落日，樹色見揚州。偃蹇初停騎，蒼茫更入舟。殊鄉新得月，歸夢正逢秋。廿四橋何處？吹簫憶夜遊。

姑蘇夜泊

楓橋市火照江流，酒舸歌船竟夜遊。一自吴宫荒宴後，至今簫管不曾休。

錢塘觀潮

買舟猶泊岸，沽酒看潮翻。海氣侵吴會，秋聲讓島門。一江鳴鼓角，萬笴戰鯨鯤。想見錢王日，英風未易論。

青湖舟中

舟行日已暮，坐愛青湖湍。湍長舟暫泊，酌酒青湖間。湖光初得月，照見湖上山。不寐復垂釣，清風引一竿。

仙霞關

仙霞嶺上雨霏霏，閩路山多鼓角飛。虎踞當年成底事，風飄楓葉着人衣。

福州郡樓

七閩歸路遠趨庭，長嘯登樓對醁醽。喜見海山愁割盡，雨餘洗出劍鋩青。

雨夜宿葉楓驛，值舍弟文昂話别未終，忽接家君郵諭舍弟北行，余竟南歸

宿舸江山夜，相逢話未終。郵筒雲外濕，驛火嶺頭紅。細雨催飛雁，秋風任轉蓬。人生同物役，聚散一宵中。

曉　月

冷露月凄凄，雙吹畫角齊。纔飛千堞上，已隔數峰西。色帶霜橋馬，影沉茅店鷄。東方催欲曙，萬户早鴉啼。

澳　柳

細雨鮫門暗，斜風鷺島波。年年感攀折，岸上女墳多。

奉侍春宴

柳色和門緑，桃花鈴閣紅。圖書今武惠，裘帶昔羊公。愛客西園盛，開尊北海同。華軒過騄駬，天馬賦誰工？

尋　花

花開我不至，我至見花飛。黄四娘家少，林行婆舍稀。題詩追夙恨，載酒謝相違。更約來年道，應歌緩緩歸。

春日尋花題贈

花開時節屢能遊，不是愛花那肯留？携酒尋來如有約，題詩别去可勝愁？一聲暮雨人吹笛，數點青山客倚樓。春至年年江水緑，河橋柳色繫歸舟。

雨後月夜同文熙兄登樓作

暮色蒼茫山更深，登樓一望豁人心。雨餘樹杪孤雲過，風静池頭皓月臨。

行入落花香印屐，坐依疏竹翠聯襟。知君亦自多清趣，漏盡忘歸對我吟。

禊　日

禊日提壺散水邊，惠風上溯永和年。臨流箕踞看修竹，手把蘭亭記一篇。

偶　題

不事逢迎晝掩扉，殘編檢點對斜暉。興來躡屐澆花去，睡起鈎簾待燕歸。

雨　景

寒情何太促？白帝又催歸。雨帶花鬢落，雲霑雁背飛。庭煙凝石竹，空翠冷薔薇。自覺隨疏放，重門來往稀。

有　憶

景晏聞鴻雁，相思望羽翰。不因歸故國，誰解憶長安？白雪孤幃冷，金風翠袖寒。南樓夜夜月，空度碧雲端。

暮春題三弟齋壁

性約知齋小，閒來事事幽。鳥啼花落盡，春色未全收。

山　遊

橋平春水長，溪午寺鐘稀。十里行山徑，青松白鶴飛。

郊　行

雨後適芳郊，春風遍草茅。尋山隨徑轉，處處鳥聲交。

古　意

游人滿春煙，聽妾歌南陌。不知妾意苦，徒憐妾顏色。

又

曉起折園梅，金瓶貯落月。素手汲寒漿，天陰井泉冽。

溪　頭

蝶舞溪頭戀野菲，行隨啼鳥到園扉。清流曲曲穿林麓，翠岫層層浥露霏。柳絮飄來三月暮，桃花落盡一春歸。風和日暖江山麗，携得醍醐醉夕暉。

雨中別春

漠漠寒雲鎖碧陰，萬家煙樹雨中深。黄鸝百囀催春去，紫燕雙飛入暮尋。濕草有情垂別泪，落花無語動歸心。河橋來歲迎舟楫，知與相逢在舊林。

贈別蕭誦抑赴鳳陽

君今南棹自皤然，千里又期別後天。潞水辛勤非一日，燕雲留滯已三年。相思夜聽荷花雨，離恨朝看柳樹煙。此去宦遊多逸興，徐牽錦纜泛山川。

送楊、蔡二子南歸

二月春明淑景開，客歸却值雁飛來。桃花煙雨孤舟遠，楊柳津河兩騎催。興到爲誰歌白雪？情多空自餞金罍。征途好共吟芳草，此去知非寂寞回。

贈別曾韜人太史

紫陌東風日正長，錦衣歸帶御爐香。論交已覺鶯鳴早，贈別那堪驪唱忙？滿路煙花迎太史，一春雲物待仙郎。南中山水自佳麗，阮瑀還須入帝鄉。

哭文昂弟

舟騎辛勤歷一場，爲君南覲故匆忙。只愁生別聊分手，誰料死歸翻斷腸？鴻雁影沉雲序失，鶺鴒魄散雨聲凉。獨留世上他鄉客，泪盡青山半夕陽。

又

大夢不回空杳然，玄關永閉豈逃禪？萱堂早暮呼何在，花萼東西淚獨偏。竟向夜臺幽白日，長餘春月照黄泉。寡妻穉子吾當撫，痛哭那堪折少年？

午日富美中置酒笥江觀渡

笥江競渡波翻緑，笥江觀渡人如玉。公子開筵江水頭，青山對酒張雲幄。錦標十丈曳虹霓，綵羽千羣散鴨鷺。翻江攪海龍出角，白日雷霆驅鼓鼙。越兒習水鬥輕捷，兩岸歡聲振石硤。須臾黯淡遍芳洲，頭上黑雲欲頹壓。斜風急雨吹暮潮，煙波只尺漲平橋。遊人興盡各歸去，江女江妃愁寂寥。

彌陀巖同許徵若、楊家良、曾貽仲

亭午傍山行，迢迢神已往。一徑入松陰，秋蟬鳴其上。危磴轉未安，忽聞瀑水響。古佛棲何年？飄然塵外想。回瞻翠微路，我友來三兩。

登賜恩巖訪歐陽行周石室

策馬向東郊，秋山淡容與。訪古愛登臨，未遑問净土。上有歐陽廬，精爽在何許？洞壑幾回尋，遂得讀書所。石室暗生塵，講堂晝穿鼠。臨軒一憮然，西風滿懷緒。

石　室

落葉遍寒山，相與登石室。裂壁微徑開，松風聲瑟瑟。世尊獨屏遺，萬古同嵓崒。我來騁游目，雄觀山海日。

寒　柳

葉老鴉啼可自勝，眉殘春恨幾層層。青空南苑千條縷，凍合御溝十月冰。灞水愁無風落去，章臺折盡歲還增。飄零不見無凋樹，秋氣森森鬱五陵。

和文中弟軍中夜懷

秋遠天高静夜分，風吹刁斗月中聞。龍旌摇曳清霄漢，蛟室依稀净島雲。萬櫓不喧齊號令，三軍安寢息妖氛。永懷細説封侯事，一劍長歌愧屬文。

題文熙兄齋頭

愛君别業且幽深，不惜相過諧夙心。花覆檻前如解笑，鳥啼窗外似知音。夜閒池印青山月，晝静門通緑樹陰。何日風塵渾莫問，坐依流水聽彈琴。

夜宿家大人軍中

森森肅氣映樓船，夜裏魚龍静不喧。十萬金戈摇島嶼，三千玉帳罷烽煙。伏波建節朱崖日，公瑾陳兵赤壁年。天子正開麟閣待，將軍佇奏凱歌旋。

克澎湖

獨承恩遇出征東，仰藉天威遠建功。帶甲横波摧窟宅，懸兵渡海列艨艟。煙消烽火千帆月，浪捲旌旗萬里風。坐奪湖山三十六，將軍仍是舊英雄。

東征頌三十六韻

貢獻殊方至，懷柔聖德鴻。如何憑險阻，猶未覆帡幪？出没波濤暗，憑陵旌旆紅。烽煙驚粵徼，鼙鼓震閩中。天子赫斯怒，將軍策伐戎。詔從廊廟下，人出禁垣東。萬里專征寄，千秋知遇隆。隻身原許國，寸膽盡輸公。韓范韜鈐熟，孫吴節制雄。英聲齊沆瀣，爽氣敵崆峒。黑水收層浪，丹心格上穹。耿恭祈井湧，疏勒刺泉通。師次平海衛，軍中乏水，家君禱井而甘泉湧，因斲石爲碑，勒曰“師泉”。秉鉞嚴霜烈，揮戈旭日曈。將星明帝座，妖祲暗天蓬。决勝先深入，垂謀建夾攻。波臣皆効命，颶母亦輸忠。是役，舟泊八罩，經旬颶風不作。六時，潮水加長，我師大捷。獨勵三軍衆，争捐七尺躬。五花開組練，八陣演艨艟。急擊鯨波折，長驅蟻穴空。羽書馳幕府,露布奏宸宫。全國兵爲上,殲魁氣已洪。懸軍宣德意,戢武用和同。帆掃騰霄蜃,旗翻飲海虹。王師真不殺,頑蠢自知終。納欵歸金印,披誠向紫楓。壺漿迎父老,拜舞樂兒童。開拓寰區廣,招徠版籍充。凱歌揚聒聒,笳鼓振逢逢。桑梓銷鋒鏑,蒸黎起困窮。以兹酬帝簡,庶少盡臣衷。乃是舒南顧,非關勤遠功。龍顔端有喜,虎竹又新蒙。褒寵絲綸重,榮光雨露融。大廷推繡衮,睿藻賦彤弓。鐘鼎銘勳舊,河山錫爵崇。君恩深浩蕩,俯仰沐皇風。海島三世包藥幾四十年。樓船進討,一戰克澎湖,敵遂舉國納欵。捷聞,上大喜,降書褒美,仍解御服並製宸章,馳賜家君,詔封靖海將軍、靖海侯,世襲罔替。國恩深重,誠不知如何圖報也。

題江南旅壁

三月春深柳絮飛,長堤萬點拂征衣。明朝别卻江南道,齊魯山青入翠微。

内廷御試恭賦

玉漏聲初歇,朱旗柳外迷。明星當闕大,天漢去人低。九陌連朝騎,千衢唱曉鷄。君門猶未啓,鵷羽集東西。

又

紫閣傳呼入,丹墀拜舞叨。蓬萊宫日近,支鵲殿雲高。清問垂天藻,摛文愧月毫。蒭蕘無可採,難答聖心勞。

答贈翁伯芳畫蘭見貺

一堂風日暖,滿幅吐幽蘭。花葉經冬後,馨香入夜闌。如尋空谷去,相對幾叢看。知子抱芳意,時時露筆端。

題　畫

湘水四時緑,風帆竟日飛。茅亭深宿霧,村落帶餘暉。花遠孤雲映,山空獨鶴歸。徑斜人欲到,樹裏有柴扉。

送李青眉員外旋里

仙郎多古調,逸興向南征。明月候潮信,秋風數驛程。巖花留別意,湖雁帶歸聲。報到鄉關日,春江緑水生。

述懷柬曾用耿

少有登臨興,東山志未諧。非忘經濟日,獨尚古今懷。天地春風滿,江關客思乖。何當歸邑里,與子卜高齋。

送蕭誦抑之任懷遠

南國多名士,兹行意不違。題詩桃閣雨,對酒亢城暉。歲暖花争發,江春雁欲歸。遨遊成薄宦,來往似君稀。

留别鄭山公通政、黄俞郃、陳介石太史、張綬夫、李青眉工部

孔雀非鳳儔,駑駘豈驥匹?整翮愧雲霄,竭蹷慚奔逸。羣公濟世心,坐謀富經術。致君有餘思,皇風吹鬱律。聲教暨南溟,波濤已寧謐。奕葉被恩光,雨露正霑溢。顧無殊俗姿,謬膺百里秩。三異固匪彝,置身敢自佚?木葉滿亭臯,秋風聲瑟瑟。踟躕臨路岐,驪歌催落日。冉冉見黄花,修途戀京邑。回首望故人,雲間惠佳什。

南堂詩鈔卷三 前集

次長新店寄鄭哲昭、陳定侯母舅邇可兄

行馬嘶風去,臨岐各不留。强將離别泪,忍向故人收?落日含煙暮,寒澌帶雪流。長新今夜宿,有夢在皇州。

章夏途中

前山歷盡後山來,日暮東風送雨回。列嶂重關微徑出,遠煙幾道一村開。老僧鳴磬歸香刹,翠鳥銜花過講臺。南望岱宗青欲滴,碧空雲外鬱崔嵬。

蒙陰道上

僕馬行將倦,途長未可論。紆絗盤細嶺,零落過荒村。遠水空中影,斜陽雨外痕。揚鞭指歸鳥,山縣欲黄昏。

發泰安,次羊流,謁晉太傅羊公墓

我行及旬餘,風雪霾寒曜。今晨發泰安,晴光展清眺。佳哉齊魯地,連峰鬱奔峭。萬古似朝宗,歷歷青邊徼。日暮宿羊流,孤壘排殘照。草荒狐兔驕,碑斷野火燒。問是叔子墳,臨風慨一弔。江山非昔時,斯人亦已渺。遺愛在襄陽,風流誰能紹?

宵征

寒月逐宵征,鷄鳴夜氣散。數里辨溪聲,明星光欲旦。過村聞犬吠,遠火出高岸。山行苦霧侵,嚴風吹草斷。長途去靡寧,僕馬寒相伴。我行何苦辛,王事不敢慢。載歌入翠微,陰晴朝未判。

春日登州城泰山

登臨性所愛，皂蓋發清晨。日暖千畦緑，煙開萬井新。高雲生海岱，遠樹動郊津。爲報山城色，陽和已轉春。

春過錢麟圖泰山小築

選勝得山齋，幽閒此地佳。窗開煙漠漠，徑轉鳥喈喈。春色濃遊興，花香浹素懷。詩書傳郤穀，暇日有君偕。

登虎丘寺塔

春水載行舟，吴山有佳趣。掛帆出姑蘇，瞥與虎丘遇。我生愛登臨，豈忍別斯去？况復天宇清，風光令人住。輟棹入山門，芳草信跬步。行愛鳥啼花，坐覺峰開曙。劍池龍不飛，講臺石能悟。高塔復崚崢，登頂出雲路。日近逼諸天，江山在指顧。俯見萬象青，何非春到處。

江　遇

夜明蘆火宿江流，春剌桃花水上愁。雙腕乍摇淮海月，輕舟已過小干頭。

春　情

半掩朱顔泪欲沾，層層春恨上眉尖。江南二月桃花雨，錯認郎舟出畫簾。

江行有感

江行一度一愁新，誰見江南無限春？形勝空餘千古月，繁華蕩盡六朝人。河山有險終難恃，鷗鳥無心祇自親。入夜片帆歌舞寂，煙波萬頃浸星辰。

金陵懷古

鍾阜峰高鐵鎖開，北方燕子入南來。莫教宗社留遺恨，忍着袈裟去不回。

戎馬一朝生骨肉,河山千載長蒿萊。宫花宫草空流水,頭白歸吟事已灰。

金陵僧舍

樓雨霑香刹,山山帶暮雲。隔簾階草潤,别院寺鐘分。匝月孤舟夢,他鄉一雁羣。邇來成薄宦,春事不相聞。

别繆墨書

東風昨夜報啼鶯,曉聽驪歌欲送行。萬里雲山增客路,一春花鳥羡才情。已知冠蓋傾江左,自有文章達上京。賦罷長楊爭紙貴,漢庭應識子雲名。

贈鄧孝威

江北文名第一流,高風雅望重吴州。大廷獻策人稱賈,鄴下多才賦似劉。春至每吟天目曉,興來時傲藕花秋。訂將載酒浮江月,重與論詩作洛遊。

署中觀四弟携來家樂

吴陵拙守絶繁華,小謝風流尚可誇。知我簿書滯江左,遠携歌舞醉天涯。絲桐瀉落湘簾水,檀板敲醒玉樹鴉。曲罷夜闌人散後,滿庭微雨濕梨花。

送别四弟之京

片帆早已掛江頭,駐馬停鞭别子由。邗水不知人恨意,無情日夜送孤舟。

入揚州

吾慕玉堂人,風流無與敵。今日羈海陵,轅駒何踞蹐。無才會折腰,有美終難適。孤高非世宜,媚人多曠職。清風拂署來,動我征帆色。微雲送夜陰,燈火照江偪。草蟲岸岸聲,細雨人吏寂。有夢落舟中,平山恍登歷。曉望煙樹青,遥愛沙鷗白。長嘯宜陵道,閒花笑將夕。薄暮見揚州,江流上寒碧。賦詩忘夜深,醉酒弄潮汐。三顧問姮娥,吾與爾同客。

問　農

百里聞桔槹,家家農事迫。輟棹問歲豐,今春頗愆澤。大兒去食牛,少婦行阡陌。日午未得餐,日入不安宅。兒孫各長大,租税從他索。辛苦此中謀,輸官無二麥。嗟哉爾農夫,瘽痡需擔石。微爾人盡饑,何忍更鞭策?回首江雲陰,東風吹浪碧。

渡揚子

潮落煙初上,京山望轉沉。櫓鳴瓜步曉,雨鎖甕城陰。天意分南北,江流自古今。莫愁波浪闊,饒有濟川心。

丹陽道中

江午暑行舟,納涼開兩牖。曲岸静桔槹,斷梁伏魚笱。野花時送香,疏蟬鳴亂柳。日暮阻石尤,來帆疾如走。驟雨失前村,密雲暗江口。

采蓮曲

處處荷風動碧波,家家争唱采蓮歌。城東女兒齊結束,半捲紗袖腰紅羅。金塘昨夜雨新足,荷花如拭荷衣緑。玉腕雙摇鬥身輕,不采荷花相馳逐。白波吹起雨紛紛,浪花紅染石榴裙。鴉鬟半摧羅襪濕,巫山巫峽初行雲。行雲行雨不知歸,猶如湘水戲江妃。玉釵斜欹嬌未整,金鈿照水生光輝。日暮廻舟向别涘,更度前塘采蓮子。笑語輕盈人不聞,佯羞打起鴛鴦羣。

次揚州憶四弟

憶君夜下廣陵城,君去江間月自明。誰道相思能入夢?關雲咿喔又鷄聲。

虎丘行

日落江清放舡好，蒼蒼樹色虎丘道。江山昔是闔閭墳，今人來醉墳上草。蘭橈酒舸日夜留，年年歌管無時休。風光易促人易老，昔人曾似今人遊。遊人來往成千載，月明惟有荒丘在。荒丘閲見幾繁華，春去春來長不改。夜半吴歌入客舡，客心不樂更不眠，舉杯聊醉江楓天。

江上曲

北舡來如梭，南舡去如馬。惆悵兩來風，相逢不相假。

又

妾家横塘住，不識横塘路。借問棹舡兒，可向横塘去。

露筋廟

肌膚非不惜，貞義固難滅。寧以死愛身，豈忍生汙衊？嗟哉露筋女，顧步思芳節。少小顔如花，徘徊心若鐵。日落浮雲陰，淮海聲凄咽。四顧無人行，蚊飛聲不絶。丈夫少端貞，君子多苟竊。婦人有此身，所貴能分别。一夜堤上眠，千秋志已决。玉貌委泥沙，冰肌恣嚼齧。我來數嘆嗟，江風何激烈。悠然明月高，下照香魂潔。粉黛雖黄土，靈光日昭晰。賴此持坤維，廟宇至今設。

淮陰懷古

淮水流湯湯，白雲去不返。不見淮陰人，英風日以遠。假王信非謬，耳語良過算。鳥盡戒藏弓，兔死悲烹犬。嗟哉雲夢遊，漢實少恩典。英雄遭兒女，千載同憤懣。我亦哀王孫，功成身退晚。千金報知己，豈徒爲一飯？

長淮晚雨

雷聲隱隱日西微，風急浪花吹釣磯。岸上牧童驅犢返，檣頭燕子入林飛。

湖雲四起長淮黑,山雨初來百草菲。匝月舟中卧煩暑,海陵清署正懷歸。

送邇可兄南歸,次四弟原韻

金風初度白雲飛,葉落天高雁一圍。昨夜相逢欣不寐,今朝取醉苦言歸。愁隨邗水牽行櫂,夢入梨關未拂衣。我欲留君歌轉咽,因君惆悵憶庭幃。

重建靖海樓,次黄仙裳韻

昔日巍峨跨海頭,朱甍碧瓦想高樓。今朝文物淩奎壁,此地雲霄傍斗牛。不是岳陽空眺望,非關黄鶴只遨遊。祥風願拂邗江水,永與多賢咏魯侯。

七　夕

銀河向晚早秋凉,烏鵲橋成渡玉郎。天上此時金管合,人間今夕綵絲長。仙風吹下簾櫳静,靈雨霑來瓜果香。我亦無才須乞巧,整衣再拜學紅妝。

泰山秋望

秋水淡能清,秋山孤復明。如何西風意,日作凉淡情?水落江湖闊,天遠秋雲平。鴻雁此時至,滔滔稻粱聲。促織亦切切,迎秋各有鳴。獨怪霜田鶴,清唳爾何營?

繆墨書園亭

遠樹參差出,園亭數畝開。論文多不倦,隨興亦能來。竹月窺書几,荷風送客杯。賞心欣所遇,深夜爲君回。

秋夜咏懷

對此吴陵月,我心清且閒。當軒御玉軫,深夜静朱顔。露氣歸花重,秋聲在樹間。銀河西落意,親切近人寰。

夜上廣陵

江城月皎皎,深夜獨行舟。戍柝驚寒夢,櫂歌生遠愁。逢迎慚楚水,來往笑沙鷗。明日風流地,平山須一遊。

平山堂

策馬登臺訪昔遊,殘陽西下獨淹留。浮雲不改文章地,遠樹猶依縹緲樓。睿藻九重開日月,騷壇千載著風流。隋煬宫館雷塘在,回首空餘碧草秋。

紅梅

芙蓉樹暖見霞紅,東閣梅花第一叢。滿樹寒香流院落,幾層春色上簾櫳。江妃淚暗三湘月,蜀帝聲殘萬里風。不用相思珠泪染,羅浮還與夢魂通。

琴感

少時志一劍,今日愧鳴琴。欲奏雲門曲,君門聽且深。繁絃勞十指,調苦夜沉沉。三載此霜雪,徒然非世音。欲思諧俗聽,恐昧絲桐心。耿耿抱長戚,風吹月滿林。

舟次維揚寄諸弟

昔年聚首未爲歡,今日翻思昔日難。小邑知余慚屈膝,高堂賴汝勸加餐。幾番花雨鐙前夢,數點青山江上寒。回首更憐孤雁遠,閩南冀北兩廻看。

金山紀遊

浩瀚歸太初,涵虚萬古宅。人世有蓬瀛,何必丹山屐? 解纜入姑蘇,春風訂登歷。經過非一朝,來遊今始獲。凌晨買小舟,未破東方白。山僧候島門,問訊遠來客。香界謁諸天,垣宇相輝赫。靈鰲冠九州,經聲出水國。置身孤嶼中,覺此天地窄。漢代昔三分,江南開半壁。魏地旌旗紅,吴軍舳艫黑。不見劉寄奴,但聞險與扼。不見蕭老公,但聞潮與汐。嗟哉洪濤深,江山歸有德。聖代日昭明,九有皆寧一。念兹民力艱,東封泰岱畢。南廵覲諸侯,考異存黜陟。登高企前王,三五與同則。瞻彼淮揚水,臨風傷漂溺。惻隱動宸衷,蠲災又拯卹。日暮浮雲開,蒼然區宇出。巍峩鬱中流,漭蕩山突兀。萬象紛呈御,江天無遁跡。觀潮吞海亭,寄興留雲石。中泠試清泉,空碧眺西夕。四顧洽皇情,御書揮霹靂。覩此龍鳳姿,陋彼鍾王格。帝曰此奇觀,寰區實罕得。勿令此地孤,輪奐須一易。天語乍輝煌,江山生顏色。小臣拜舞未,徘徊生愛惜。恍然雲霧中,坐我三山側。俯盼但鴻濛,江流逝不息。莫辨金陵氣,悠哉掛帆席。鳥飛人代殊,鐘磬發平昔。如聞第一義,使我萬慮釋。何處揖大蘇,解帶參禪寂?

憶紫騮

長安騏驥若雲屯,汝更西來能出群。雙眼高懸夾明鏡,四蹄蹀躞生風雲。昂驤顧視華軒下,龍文絶世真難亞。蘭筋屈落骨觀奇,耳削春筒尾如瀉。滿身汗血散桃花,迴立風前思逸駕。伯樂已遠曹韋去,徘徊恐是千金價。僕夫見説跪致詞,此馬由來不易知。當日元戎鎮寧夏,霜威肅肅清西彝。曾貢九馬此其一,厮養至今未百日。元戎愛馬卻有神,來獻至尊供警蹕。至尊含笑鑒精誠,是日臨軒初黎明。千官扈從皆鵠侍,羽衛森森不動塵。圉人太僕紛相向,九龍齊立赤墀上。雄姿乍受紫遊韁,五色離披錦鞍障。春風馳騁過上林,左右疾徐皆稱心。矯若鸞翔與鶴翥,始信下乘空埋沉。至尊試罷尤憐惜,隨意遴選雙龍脊。詔謂此馬真神駿,賜與元戎西討逆。元戎意氣淩雲起,走筆特令贈公子。公子奈何一書生,僕夫之言殊愧爾。故人誼在不敢違,珍重馳驅向帝里。帝里春深百萬家,雕鞍新試緑楊裏。千衢九陌盡嘆嗟,卻訝生來自渥窪。玉勒驕嘶芳草去,軟塵踏遍日輕斜。自是惠養恩初至,尺書來我吴陵地。長途不受徒旅欺,與人一心同一意。東風昨夜苜蓿寒,遂使驊騮去不還。駿骨豈令燕地去?一帷聊報汝辛艱。可憐滿廐今何似,盡是駑駘那足齒?坐食空負伏櫪恩,鞭策雖施不循軌。時難今始憶良才,康莊只尺亦蒿萊。我有故人長不見,安得乘風駕龍媒?

琵　琶　曲

誰家哀怨惜芳時,細語叮嚀人不知。漫道情深無處訴,分明指上説相思。

遊　金　陵

東風吹百草,來我秣陵遊。形勢空龍虎,江山等鷺鷗。鳥啼催客路,花發動春舟。莫問六朝水,鍾山應獨愁。

青山阻風

鼓枻春江去阜城,暮潮無恙早潮生。林青乍喜雲初霽,風緊旋愁浪不平。京口諸峰猶鵠立,維揚小艇若鷗輕。等閒莫浪誇天險,萬古徒嗟旅客行。

上巳前一日,時余試士,聞錢麟圖與友人遊宴泰山别業,作此寄之

細雨浥芳甸,春風吹杜蘅。林端初轉曙,泮水東盈盈。試士有多日,愛才實倒傾。坐看松色古,耳聽絃誦聲。念君掃西第,筵秩宴新晴。座上來中散,花間過步兵。酒或傾北海,賦有似禰衡。復聞開懷抱,移榼向郊行。南陌歌燕侶,北墅聽鶯鳴。長嘯登山館,孤高望遠平。柳抱江城緑,春和海宇清。煙光來萬象,井邑傍檐楹。果携風日好,共醉蘭亭英。獨負王孫興,而多芳草情。花事不相報,簿書紛送迎。佳節屢空度,勝遊遜友生。明朝來上巳,覺已過清明。

春　　作

斥鹵向平蕪,晨交霧雨洒。地盡海風寒,春深獨往者。麥秀落輕花,雉飛時驚馬。遠見幾道青,煮鹽煙在野。

諭作者

舉插(鍤)日如雲,荷鋤日成雨。官作有程期,胼胝過卓午。皇仁大憫農,因之平水土。莫自惰爾躬,闢爾舊田圃。

舟行喜霽

舟行喜新霽,川曉破清旭。北渚花亂紅,芳洲草全緑。四時春向榮,萬象欣呈矚。蛺蝶翻舞衫,黄鸝度歌曲。紫燕與蜻蜓,點水争馳逐。地僻勝事偏,時和萬家足。連阡運耕牛,網罟紛相續。漁者日以漁,農者日以蓄。獨怪宦遊人,奔馳何所欲?

頌總河孫司空

五岳鍾靈異,苕溪挺巨賢。名臣原不世,經國豈徒然?器負琳琅重,身膺道德傳。小心長翼翼,偉度自翩翩。夙志淩多士,英姿溯妙年。早登金闕上,高步玉堂前。文苑聲華麗,司空雨露專。朝推燕許筆,世服曹劉篇。帝憫襄陵水,公懷濟巨川。平敷遵大禹,奉使出張騫。廊廟咨才日,淮揚拯溺天。秋鴻回百萬,驛騎度三千。節向吴陵駐,心傷海邑懸。胼胝勞夢寐,區畫費周旋。天意貞誠洽,波臣效命虔。朝宗河帶遠,入貢土宜便。奕葉垂青史,勳猷紀竹編。以玆恩獨異,况乃澤無偏。浩浩春風遠,欣欣草木妍。寧惟桃與李,山斗望拳拳。

梨花春帶雨

素衫無語畏春寒,幾點傷春泪暗彈。卻恨東風催杜宇,黄昏猶自倚闌干。

首夏即事

春去問春寄一緘,午風風軟透羅衫。閑庭草滿鶯啼老,小閣簾開燕語喃。竹裏鳴琴聲不俗,花間卜築地非凡。而今吏隱翻成癖,誰托星辰夢傅巖?

又

草堂築罷夏初交，不用提壺出四郊。竹徑鶴通花底夢，柴扉客向月中敲。雲移簷影峰容現，風過池頭暑氣抛。乘興每能吟静夜，隔窗微雨滴梅梢。

蚊

飽君口中血，旋君掌上滅。豈是爲飢驅？還應戒長舌。

詠蘭步孫司空韻

萬態各争假，孤花爾獨真。寧同衆草伍，不慕錦堂茵。澤畔人千里，巖端月一輪。江皋貽雜佩，澧浦贈遥珍。素愛馨香遠，誰憐桃李春？小山原友桂，空谷自藏身。帶雨終疑怨，臨風訝欲嚬。燕姬還入夢，楚客更思紉。旖旎階前放，靡蕪墻下匀。花開分次第，葉密任疏親。一德誠無外，同心實有鄰。何須擇地處，本是共天倫。感此思朋舊，懷君得句新。行當移室陋，休厭入簾頻。自顧欣同調，翻看契有神。願携貞静意，長佩事佳人。

幽　居

偷得簿書暇，偏於養静宜。雲峰連翠閣，夏木蔭清池。雨過遊絲净，風生午夢遲。無人花自落，有興坐題詩。

燕

莫把珠簾落，任教燕子來。隔墻王謝貴，應恐見疑猜。

蝶

只爲傷春去，故來花下尋。誰憐一片影，同是惜芳心。

西園草堂落成，同錢麟圖、黄仙裳諸君分得思字

數椽新築僅茅茨，偏是勞人慰所思。聊寄琴書消暇日，何煩車馬問幽期？

座中月色勾花影，欄外風聲嘯竹枝。喜得良朋三五酌，夜深刻燭又題詩。

和王伯昂新齋即事原韻

旭日槐風散早衙，閒情遥寄水雲嘉。興闌斜筆題鸚䳇，睡起鈎簾問落花。竹徑細開陶令宅，柴門未擬子雲家。公餘聊共西窗話，漫聽前堂暮鼓撾。

端陽即事

泛酒層軒緑樹低，玉簫金管兩行齊。誰憐屈子忠成謗？盡道山公醉似泥。江上雲晴賒競渡，花間客過共分題。政餘佳節須行樂，簾外巴童唱竹西。

喜雨

荷插(鍤)日相待，油然慶作雲。風從駝嶺出，雨自泰堂分。已慰樵蘇望，共沾草木群。餘聲到松竹，清冷夜深聞。

宜陵途次

頻年邗水棹，來去廣陵山。五月尚衝暑，孤舟何日閒？花知慚利落，鳥解避名還。欲問滄浪意，漁歌不可攀。

題畫

紅粉朱顔姑射妝，一輪明月照禪床。芳心未擬沾泥絮，猶坐黄昏待阮郎。

西園紀事

二年守邗江，退食心不遑。竭蹷勵廉俗，屏營修頹綱。簿書適已暇，卜築成斯堂。經營始孟夏，二旬獲允臧。是用安質樸，未敢即輝煌。小徑幽通圃，微軒敞面陽。苔階三五級，花檻東西房。古樹無年月，天然傲雪霜。蘼蕪生其下，比德自同芳。我覺琴書逸，誰云案牘忙？静觀蝶有夢，閒試鶴休糧。駝嶺飛朝靄，西山起夕涼。賓朋偶携屐,啼鳥勸流觴。但愧題鸚鵡,還想夢池塘。落月花弄影,疏籬露滴香。有時飛夜雨,清聽入滄浪。如聞海潮至,坐我孤舟旁。景物空爲念,遨遊戒忽荒。不見芙蓉閣,當日相低昂。昔人今已去,蔓草生短墻。如何西園客,咄咄吟未央?

將歸泰署,雨夜泊灣頭,次徐叔達原韻

已返維揚櫂,猶逢暮靄浮。波翻芳草岸,雲壓白鷗洲。四座江聲入,危檣雨意收。滿船花影濕,歸載月明愁。

苦　雨

泰岳峰高雲影連,江城陰靄未離天。居人夜報南塘水,市客朝遲萬井煙。閣晦有聲翻似浪,窗明不斷乍如綿。田家已道畦塍足,山鳥莫啼雨又聯。

久雨初晴,有送紅、白二蓮者,因入瓶中,共王伯昂、戴則紉賦

忽看雙燕舞翩翩,似報新晴話曉天。花雨誰來潘子縣?荷風客送習池蓮。素衫猶帶横塘月,紅粉輕移江浦煙。已别若耶溪畔女,置身今在玉堂前。

舟行入夜

雨餘催解纜,花底出津船。暝氣聞芳杜,歌聲歸採蓮。夜漁投岸火,初月上潭煙。滅燭親星漢,含悽憶使賢。

仙女廟阻雨

南岳崇朝異,蒼然雲出林。半陂雷隱隱,芳渚雨森森。燕雀無軋地,魚龍有太陰。泊舟問神女,莫阻宦遊心。

舟入廣陵即事

言入廣陵州，來往邗江裹。鐃吹出津城，宵征無百里。蛙喧兩岸中，月静幽篁底。景物澹吾慮，孤舟去未已。白鶴唳九臯，江風透薄綺。爲懷濟物心，繁華逐逝水。

又

出門屢風雨，爲洗門前山。翠色起佳興，予舟終日閒。微芳送蘅杜，遠影落帆還。留人碧溪草，狎客白鷗閑。嘯傲芳洲上，鳴舷沖融間。晚來晴意少，雲壓蕪城關。

馬　上　題

馬上榴花紅似火，宜風笑日千萬朵。隔籬瀲灩阿誰家，樓外垂楊覆江舸。中有女兒身孅娜，以貌問花花應可。芳歲未登十五餘，逢人已解凝妝坐。

歸　海　陵

溪雲漠漠暗前村，岸草江花帶雨痕。一幅歸帆風正滿，緑楊深處海陵門。

夏　　夜

卧向華軒納晚凉，微雲疏雨過池塘。竹間吟罷風能和，花底夢歸身覺香。紅燭有情啼獨夜，清歌何事怨他鄉？南樓秋色看將近，愁聽蟲聲落枕長。

殘　　夜

銀河西落夜冥冥，露下雲歸碧樹青。歌罷曲欄人睡去，暗香吹入小紅亭。

祈晴後觀災感咏

蒙慮滁宵中，明禋事正直。稍霽見天和，蛟龍怒未測。里胥接踵來，告災汨沾臆。祈請未遑寧,輕舟出郡北。天開積雨中,村帶水雲白。魚艇入稻田,農夫坐嘆息。嗟哉此邦人,重此洪濤厄。地利固無成,天災由曠職。不才乏調劑,皇仁多怛惻。回首語東風,吹散陰霾色。

明霞倒影

一棹水雲鄉,明霞掛夕陽。江山開綺麗,澤國泛文章。色擁孤鳧外,光生落景旁。來逢天地醉,誤入百花莊。

晴江夜泛

晴江宜泛棹,新月上猶低。渺渺乘銀漢,迢迢入碧溪。風清聞渚鶴,村近唱荒鷄。不寢看殘夜,漁歌出浦西。

白鶴篇

南國有珍禽,曠然雲外想。乃在鸞鳳儔,固應毛羽長。東海日遨遊,蓬瀛時下上。島宿傍仙居,玄風超世網。生豈羨繁華?性亦甘倜儻。六翮忽人寰,因風下蒼莽。三歲自東來,蒙君池上賞。廉潔以持身,霜姿披雪氅。縞素入朱軒,冰心自蕭爽。鷗鷺非純白,修形爾何往?其心實匪仁,安得共羣黨?翡翠亦南來,千里巢君幌。華彩不讓人,彈射若旋掌。唯爾唳霜晨,江干發孤響。逸韻入九皋,餘聲震天壤。竹月露清光,花風相淡蕩。幽夢似有期,遐齡素静養。臺榭日迴翔,舞衣拂塵坱。矯似宿霧開,瞥見明月朗。蹴踏訝騰騫,徘徊空俯仰。豈無霄漢心?顧瞻天路敞。

署夏

五月勸耕耘,訟庭寂不聞。放衙人早散,歸署鶴爲群。山近有飛鳥,天清無片雲。蟪蛄聲在耳,日夕對江濆。

苦　熱

午静天雲薄，蟬高蔭樹鳴。南樓不可夜，炎氣日薰蒸。伏枕過長夏，閉門無友生。解帶釋簿書，林軒空鬱青。砌花然欲熾，簷鳥渴無聲。火龍一失御，驕亢何縱横。南山焚澤豹，東海炙長鯨。氣應枯雲夢，波已竭洞庭。嗟哉此畏途，天地亦冥冥。江漢無由濯，冰山非我情。吾願出八極，御風飄太清。

夜　熱

入我西園裏，開我東南軒。花枝已眠卧，竹影參差繁。暑氣夜不歇，江城寂無喧。秋風不肯至，明月似朝暾。美人隔天末，觸熱坐重門。愛而不可見，搔首空内存。吾聞赫奕尊，爰有寬大恩。吐氣納風雨，秉靈雲雷奔。安得挽天水，併力洗乾坤？落月星河近，蟲吟草露根。煩煎不成寢，熾日又高翻。

送俞子襄回武林應試

俞子羈愁忽憶家，片帆歸問武林花。邗溝人去留明月，越地山多掛晚霞。别路遠隨千里雁，驪歌唱徹一林鴉。知君詞氣傾三峽，文戰秋風日未斜。

力　疾

力疾對簿書，江山愁鞅掌。欲廣絃歌化，慚非武城長。不才合苦辛，況復自疇曩。學道而愛人，懷哉契余想。

將　秋

南樓早夜清，秋近海陵城。一葉消炎態，千山作淡情。緑稀春樹老，白净渚雲明。最苦催摇落，寒蟬無斷聲。

意氣行贈戴則紉

三山白鶴飛向東，潔白其羽心沖沖。鴻飛滔滔厭粱粟，鶴爾忍飢恒不足。

吁嗟才高多苦辛,我於戴子交有神。丈夫何必嘆寂寞,古來意氣長相親。甲第紛紛馳冠蓋,朱門不入風塵人。高城昨夜秋風起,月明如練鋪江底。霜楓葉落孤舟遲,夢繞江南半江水。且將詩酒醉邗江,吳陵季子重豪風。鸞鳳亦悲來枳棘,高飛不得栖孤桐。

古道行贈王伯昂

泉城山水天下幽,奇人盡出事王侯。雲中迸落寒巖水,獨有王生無所求。生居郡南余在北,未嘗一見愁地隔。文章會是有神交,古道於我照顏色。自從夙歲官向東,洪波滿地哀流鴻。詩卷偶隨南雁寄,生言見此傾心胸。倏然命駕來邗水,春風意氣輕千里。但恐夜歸子猷船,那識門停嵇阮趾?披衣相顧各大笑,新交還似舊同調。花枝昨夜冒煙開,却邀明月淡相照。吾知王生乃不羈,方朔滑稽蘇門嘯。世人莫謾横相干,賢豪往往隱屠釣。

駿馬行贈内弟林亦韓

駿馬千里蹄,龍姿生來好。未受伯樂知,誰試青雲道?江南三月深,春風正縹緲。吾子適東來,玉山何窈窕。固知瑚璉器,況乃廊廟寶。天子實愛才,喜君年尚早。平生意氣多,信陵風未渺。會看一騁騰,駑駘迹盡掃。嗟哉海陵牧,容顏頗枯槁。美人情意重,令我心傾倒。恐負顧盼恩,坐使秋光老。汲汲不能寐,煩憂日如擣。明月入疏桐,流光照清皓。萬里坐高秋,金風吹絶島。吟咏不肯休,簡編亦探討。終乏瀟洒姿,輸君朗懷抱。野鶴能不羈,高飛入穹昊。安知轅下駒,跼促傷秋草?

孟　嘗

聖哲久不作,豪雄乃得志。仁義日不施,要名以竊位。吾聞養才賢,實惟邦國致。愚智不並羅,薰蕕豈同器?寧知道德尊,徒誇奸詐利。虚譽亦何益,濫竽以取異。不能制强秦,脱身於賤類。得士如孟嘗,士固以不至。

平　原

戰國日分崩，併吞恣蠶食。所貴國有人，賴此以朝夕。平原稱愛才，好士不暖席。頗知理勝辭，已覺辨堅白。定從意猶違，穎脱何奮激。乃知天下士，感嘆不復識。嗟哉田部吏，闕與制强敵。一士足經邦，何必三千客。

信　陵

雄姿不易識，公子何其賢。三請魏王師，急難心炯然。奪符非所願，取舍豈能全？弱秦以存趙，功並五伯前。固知英雄心，不與世俗牽。志士死知己，侯生軀亦捐。功成不自有，雅量益翩翩。再舉破蒙鷔，英風至今懸。

春　申

黄歇非佳士，哀哉小丈夫。歸君一何偉，社稷賴匡扶。出身以殉國，氣亦横九區。吾知忠義心，應與日月俱。奈何惑大義，終始爲利圖。謀人以得國，用舍何其愚。至今棘門地，千載令人吁。乃知居奇貨，祇足亡其軀。

鴟夷子

智士乃識機，愚人常窘步。月盈時則虧，物理固難具。盛名不易居，豈惟廹神惡？邈哉鴟夷風，超然何所慕。嘗膽與卧薪，君臣契有數。歌舞出麗人，江山傾一顧。越女朝如花，吴宫夕草露。一戰入姑蘇，功成失去住。泛舟入五湖，豈待桑榆暮。非不願同歡，安危跡易誤。仁聖如周公，尚有流言布。不見大夫種，烏喙啄何怒。

魯仲連

天馬待駕馭，神龍不可羈。吾觀戰國士，慷慨有餘姿。急於酬知己，殺身終不移。輕生豈達命，所貴持綱維。吾慕仲連風，排難心逶迤。吾高仲連節，帝秦心不爲。則知大賢心,名與終古垂。周室日凌替,王綱忽若遺。先生愛名義,肝膽正在兹。一言屈萬乘,千載釋紛疑。日暮過聊城,秋風萬里吹。

立秋前一日感咏

一雨别殘夏,西風凉起居。白雲上寥廓,黄葉下蕭疏。流火將西去,長天遠望舒。江城垂白露,秋色傍吾廬。海氣入南國,他山對户除。鴻雁何時到? 鳴蟬聲有餘。江山隨代謝,萬物遞盈虚。春榮而秋老,天地一琴書。我覺物役賤,誰云陋耕鋤? 賞心以適志,薜蘿亦簪裾。日落東城暮,江雲嘆歸輿。紅橋楊柳路,相見不如初。簾燕已歸去,秋花空滿渠。不知草閣意,春色今何如?

立　　秋

長風吹我夢,秋至葉先聞。河漢今宵永,炎凉此夜分。江城人獨步,關塞雁同群。明日芳郊路,山山起白雲。

秋

園草失芳菲,亭陰入翠微。秋聲蟲唤至,暮色鳥銜歸。楊柳風前落,芙蓉露下稀。祇餘幽興在,山月對清暉。

初秋郊行

東陵秋未深,山色青如靛。玄蟬鳴樹陰,白雲倚江縣。霽雨足稻粱,青黄滿郊甸。駐蓋喜年豐,臨風賞歸燕。遠見菡萏花,恍惚佳人面。玉勒乍驕嘶,秋波留一轉。誰知所遇懷,卻令愁思半? 日暮且歸來,焚香展書卷。

入秋後新月

天漢過雲輕,江關雁數聲。風從前夜冷,月到此時明。秋色高無外,寒光迥有情。眼看清景在,摇落不須驚。

秋夜長

漸覺今宵永，其如淒客心？蛩聲不肯去，秋色又將深。坐久看明月，更闌憶素琴。東鄰誰搗練？高下未成音。

風雨

中夜起微涼，江城風雨至。淩厲下九霄，暝雲終日閉。震懾大廷威，百靈不敢避。豈是驅穢蒸，必須滌塵累？前聲既號咷，後聲復如欷。萬籟同一聲，排蕩心神悸。不在舟楫中，何得波濤沸？白帝已司權，斬伐固其義。所患日西成，摧折及禾穗。惆悵坐東堂，雨腳猶如繫。

南堂詩鈔卷四 前集

觀　　水

策馬臨流問築堤,淒風楚雨度越西。濠梁有客愁新潦,桑柘無人憶舊蹊。東望渚田秋未穫,南瞻雲水暮猶低。三年疲苦爲農計,半濕歸來踏草泥。

雲

是物遞隱見,往往若輕埃。出没俄無跡,東西倏去來。羣遊好蒙蔽,連結不可排。膚寸偶爾合,仿佛勢崔嵬。得志爲霪雨,蒼然遍樓臺。翻盆復鼓浪,天漢若爲摧。南橋聞漲溢,北里報傾頹。豈獨傷禾稼?愁深没草萊。嗟我西園竹,五月費栽培。根株忽不固,摇落委蒼苔。祇恐蛟龍姿,騰躍飛八垓。神物固不測,清興空徘徊。薄暮四郊陰,歸鴻聲更哀。夜半西風作,排蕩秋旻開。念兹驅掃盡,天宇何曠哉。

久别黄仙裳,適令郎交三見訪,並示問竹諸作

朝衙放罷誦菁莪,别久黄生喜見過。南阮清貧吟興在,茂陵卧病著書多。看花已枉高人駕,問竹何勞隱者歌。爲報連宵風雨惡,滿園蒼翠落寒波。

贈戴則紉還閩

一帆秋外飛,之子日彌遠。鴻雁亦南聲,滄潮暮正滿。西風吹歸心,獨立蒹葭晚。東望大江陰,白云何修蹇。微宦滯天末,斯人去不返。藹藹棃關道,千盤陟萬巘。猿啼漠漠風,細雨飄書卷。歸鞍息前途,家山足繾綣。浮榮不可居,煩憂心莫展。送子以微誠,寒江抱清淺。

宿　青　山

于役意何求？日暮泊枉渚。青山興不孤，酌酒吟芳嶼。緑楊覆幾家，秋空響砧杵。坐愛息機人，持竿釣風雨。

同　聲　歌

君住金臺北，妾家金陵東。金陵古佳麗，金臺多俠風。相值兩心歡，托身事賢雄。君家五馬貴，門第列侯封。金釵數十二，羅列如花紅。衆妍益愁思，恐慄起宵中。委志承衾枕，玉質偎蘭叢。但願可君意，百身以帲幪。玉璫佩明德，春色正融融。

登燕子磯

天霽金陵雨，人登燕子磯。山當秋色鋭，浪打夕陽微。懷古今猶是，争雄事已非。憑欄長眺望，江冷欲侵衣。

風雨渡江至金陵

洪濤終不息，三嘆入重溟。微宦同浮梗，孤舟似點萍。長潮含雨白，遠嶂隔江青。回首維揚暮，煙波浩渺冥。

又

南行多感慨，佳興復誰開？身入魚龍氣，心摧鴻雁哀。波濤歸海去，風雨渡江來。欲問河山意，白鷗泛幾回？

别　江　南

别卻江南去江北，卻歸猶戀江南色。寄語西風閣上人，明年好待看花客。

中流感咏

萬頃洪濤壯，中流一葉陳。西風莫捲浪，好待濟川人。

感　懷

夙昔尚微懷,中年思一踐。取舍既殊時,興讒豈自免?鸞鳳鳴高岡,音容天下滿。鴟鴞在我旁,使我不得善。寒風吹竹枝,裊裊存孤淺。直節應虛心,獨立秋江遠。濟人不易幾,吾將問南畎。

桂

風林秋色净,白月對西亭。正有中天望,何來隔院馨?影藏深閣閉,人遠玉樓扃。試問今宵意,還如度廣庭?

寄邇可兄

二載浮榮笑野鷗,光風白月對西樓。宦情早已如雲薄,邗水徒知向北流。故國昆朋誰感舊?東陵草木獨吟秋。寒山只是空相憶,夢與歸鴻話未休。

秋　郊

出門無數里,已見海峰青。天遠如螺黛,秋光似翠屏。喜從余馬去,畏被白雲扃。欲指此中路,樵歌若箇聽?

又

八月莊田熟,秋風稻穫高。家家積倉庾,處處葺蓬蒿。花隱開場圃,牛眠静桔槔。歲豐婦子喜,村徑有香醪。

菊

葉落戰霜空,孤芳抱叢菊。逸韻入九秋,江天坐清肅。春時非不榮,氣類後凋木。亮節衆所稀,高懷世自獨。瘦骨凛西風,金英吐寒馥。傲岸出巖巒,許身伴松竹。生存格俗姿,寧愧採籬曲。一雁駕長雲,喜君來几牘。莫辭列西窗,爲近幽人屋。

九日招黄仙裳、交三、俞陳芳諸友小集西園，即席分韻

不愛登高去，恐嘲落帽容。還携佳客至，爲掃竹園封。寒菊開芳徑，夕陽下碧峰。金尊猶未醉，乘興賦詩濃。

又

東來幾度説重陽，今日西園醉竹旁。高士任教同菊傲，吏情深憶插萸芳。金風漫剪南山翠，白月還登北海觴。潦倒莫辭歸路遠，荒齋尚有濁醪香。

丁卯秋晚，邀冒巢民司李、令嗣青若、錢麟圖遊戎、俞錦泉中翰、黄仙裳先生夜集西園分韻

濁酒臨暇日，秋風繫去艭。梁園老賓客，詞賦久無雙。喜集高齋夜，爲余倒玉缸。主深慚獻句，鶴舞過前窗。欄外花名菊，坐中人姓龐。古道開顔笑，論文意未降。筆落驚鮑謝，深談托素釭。蕙蘭既同調，高韻溢新腔。細火然香茗，疏籬吠小犬。雲鴻留餘響，寒竹影幢幢。月滿澄如練，夜深語正哤。明河流細響，暗露滴淙淙。勞吏心自逸，安人愧此邦。後期還再訂，相與醉邗江。

舟次昭陽即事

如馬風帆向夕張，五更夢裏到昭陽。且抛客子琴書興，來謁司空姓字香。百里惟通舟楫路，孤城四接水雲鄉。兒童争識勞人面，慚愧哀鴻滿地霜。

阻風，俞中翰錦泉招集冒司李巢民、王歙州諸同人舟中小酌

疾風吹雨暗河干，欲送秋歸今已闌。江上滯人迷落照，舟前置酒到更殘。才華喜接曹劉盛，良會欣傾王謝歡。未可久嫌波浪惡，此時原欲傍騷壇。

答俞陳芳吟贈賦菊詩

秋净芙蓉海署清，小籬疏句漫多情。相如更有凌雲筆，慚對江淹賦未成。

又

吟君芳咏夜初深，風竦船燈雨意沉。但恐湘娥簾外泣，昭陽江上感知音。

閨怨限字詩

十二樓闌碧一溪，雙蛾四望七星西。半鉤寒月六街水，萬丈金風五夜鷄。只尺寸帆人不至，百千行字雁空齊。佳期八九封侯誤，坐對三秋掩恨啼。

出郭

出郭荒煙陶令悲，邗人重此困蛟螭。大都生計依漁艇，多半浮家對水湄。幾棹西風菱芡老，一篙落日鷺鷗遲。東方欲上寒潭月，蘆荻蕭蕭雁影移。

哀馬行

昨夜龍姿入我夢，昂驤磊落無羈鞚。低徊似欲向人言，兀立如山不肯動。寒風吹木月沉西，前窗醒我數聲鷄。東方漸白坐東閣，僕夫入告失霜蹄。嗟哉霜蹄今竟喪，幾度臨風發惆悵。分明昨夜見來時，自是生前久無恙。如何遽爾忽西逐，令我飛騰失雙足。汗血每能散桃花，驕嘶猶記噴寒玉。人生稱意十無一，此馬由來一敵百。去歲紫騮使我傷，今年此馬使我憶。乃知駿骨與逸才，天意不肯使之久塵埃。

之昭陽回感咏

百里飛征棹，昭陽兩度過。地卑連土壤，夢覺異鄉河。冉冉冬風暮，娟娟夜月多。含情憶韓范，家哭意如何?

下河感咏

夕照滄波闊，征鴻去一群。荒村惟見水，澤國但饒雲。堯日空虛度，禹功寂不聞。未知疏鑿意，拯溺願如焚。

錢麟圖西齋雅集

寂寞江城帶雨飛,高齋咫尺坐忘歸。尊前正喜吟王粲,座上能來賦陸機。寒菊滿籬芳細細,征鴻何處影依依?將軍愛客常留咏,入夜鐘聲到榻微。

雨曉

雲冷芙蓉閣上花,雨聲颯颯入窗紗。也知多少金閨夢,惱殺西風半夜鴉。

冬雨出門偶咏

楚雨淮雲冷萬家,輕風遥颭酒旗斜。今朝山簡衝泥出,不是春時訪落花。

又

寒江滚滚少人行,煙水迷離雁一聲。酒肆橋頭歸路晚,斜風斜雨入津城。

冬晚遣興

獵獵冬風起暮晴,西山日落伴霞明。羣烏歸去聲心切,獨鶴飛來羽翮輕。剩有寒江雙槳急,惟餘邑里遠煙生。自公吟罷無多事,愧似文翁化俗成。

野渡

野渡殘陽少,林栖各自歸。何來江浦上,猶見一帆飛?

閨怨

妾貌未曾異,君心已暗移。試將明鏡照,猶是昔年時。

臘夜

臘裏冬風日幾回,浮香月上始歸來。誰傳何遜春消息?惟有寒芳一樹梅。

又

小窗雲暗夜覃覃，坐聽前堂鼓已三。讀罷離騷歸後院，霜風一枕夢湘潭。

王伯昂南歸未果，客維揚數日，復入海陵，喜咏

不返南征棹，風帆復此開。交深驚別易，情重見君來。屋月頻懸夢，詩篇屢自裁。他鄉今暮歲，好共咏江梅。

冬夜有懷

臘破孤城水一涯，東風早晚報誰家？三年遊子存勞吏，千里高堂老歲華。掃院霜清遲雁字，閉門月出上梅花。倚闌望遍江天冷，欲遣愁懷夜已賒。

兑漕夜歸偶咏

衆鳥各知休，勞臣獨後留。連檣依水宿，寒月照江流。暝色迷花署，清香過酒樓。市橋人未寢，燈火待歸州。

冬雪遣興

冬城不雨還不日，同雲千里萬里色。東郊飢烏寒更啼，南浦哀鴻去不息。片帆江上者誰子，起柁津城有所適。北風吹水立成冰，天藏地閉裂畛域。六花墜地歲生春，瓊樓玉宇連瑶席。吴陵客子晚歸來，策馬游韁踏寒碧。賞心自愛月隨衣，怡情且放杯浮白。誰家雪卧袁安廬？今夜雲封楊子宅。楊子宅前梅一株，數枝冷艷出東壁。霜庭如練花如人，呼童掃榻漏三滴。閉門未忍別清光，復傍梅花躡雙屐。

雪後月

已覺中庭曙，清輝滿玉欄。不嫌明鏡至，添作夜光寒。

又

幽人貪玩雪，倚户嘆清絶。雲破影移花，更上朦朧月。

雪後郊行

寒光超遠目,霽色滿郊坰。海曙千峰玉,林煙幾道青。羣鴉斜點點,旅雁去停停。欲上吴山望,瑶華綴翠屏。

又

訪梅荒野外,踏雪小橋頭。卒歲無多日,尋春有舊遊。出騎山簡馬,歸醉鷫鸘裘。漫道吟情懶,霜風入畫樓。

盆　橘

念汝懷霜苦,未堪摘子黄。庭空孤影寂,移近小梅旁。

古　意

繡閣未全掩,朱簾雪半開。桃花紅兩頰,羞見使君來。

又

五馬立踟躕,秋波送道隅。不須詢姓字,應恐是羅敷。

冬夜有懷

景晏息勞人,官齋夜嚴肅。不負政閒心,詩篇隨所欲。南軒聞素香,北窗倚寒竹。雪色融梅花,數枝如新沐。月明清漢音,高樓未栖宿。垂情且向深,捲幔瀉珠玉。彼美尚懷思,含愁度芳曲。春風不滿帷,先使階庭緑。

詠雪次王伯昂韻

吴山如雲白對簷,盈城月浪浮纖纖。柳花滿眼芳難觸,柏酒隨人歲欲淹。幾枝暗轉青陽律,萬點斜壓紅梅尖。不是爲郎吟粉署,閉門終日坐子瞻。

古別離

朝看君馬玄,暮看君馬黄。君馬無定姿,君心安可常? 踏草馬蹄緑,踏花馬蹄香。馬蹄如輪轉,妾貌那久長?同心不同道,傷别令人老。高樓泊晚暉,東郊遍春草。昔時楊柳枝,今日楊柳花。枝分猶合影,花飛向誰家?不見雙栖燕,同聲春風院。不見兩鴛鴦,同寢春波面。人心輕别離,莫怨馬蹄健。

臘下揚州

雪鷁銜寒臘月冰,春城爆竹舊愁增。吴陵自有梅花樹,不爲梅花到廣陵。

紅梅次王伯昂韻

鈎簾恰喜透容光,紅粉朱顔别樣妝。離恨未成休點染,春情欲動漫輕狂。任從雪裏開能艷,自向風前瘦亦香。幾度投詩愁不穩,天然冷韻屬王郎。

臘日遣興

春逼寒消歲欲遷,南枝暖向畫堂前。銅章封裹閒拈韻,玉几香飄静拂絃。階下兒童争爆竹,簾前女伴擲金錢。明年不用催徵促,近日新恩出九天。

咏春

相逢漫説春猶淺,只畏春愁春不管。東郊楊柳欲垂青,窗鎖人人香夢懶。

春夜聽曲

銀燭當歌酒漫空,滿簾絲管瀉春風。無情直到梅花樹,也遣寒枝吐小紅。

又

春宵一曲斷人腸,爲憶當年夢故鄉。漫道周郎頻欲顧,幾番曲裏誤周郎。

行春曲

昨日行春出東郭,今日吟春芙蓉閣。東風欵欵入書帷,輕寒已讓枝頭萼。池冰初泮柳回青,屋角赴暄來鳥雀。堂上幽人坐歲芳,眼看階草侵簾幙。閉門千里静提壺,江南春色空寂寞。卻憶年年春意多,長安道上初行樂。南鄰北里出歌鐘,千門萬户吹管籥。五侯七貴日繁華,垂楊斜掛鞦韆索。朱唇皓齒擁嬌娥,燕語鶯啼兩交錯。我時策馬如遊龍,青絲作轡黄金絡。玉蝀橋頭問酒人,金鰲頂上望鳷鵲。鳷鵲殿前春又深,北望唯有春風落。春風流蕩莫相違,且向高齋伴琴鶴。

春　雨

東風吹雨過雕欄,雲影凄迷燭影單。静院閉來春陣陣,疏簾捲罷夜珊珊。好添紅閣催詩興,莫向青樓攪夢殘。知是妒花花尚怯,小梅枝上不禁寒。

水　仙　花

素影蘭窗吐幾莖,風流早已羨仙名。不同芳草霑霜露,也共梅花結弟兄。托體自依沙的的,潔身喜傍水盈盈。簾前看遍春多少,未許嫣紅似爾清。

問　春

酌酒問梅花,春風曾幾度? 衹爲雪寒禁,花情未敢吐。

又

雪寒春色遲,雪後江山好。雪意枉藏春,江山自不老。

又

百草青有時,花開自有期。春風莫相靳,好使吐芳姿。

又

誰言桃李枝,不識春風惠。請看芳菲時,自有酬春意。

春　興

雨雪夜來過,霏霏滿庭白。春風十五度,花事何寥寂。閉户繞廊吟,梅花手自摘。摘花香滿衣,隔窗如烟織。小語出簾櫳,春風不曾識。笑問摘花人,幾年吴陵客?

送陳定侯母舅之任

曙烏勸行頻,邗城送所親。雪消江北棹,風暖粤東春。喜筆蘭亭客,輕裘叔子人。南征花未放,待入柳營新。

問　卜

歲戊辰之春,乃孟月初望。客子坐清晨,吟花發惆悵。王生笑入門,眉宇何疏曠。問我何所思,我思難可狀。有女坐高樓,清揚美無當。歌曲意何長,音容自閑放。噫嘻歎寡和,白雪空三唱。以兹泥我心,未卜愁懷暢。春風動簾帷,王生忽悽愴。云是君所思,君懷固無恙。吾聞吴陵風,綱紀昔頹喪。相率競浮澆,豪梁無與抗。萬姓盡剥膚,襄陵歲凋創。君來始三載,秉心一何諒。浩氣南山高,清姿玉壺漾。直節不可回,仁風亦遠颺。信知不茹柔,寧復有高亢。知音會有期,神將有所貺。君無貳厥心,龜策知所向。嗟哉王生言,我心如有傍。拂拭問元龜,靈占得大壯。

歸　雁

四更風月霽,千里塞垣庭。尚有江南雪,燕山草未青。

又

流唳過春山,連翩影度閒。年年江北至,不待看花還。

三五七言

花誰主,春容與。花開紅欲妍,妒風又妒雨。轉新回故任春風,何人曾見花能語?

維揚春雨

細雨過春堤,春雲拂水低。東郊嫌柳短,何處聽鶯啼?客路思芳草,維舟怯重泥。輕寒花事淺，未許踏橋西。

又

潮落鶏初唱，春燈夜欲賒。篷窗來聽雨，梅署憶開花。雲濕東風雁，烟藏北郭鴉。懷人江上曲，殘夢到誰家？

輓繆孺人兼慰補山

錦羽雙飛碧玉池，驚波吹散各天涯。秦樓鳳去春桃雨，菱鏡鸞分夜合枝。有淚王修應輟社，多情潘子獨成詩。謾看酒食如良友，猶見賢風出壼帷。

春雪遣興

二月江南雪作花，瓊枝玉蕊映窗紗。碧桃樓外喧簷鵲，白柳門前噪野鴉。入夜餘寒增小閣，此時春意落誰家？等閑未肯輕抛睡，猶讀殘篇鼓四撾。

胡安定祠落成

定安祠堂俯翠屏，苕川使者應天星。忍教遺老嗟狐兔，能使後生識典型。百代宗風吹邑水，一輪新月照巖扃。講臺不獨雙株色，欲與溪山萬古青。

輓丁孝廉漢公

豪邁風高世所賢，寧論身没愧囊錢。土山茆屋時邀友，竹塢梅窗日醉眠。雪裏不歸王子櫂，春來空憶孝廉船。應知地下修文去，腸斷機雲泪黯然。

春雨感懷

久雨稽花信，春時冷似秋。小梅依水卧，芳草抱泥愁。未見陽和色，空過二月頭。林鶯應有待，出谷尚遲留。

又

一官成傲吏，三載浣浮誇。雨鎖東風院，寒禁桃李花。披衣看左氏，躡屐誦南華。不寢還傾聽,春燈暗碧紗。

少女行輓黄淑媛黄仙裳女。

君家少女清玉壺,愛之不減掌上珠。十三學母試新妝,碧桃花下立斯須。十四耶前從識字,緑窗往往弄詩書。上清仙子心夙慧,娉婷濁世良所無。十五旖旎稱婉順,女紅針刺光綾繻。山田只合甘藜藿,常願白屋奉歡娱。去年桃李嫁東風,洞房春色吹笙竽。錦波共戲鴛鴦鳥,碧水交輝並蒂蕖。京兆畫眉雙倚玉,梁鴻舉案誰與俱?卻喜向平婚嫁畢,誰知淑女非凡姝。蘭摧蕙折悲鵾鳩,粉墜香消嗅鷓鴣。静院猶餘連理樹,繡床空有合歡襦。豈是朱顔天不賦?可憐白髮哭香車。瑶京一去無消息,悽斷年年海燕孤。

重入維揚遇雨

江國連綿黯不開,吴陵詞客自東來。暮潮風急迷揚子,楚雨雲深鎖釣臺。暝戛一聲催槳去,暖芳何日看花回?春堤依舊垂楊少,未有啼鶯勸酒杯。

舟中聽雨

聽雨篷窗下,鄰舟静杳茫。一心雖魏闕,半枕即滄浪。潮帶春鐙黑,江鳴旅夢凉。故人天外遠,今夜在瀟湘。

初晴

靄靄開林旭,霏霏弄柳煙。游魚思暖日,浴鷺喜晴天。野送青新色,山明翠黛妍。今宵閑客寐,不用聽鐙前。

哀詹尹湯公

詹尹廊廟器,玉立盡清秋。落落泰山高,上有青雲浮。霖雨遍崇朝,蒼然沛九州。回首叫皐夔,而何延阻修。斯人不易幾,德量誰與侔?鸞鳳在赤霄,爲君一來遊。君實有至鑒,置之鳳池頭。衡文出東浙,多士冠瀛洲。飄風激吴楚,草野慶清儔。卻歸青瑣歇,復傍玉墀休。日月親承寵,天顔喜對酬。寸心依北極,高蹈接龍樓。耿耿忘宵寐,歸朝屢後留。身孤無物競,道屈濟同舟。帝心愛謹潔,命之撫江流。德風吹草偃,千里闢田疇。革俗頹淫祀,崇儒列魯鄒。真成不怒威,誰敢有犯求?汲黯忠君切,范文爲己憂。恤灾亟請命,發粟賑鴻愁。一鶴東海至,孤飛唳九秋。憐是同潔白,鳳與鶴綢繆。帝子真天縱,惟公堪輔逑。振翮復北寰,青宫日悠悠。春風坐論道,即席上皇猷。契合君臣内,禮賢寵錫周。廣平心鐵石,疏廣性巖幽。乞骸終老去,天語竟温柔。衡門不可即,箕尾上雲陬。哲人今其萎,涕泗豈能收?邦國將安仿,經綸未展售。千春傷蘭蕙,白眼空凝眸。不見梁園雁,多是稻粱謀?

霽後感咏

行路皆霑濕,琴書每自從。草茅寒不拔,雲物變多容。日出杏花鬧,風暄鶯語濃。積陰終有霽,喜見遠山峰。

杏花

西北樓頭春意暄,暖風斜日杏花繁。遊絲粉蝶相牽惹,萬蕊千枝獨黜魂。捲翠簾前嬌素艷,倚闌干外淡黄昏。而今已老孤山樹,猶訝瓊姿帶雪存。

清明日朱夢卜、俞子襄、徐叔達、胡翰臣、王伯昂携二小兒出遊偶咏

鞍馬出遊春,吴山氣象新。花知迎客笑,柳覺帶煙顰。靄靄翠微路,迢迢芳草塵。清明過細雨,莫阻踏青人。

又

一院梨花雨,瀟瀟静倚琴。非關遊興懶,祇是怕春深。緑袖依紅杏,黄鸝轉翠岑。風光兩稺子,猶解愛登臨。

郭　門　行

朝出郭門東,暮出郭門西。郭中萬餘户,郭外草萋萋。萋萋復壘壘,丘隴相高低。貧兒衣藍縷,拜掃千行啼。富家盛車馬,蹴踏田與畦。人生無百歲,愚智同一蹊。不念昔時貴,華屋如雲齊。嬌歌發皓齒,清聽滿金閨。玉食輕百萬,下箸猶慘悽。使氣一朝盡,豪雄乃塗泥。子孫日以遠,哀戚意漸睽。當風禮抔土,食汝黍與鷄。白骨豈恨貧?金錢空塞磎。冷雲將怨雨,歸路不聞鸝。回首瀟瀟下,黄昏濕杜梨。

發海陵途中風雨

落帆依草岸,風雨打船頭。瞑失雲間鶴,波沉渚上鷗。孤村惟水白,遠樹任煙浮。莫辨東來路,蒼蒼起暮愁。

又

早覺前村暗,相呼泊小洲。茅檐三五舍,花雨一孤舟。細柳魚吹浪,青燈酒泛鷗。滄浪人已醉,高卧枕江流。

晴

雨餘春草緑,日暖菜花香。鐃吹喧行岸,歡迎動水鄉。爾生唯網罟,有路但舟航。回首洪濤潤,嗟哉淮與揚。

次　岡　門

澤國日饒雨,舟行似鏡中。連岡羣向北,一水自朝東。入海聲非細,安流倏已通。誰能功並禹?疏鑿有司空。

又

江岸倚危檣,江流夜未央。輕風吹雨甸,白月照春塘。人静蛙聲鬧,村孤犬吠忙。又聞沙際鳥,嗷嗷去何鄉?

鹽　城

別卻邗江鶴，來調單父琴。春風三月暮，花雨一城深。石礎當潮落，射湖環縣陰。人傳有舊跡，瓜井已荒沉。

鹽署遣興

曉潮聽罷午潮生，海署雲陰濕檻楹。青夢只憑池上草，歌春何處柳邊鶯？東風已約還家棹，細雨頻催去瀆城。祇爲浮榮忙歲月，野花閒笑不知名。

月食值雨，永寧古刹夜集

至明非可蔽，妖祲爾何私？自有清光在，漫愁掩翳時。蛾眉多見妒，風雨又頻施。感慨盈虧理，蒼茫欲賦詩。

又

萬國喧今夜，江城閉白雲。人間長愛護，天鑑未全分。香雨霑勞吏，金繩對屬文。鐘聲花外出，風氣度檐芬。

和鹽丞胡士弢韻兼示別

間關黃鳥自翩翩，海上東來邑有賢。疏放盡皆嫌白眼，詩章謬擲許青蓮。高城柳浪煙光闊，署館春風淑氣宣。暫別片帆邗水去，憶君應在雨花邊。

發鹽瀆，將歸海陵，途中遣興

置身一輕舟，來往無定所。黃鳥鳴喈喈，送我河之滸。買棹入吴門，高歌去淮楚。薄暮懷好音，修途念何許。蘭蕙郁青青，春風滿江渚。未堪持還贈，我佩自延竚。不見素心人，瑶草報誰與？

將至昭陽遇雨

海燕集深林，春鴻泊枉沚。沙草去微茫，渚花寒不起。雲際辨昭陽，含淒路未已。日夜望吴陵,江鄉三百里。臨風坐釣人,當雨牧樵子。一帆海上歸,霑濕來如洗。豈是兩忘機?各在煙水裏。

昭陽夜行

昭陽樹裏有人家,日落南湖帶晚霞。一夜扁舟風送我,趲程歸問海陵花。

又

日隱風高雨欲催,前村行過後村開。輕波緩送芙蓉客,已辨青蒼曙色來。

牡丹花

誰携魏紫與姚黄,走送南鄰到北堂?芍藥已教羞國艷,芙蓉應亦讓天香。可憐何處吹簫伴?猶憶當年羯鼓郎。回首絳紗空貯恨,春風曾識侍君王。

繡球花

牡丹欄外繡球叢,雲縠輕衫厭薄紅。明月團團低院落,楊花滚滚過墻東。春愁百結爲誰解?粉恨千層衹自空。最是凄凉闌夜雨,啼香泣素入簾櫳。

咏燕次黄交三韻

不捲珠簾路未通,身輕旋復受斜風。烏衣巷北垂楊裏,朱粉樓頭夕照中。舞社年年芳草暮,定巢處處緑陰空。呢喃似訴歸途遠,卻怨春深見落紅。

楊花

芳心無定逐東風,不綰長條不倚叢。飄蕩乍來青草外,顛狂又觸畫簾中。綿綿似墜春情薄,點點欲高天路空。只爲雕梁難可到,輕沾願托燕泥融。

静夜

懷思屬静夜,吟苦踏花行。遥望高樓處,猶當落月明。星沉池影亂,風過竹涼生。不見雙栖鳥,依依伴客情。

午日

何處歌聲出浦風?採蓮遥憶越王宫。誰能續命絲千縷?惟有招魂酒一筒。江鼓不聞人競渡,楚雲空鎖雨冥濛。邗城午日年年過,獨見榴花似舊紅。

雀浴

午風遲日荷花小,寄傲南窗倚北沼。長夏安居静素懷,開簾細看雙浴鳥。鳥飛欲高身欲白,潔澤其羽心未了。相呼相伴刷池頭,波底月明出煙表。東海雲深天路長,瑶臺咫尺音信杳。花前往往修容儀,柳外蕭蕭立孤矯。誰將軒冕困泥塗?願識長年存皎皎。邗水濁漉不可居,但欲去之辭塵擾。

夏日涼

榴火然三徑,荷衣長小洲。江雲常滯雨,山色欲當樓。暝氣全拋暑,涼飆不是秋。無勞親白羽,五月尚輕裘。

夏夜涼

一雨花間過,殘雲閣上留。江山已仲夏,風月似清秋。北渚藏煙鷺,南塘静野鷗。景閒人不寐,何處蕩蓮舟?

舟夜行

樹色蒼涼夜,江帆片片生。趨庭心不寐,戀闕恨多程。雨霽開林月,風清送杜蘅。如何天際影,沙鳥亦宵征?

又

吴歌中夜起,知有岸行人。薄宦携雛子,天涯覲老親。螢飛何熠熠,蛙鼓又頻頻。已慣維揚棹,無勞暗問津。

夕　陽　柳

垂楊堤上斜陽墮,長條短條覆輕舸。盡日風前身嬝娜,有時照水凝妝坐。青絲百丈香雲彈,細腰不奈春愁裹。章臺折寄阿誰可?咫尺片帆風送我。樓閣重重簾幕鎖,邗江客子詎相左?

再遊平山

數里踏青蒼,重來意不忘。白雲思帝子,芳草憶歐陽。别館今無地,平山尚有堂。清吟猶未了,遥見暮天長。

平　山　院

寺杳鐘聲出,僧閒草色新。松陰通遠岫,地静不栖塵。山鳥頻呼客,墻花亦笑人。未能依覺路,慚過虎溪濱。

無　　題

北渚風輕荷氣纖,南塘雨過半窺蟾。墻間紫燕雙翻浦,閣上紅花獨倚檐。柳岸年年維畫舫,江峰日日對朱簾。夢魂已隔西樓遠,恨似長潮早晚添。

遊天寧寺

坐卻江頭倦不還,聊將心跡叩禪關。人生何處風塵少?世上惟餘佛日閒。滿院經聲開覺路,一樓花雨近春山。微軀有待應歸去,乘興猶能到此間。

接家大人未至,還歸海陵

雨裏樹含煙,雨後村歸鶴。斷岸水淙淙,遠山雲猶蓄。今朝何處來?昨夜廣陵宿。望盡消息遲,還歸芙蓉閣。

發海陵接家大人,舟中志喜

作牧經三載,離親已五年。未酬芳草意,佇望白雲天。一水似煙隔,疏燈無夢懸。如何舟楫重,翻覺棹難前?

廣陵舟中夜侍家大人奉别

下馬立沙頭,江帆來片片。風開揚子雨,雲霽高堂面。何意久宦遊,得在天涯見? 百里組邗東,五年隔鄉縣。主恩與親誼,兩在心莫踐。今日相遇歡,依依轉懷戀。不寐待鷄鳴,江清氣如練。故知聚會難,得無征途倦。雖悲白髮侵,卻喜猶强健。王事終有程,徒然勸加膳。

南堂詩鈔卷五 前集

酌　　酒

我有尊中酒，與君花下斟。花前鳴好鳥，花外彈素琴。一酌復一酌，醉貌不醉心。山家酒不薄，君量怕自深。

野　　塘

日落野塘香，風飄去何處？愛此花開鮮，玩之不能去。娟娟隔浦雲，緲緲芳洲路。千里滯佳期，獨立懷情素。美人限秋水，可思不可遇。蕩漾採蓮舟，沙間起白鷺。

暑　　退

累日倦炎征，今朝欣暑退。雷雨暗淮河，蒼茫起絕塞。長風捲暮潮，波蕩白鷗潰。雲氣失江鄉，舟人迷向背。孤城入太陰，鐙火夜深晦。我本滄洲人，何妨煙雨内。

夏　　末

孤城懸百雉，海邑但垂陰。我行當夏末，日夕散幽襟。好雨不時至，清風來長林。白雲天外近，秋氣葉先侵。面山見飛鳥，開軒聞蟬吟。庭前樹葵藿，多爲向陽心。

楚　　氛

楚水起妖氛，中宵集雲漢。百里揚石沙，九州平若案。所恨多摧頹，秋蘭當户歎。鳥雀各驚林,波濤吹折岸。勢厚澤未交,力微風轉散。莫令漂我居,我居方晏晏。

搗　練

落月如流霜,殘河没曉箭。漏盡井梧寒,天清碧雲倦。砧杵下西風,淒淒秋搗練。昨見北庭書,知有交河戰。

南樓月夜

南樓夜静荷香送,鄰笛一聲風月動。秋色此時誰共看?離人卻在秋江夢。

又

無限愁思獨倚欄,嬋娟今在恰舟寒。五更風過梧桐雨,不斷秋聲葉上彈。

閨　怨

河橋時一望,秋色滿江南。别恨從今始,淒涼總莫堪。

又

木落關河遠,天青碧燕秋。客帆何處落?今夜夢西洲。

又

江山横白雁,風月有誰憐?不憶春時節,花前笑並肩。

又

玉砌金風滿,羅衣曉露單。誰憐千里影?衫袖亦闌珊。

又

曉院霜初落,碧梧鴉獨栖。妝成鸞鏡掩,猶向緑窗啼。

又

臨别怨無語,傷情倚北窗。啼痕拭不盡,含淚滴秋江。

感　遇

太古汩已遠,澆漓遂至今。長令沕穆風,寄在枯桐琴。誰言半死樹,猶有高俗音。願思托山水,和之諧素襟。豈意龍門士,拂拭重南金。入我青雲路,邀我下長岑。偶來一問世,多有不然心。

又

行路日淒淒,秋蟬聲嘒嘒。玉露下崇岡,金英發叢桂。杲杲白日光,孤芳獨不替。維南有幽蘭,比德自同契。百卉惡榮滋,霜風轉凋敝。安得美容顔,爲君飾瓊佩? 回首望所思,所思在雲際。

又

明月皎夜光,入我東西廂。絡緯啼我側,蟋蟀鳴我旁。涼風起階末,落葉變秋霜。感物不能寐,中宵起彷徨。嗟彼銀漢女,一别分炎涼。途遠情莫致,欲濟川無梁。焉得乘雲車,天路相翺翔?

又

海日出扶桑,幽陽匿西耀。四時相迭更,歲月忽奔跳。草木有本心,人生可同調。鳳飛何皇皇,四海求其妙。六翮已困飛,三山當晚照。萬里復流沙,所歷皆鷹鷂。音羽日摧藏,儀祥安得召?

又

雅頌懸不作,鄭聲日哇咬。大牲不以薦,濁醴用天郊。精意苟未洽,天人道豈交? 南山有四老,箕潁有由巢。千載不可遇,甘身入草茅。

又

至德本忘形,勞生役乃賤。東海有仙山,巍峩遞隱見。金闕遠浮天,玉臺倚雲漢。中有一真人,祥風被宇甸。服食自長年,餐霞復飲電。朝遊北極巔,暮宿紫芝殿。青鳥日不來,使我心眷眷。

又

青松何磊落,鬱鬱蒼巖巔。托體既已殊,貞心本自堅。下枝蔭厚地,上枝摩青天。飄飄女蘿莖,隨風東西偏。附此百尺幹,離彼風霜纏。結根苟得地,引蔓入雲烟。所以貞女心,願托君子前。

又

精衛銜木石,東飛填滄海。寧知軀力微,只欲桑田改。南山日崔崔,北山日磊磊。弱羽豈勝任？竄伏備饑餒。委命入泥沙，碎身仍不悔。嗟哉不自量，遊魂今誰在？

秋日孫司空寓園玉蘭重開，次徐方虎原韻

春時越艷倚簷牙，此日承芬托絳紗。樹底留雲皆縹緲，簾間過雨不諠譁。漫疑崔子臨風影，道是江郎夢筆花。更有伊人秋水至，南州重與話桑麻。

接家大人，舟中同黄仙裳、交三分賦

八月西風起暮遒，津城鐃吹度江流。蓼花瑟瑟紅依岸，荷葉蕭蕭冷向秋。遊子望雲思解纜，同人冒雨話孤舟。吏情已共滄浪遠，莫怪頻頻狎野鷗。

渡江奉侍家大人南旋

茱萸灣口渡江東，隨侍欣從我令公。鐵甕雨霑宵旆濕，金山日掛曉潮紅。樓船咫尺遄飛鳥，鼓吹悠揚驀遠空。話到君恩天下少，虬鬚磔磔老西風。

丹陽道中侍家大人

經過不枉吏將迎，倏忽輕帆度吕城。滄海尚須旌節重，丹心得傍聖朝明。風吹岸草市橋暮，月映沙洲江路平。報道姑蘇來日近，雲山依舊愴離情。

雨後吴門奉别家大人

河橋細雨暗孤村，帆去江空獨愴魂。回首旌旗看已遠，不堪歸棹入胥門。

又

拜别空瞻雨後峰，心依無計可追從。吴人只是喧歌鼓，不管今宵夢幾重。

虎丘懷古

日落虎丘寺，秋風盪槳過。不聞新宴舞，但見舊山河。

十三夜别虎丘月

數里風飄滿路香,虎丘道上桂花黄。江峰幾陣排寒雁,簫鼓誰家鬧夕陽?堤畔遊人維畫舫,嶺頭月色掛垂楊。十千沽得蘭陵酒,好對金山罄一觴。

中秋夜揚子江玩月

片帆吴地盡,羣鷺宿沙洲。獨鼓長江枻,欣逢海國秋。波翻千頃碧,山湧六鰲浮。請看今宵月,何如望虎丘?

重九集繆墨書問月樓,同人分賦

去歲西園醉菊花,今年重九過君家。海棠欄外雲和月,影静清香透碧紗。

又

歌舞堂前夜未賒,小亭刻燭興偏奢。詩成細酌茱萸酒,不覺城譙已二撾。

出萸灣憶家大人

又出萸灣九月秋,吴陵季子重生愁。蓼花已老黄花瘦,江水江風日不休。

又

憶昨瞻雲八月槎,五更曾此待嗚笳。而今計卻歸程路,只在重陽亦到家。

江陽道上

驛騎臨秋路,村橋唱午雞。家家農事畢,碧水映荒畦。

又

遠岫江中出,秋楓霜妒紅。時時頻拂馬,誤過竹園東。

望焦山

焦山一點黛如螺,浪裏孤帆欹側過。安得徵君廬上宿,細探銘字水中多?

青絲江遠斜陽雁,揚子秋深起白波。南望諸峰開曙色,浮光月出抱黿鼉。

秋夜登金山

妙高峰頂坐,靈境異人間。弱水仙家地,蓬瀛海上山。風清連梵宇,月冷浸煙鬟。萬象歸空寂,江聲聽亦閒。

舟泊瓜渚

晚晴風更緊,瓜渚泊舟閒。塔湧江天寺,波浮北固山。鳶飛時下上,帆過倏廻環。明日金陵役,磯登燕子還。

燕子磯醉月

城俯鍾山稱虎踞,燕磯獨立江邊路。一帆飛盡夕陽天,長嘯登高起白鷺。石亭迢迢山已秋,蘆花澹澹江欲素。但見月明萬古同,何曾歌舞年年遇?我歌未醉月長懸,我醉月明知何處?

秋杪同黄仙裳及令嗣屺懷、交三分賦

竹徑花開十月交,滿園芳意未全拋。掛帆昨夜歸彭澤,扶杖今朝過孟郊。心愛論文多自放,興成詩句與君敲。西風欄外啼寒雁,回首斜陽拂柳梢。

題旭峰上人小影

兀坐長無事,山空水自閒。漫言梅影瘦,芳意豈人間?

爲孝子徐九章夫婦題

西風一縷血模糊,夜半呱啼聞乳姑。天爲蓬門雙孝感,兒今存母婦存夫。

又

身安編户行歸儒,千載頹綱一日扶。霜滿長林秋遍野,海陵月出聽啼烏。

秋江夜行

夜色趁行舟,空江蒙薄霧。秋蟲尚有聲,切切隨我去。感物念所思,路遠知何處?寒雁起天末,關山歲將暮。霜傾楚國花,風剪淮河樹。摇落遍人寰,月明如我素。

送孫公屺瞻歸朝

玉勒去朝天,陽和向日邊。圖將瓠子影,歸奏未央前。鳳闕湛新露,龍池惹舊煙。惟餘滄海上,吏隱有三年。

蘭陵道中同黄仙裳、交三父子

三年幾遍到吴中,野水寒花坐釣篷。燕去應傷紅閣柳,人來遥對碧江楓。潘郎有鬢今多異,黄憲能詩日不空。回首斜陽秋色遠,扁舟輕放逐西風。

冬日

歲暮斜陽薄,寒階落葉黄。凍雲粘海署,連雁度書堂。竹色冬猶緑,梅枝冷自香。閉門無事事,清韻倚琴床。

將歸鶴

白鶴下三山,征途去未了。霜枝且暫棲,風濤日不少。西海碧雲深,將歸舊池沼。長翮已困遊,哀音念黄鳥。只畏蹈危機,無心較高皎。野鴉方得意,擇肉荒煙表。

漫成

落落邗東見二毛,尼山應亦笑牛刀。鮒魚只爲恩波重,鳳鳥安知世網牢?水國雲深愁暮歲,關城臘近凍歸舠。河橋春信無消息,剩有寒梅瘦骨高。

無　題

灼灼桃李花，花開妾未嫁。待得嫁郎時，花開猶未謝。兩意既相洽，貞心石可化。豈料侍兒猜，春房暗嗔咤？

遣　興

花映鳴琴暇，春閒單父堂。每騎山簡馬，踏遍小橋香。

又

歸來開竹徑，斜日在梅花。聊試羲之墨，呼童啓碧紗。

贈席允叔

江陽才子孟詞人，不愛上書向北宸。昭代詩成文選地，田園歸賦折腰身。何須把臂傾前抱，自是論交定有神。我處閣東梅一樹，夜深曾見與君鄰。

晨　鐘

水國明殘夜，霜鐘徹影流。經聲催曉霽，天籟和烟浮。竹遠摇山徑，溪深繞梵樓。旅情易寂寞，觀世欲無憂。

臘　雪

北風吹歲闌，添雪復添寒。滿徑花飛易，沿階月去難。同雲封酒肆，積曙老峰巒。愛近清輝意，鈎簾到夜殘。

除　日

此歲惟今日，明朝無限春。開新何易易，置故若頻頻。不見冰霜烈，誰知天地仁？翠華將有指，千里待孤臣。

首　歲

首歲匆匆出海陵，霜風原野凍雲凝。饑烏不肯避行馬，遠水空餘歸渡僧。

幾處漁舟粘積雪,誰家鵝鴨立層冰。青煙已是村途近,衰柳河橋卧碧罾。

人日邗上

人日行舟楚水旁,數枝斷岸野梅香。東風欲報何郎信,誰更題詩到草堂?

又

臘雪初消古渡邊,竹籬寒舍起新煙。春冰猶凍河橋柳,未得青青繫客舡。

俠骨行

今日愁苦昔日歡,昔時容易今時難。文章意氣生荆棘,黄金巧佞横相干。誰家公子何楚楚,鼎食鳴鐘日歌舞?腰纏寶劍鹿盧光,手掣彫弓雙白羽。秋鷹鋭鋭韓盧驟,水斷飛禽山斷獸。蓬萊聖人知姓名,五侯豪貴皆回首。玉關門外沙水清,玄菟城邊秋月明。羽書不動烽火滅,將軍宴飲吹竽笙。萬里歸來一事無,廟堂論道皆通儒。十年磊落無知己,始信俠少非丈夫。朱弓寶馬鬻西市,閉門罄折事詩史。詞源已足三冬日,射策君門名第一。承恩今拜海東城,民貧地瘠倉廩失。努力辛勤撫字疲,大官切責在有司。當年意氣今猶在,扶弱鋤强無所疑。行者謳歌坐者忤,狐狸安足問豺虎?也知俠骨未能降,九重上有聖明主。

立春

春從一雨來,人向五更起。雞聲催曉雲,唱徹吴陵里。東軒開微白,叫殺栖烏子。魂夢幾回新,愁愁恐未已。積雪融舊枝,青陽曳邗水。物色有生態,江山報新美。天地欲東來,蒼然判於此。冷暖陌頭花,誰能念終始?不見鵶鵲喧,晨光半悲喜。

春日雨雪

片片吹花幔,纖纖墜柳營。翰音當晝晦,人語帶春聲。向暖沾衣潤,因風拂地輕。簾疏猶暗濕,况復路旁行。

春日海陵席上即事

柳外春光暗裏增，浮香亭上酒初登。東山憶我將歸去，江北逢君醉復仍。今夜詩吟誰慷慨，前宵歌舞自歡騰。簾疏暗入梅花影，漸見寒枝月欲升。

夜雨聞雁，同文中弟限韻

小院聞來陣陣春，江鴻和淚又頻頻。舊愁併入今年草，也向階前一夜新。

蝶　　影

春風情性鬭輕盈，纔見栖時倏又驚。曾傍飛花相繚亂，卻隨落絮欠分明。疏簾欵住應留魄，小扇搏來空有聲。已逐墻東王謝燕，日高猶自印香枰。

對　　春

寂静芙蓉署，春聲鳥夢遲。東風吹柳院，暖日上花墀。百草已回緑，孤鴻當别離。北歸猶有恨，千里憶南枝。

贈林眉峰

邗上正逢春，梅花來故人。爲嫌詩瘦骨，但道醉能真。

偕文中弟及諸同人登州城泰山武穆亭

春城連騎百花馨，攜酒臨高醉復醒。萬井煙開三楚緑，危欄人對數峰青。翠華已指江南路，皂蓋今登武穆亭。淮海孤臣同遠望，暮雲將雨過沙汀。

春　　陰

江雲約雨過邗城，二月黄鸝乍有聲。捲幔正題歸雁賦，閉門卻減看花情。春衣不耐東風薄，芳鬢全抛細草生。莫怪枝頭多冷暖，陽和原是未分明。

雜　感

薄宦承嚴譴,天涯酒一巵。春風不得意,絲管爲誰思?欲作周郎顧,應傷墨子悲。年年芳草賺,離别到今時。

即　景

嬌鶯百囀透窗紗,二月新開解語花。日暖雕梁斜燕侶,春風領略到誰家?

春獵,同四弟文中

海陵二月春風輕,北窗花外槽騎鳴。羽箭横腰鷹在臂,我曹結束獵東城。東城百草緑初齊,冷雲未雨日慘悽。分鑣列騎人如伍,調弓挾彈風凄凄。荒郊老兔營三窟,欲藏不得身馳突。百道縱横草上飛,一曳正向馬前出。追奔逐北疾若風,沙蹄蹀躞東陵東。林轉溪廻日换午,騰岡越隴蒼山空。鞲鷹側腦飢待肉,暖腹充腸飽一逐。凌空絶地捷有神,羽下韓盧相掩覆。吁嗟狡獪今何益,畢命須臾真可惜。朝遊野田暮鼎烹,游魂不得歸山宅。山風颼颼吹水寒,飲馬歸來鷹準(隼)歡。獵罷市兒争怪問,今日去官身始閒。

題黄交三觀濤圖

我昔曾經此地無,今朝翻覆見斯圖。壯哉觀濤此尺幅,南極瀟湘東勾吴。大江雲氣長漠漠,白浪摧天天欲落。九嶷山折洞庭高,胥潮怒打錢王郭。翻空湧日石犀傾,駕雪排霜銅柱覆。弱水西來去不歸,六鼇戴住蓬壺足。就中二客何偃蹇,笑指洪崖無早晚。晉代衣冠没姓名,徘徊恐是嵇與阮。吾觀黄生真不羈,胸懷磊落誰得知?繪將遠勢千萬里,令我瞬息心神移。三江七澤生堂上,四壁煙波忽蕩漾。崑崙不高五岳低,江潮只尺來相向。但恐夜深魂夢飛,行登天姥拂仙磯。人生滿眼皆危機,不如歸去遂初衣。疏簾閲罷知何處?春庭微雨聲霏霏。

對　花

一番風雨一番新,又見枝頭無限春。但恐折時驚語鳥,從教開遍落芳塵。可憐梅子青歸夢,到處杏花紅煞人。休道年年傾倒極,卻因傾倒轉傷神。

女　劇

恍惚如行玉,花枝相映開。乍言從楚岫,復道自瑤臺。艷舞驚栖燕,曼聲低落梅。滿簾雲霧重,誰放月明來?

暮　春

纔吟冬雪句,又咏暮春詩。歲月易如此,江山青向誰?暖風牽細柳,斜日護高枝。恨白河陽鬢,多因花落時。

别劉長源

花裏乍逢君,花時手又分。無多相見日,更少一論文。明月隨飛棹,春風惜别羣。雅歌真逸調,贈我似煙雲。

别王塵表

細柳緑郊坰,杏花紅短亭。誰催王子去,卻向釣臺經。黄鳥歌前出,春山醉後青。自多芳草句,幽興寄沙汀。

别文中弟之任嚴州

宦遊今兩地,恩遇各身輕。我愛嚴陵水,君行似此清。濟人長不息,鑑物有餘明。欲識别離意,春風雁數聲。

别林眉峰

惜别林逋去,黄鸝聲奈何。偏傷行客少,生惱住人多。落日邀花舫,春風送緑波。南遊應訪勝，放鶴有山阿。

清河縣覲上

翠華南幸萬方平，羽衛森森兩岸明。綵鷁舟中開雉尾，絳桃花底簇龍旌。温柔帝語頻煩問，咫尺天恩忝竊驚。未有涓埃酬聖德，臣心惟屬此河清。

留別黃仙裳

邗水吴陵百里溝，春風離緒滿江流。猶懷竹裏西園月，已別花間處士樓。黃鳥一聲催解纜，緑楊兩岸蔽歸舟。三年作伴今揮手，有興還須訂舊遊。

長干詞

妾本弄潮兒，嫁得弄潮壻。夫壻不如人，妾家本微細。但願相守歡，何必慕榮貴。東家亦有好容姝，嫁卻王孫世所無。金鞭拂馬事輕薄，夜夜更向娼樓宿。西家乍見紅顔女，不愛年少歸商旅。商人重利不重貌，經年作客慣湘楚。湘楚秋深空徙倚，西風白浪鼓揚子。可憐望盡不見君，淚濕銀瓶落井底。南鄰甲第如雲織，亦有嫁卻王侯宅。流蘇作帳玉爲床，桂棟蘭階玳瑁壁。金釵四五如花紅，枝枝葉葉自相敵。鴛鴦七十二成行，更有獨宿東西廂。争嬌奪愛人何限，瑣窗時時虚月涼。不見只今北里坊，承恩新拜羽林郎。笙歌徹地羽書至，娶婦不得拜姑嫜。邊庭一去萬餘里，春月春花閑桃李。十二樓作望夫山，江流盡化相思水。人生十五花始紅，三十便是飄霜蓬。縱與歡娱倍日夜，惟有十五年春風。以兹不愛綾羅裳，綾羅珠玉飾妾妝，離愁苦恨斷妾腸。

金陵道上

無怪南朝主，風流起戰戈。江山何限媚，花鳥不停歌。萬艷春前出，千香馬上過。我行三月暮，猶見絳桃多。

丹陽懷文中弟

我到金陵日,是君過吕城。今朝來此地,獨夜抱離情。本欲同舟楫,誰知異路程。雲帆不可待,辜負向南征。

又

海署從容日,維揚惜别天。一江花草夢,千里水雲眠。邇忝恩榮重,深驚覆餗愆。南行懷汝處,咏汝舊詩篇。

一清堂遣興

修竹蔭堂前,垂楊覆簷下。中有綠槐風,可以消長夏。啼鳥時數聲,春花紅滿架。壁静圖書閒,窗開籬落亞。臨芳坐咏詩,當雨讀騷雅。問世有文章,散懷在瀟洒。自昔守維揚,吾慕歐陽者。

别胡漢臣

離人今夜色,置酒此清堂。月送林間影,風從花底香。春潮相晚暮,世路各津梁。已鼓還家棹,無勞魂夢長。

潔己

潔己愛幽居,屏花帶笑如。槐風清几牘,竹月印床書。政以文章得,詩因嬾慢疏。平臺山鳥過,影入碧窗虚。

之淮偶咏

夏草綠如煙,舟航去若騖。窗開入渚香,岸轉迎堤樹。日隱遠湖陰,風緊長淮暮。回首念花時,美人於此遇。

登金山絶頂

江山無恙古猶今,仰盡空青俯綠沉。已辨淮揚浮幾點,欲將吴楚勢全臨。

波魨舞罷日銜郭,海燕飛來風滿岑。萬壑遊雲歸未定,秣陵雨過廣陵陰。

午前邀黄仙裳過署,下榻一清堂,次原韻

不肯頻過訪,高超隱者中。獨看揚子月,時仰海陵風。午日邀飛鷁,花辰惜去鴻。但來無别語,詩上勸初終。

午日劇飲黄仙裳

列卻笙簫遍晝櫳,出將紅綺醉山翁。莫辭一盡杯中物,爲解離思去後衷。茉莉香和檀板月,石榴花鬧艷歌風。雖然只隔邗江水,但恐君如海上鴻。

讀四弟近稿

滿座聆金石,誦君詩句新。江南無作者,越國有詞人。煙柳六橋浪,花風嚴子津。長公今咏拙,付與潁湖濱。

夏夜懷文中弟

緑綺雨中彈,新詩花底咏。坐散一池雲,欲上東軒鏡。氣清茉莉融,影轉梧桐正。竹院正懷君,一螢飛不定。喜見昨日書,臨風想佳政。豈但案牘閒,能盡山水興。

閨夏

午枕静花風,朱軒轉晝櫳。欄邊鸚鵡睡,簾外海榴紅。珍簟香魂冷,冰肌雪粉融。霎時庭過雨,知下楚王宫。

又

淺掃雙眉黛,嬌妝淡似無。池風過碧幌,樓日照紗厨。花底彈棋局,松陰譜畫圖。外人難可到,垂手小踟躕。

贈崔蓮生

儒雅翩翩世所尊，泓如秋水度春温。九霄月滿閒鹺政，萬灶煙青樂化惇。縱筆人驚黄鶴句，舉觴客羡八仙倫。新恩來愧承芳躅，昔日絃歌今尚存。

别俞子開

鳴鶴峰頭客，平山臺畔歸。舟航停半壁，雷雨傍清磯。力學真車胤，情思過陸機。好文今有主，莫趁海鷗飛。

朱樓

門傍清溪柳傍橋，水紅花覆採蓮橈。閒維畫舸青陰下，静掩朱樓午夢遥。鸂鶒慣經全不避，鴛鴦馴狎恰相招。晚來合向南塘戲，昨夜浦西歸趁潮。

舟行

緑水牽行舸，高峰入小窗。吴花紅點點，越鷺起雙雙。遊宦身如繫，看山意未降。晚雲迷處所，雷雨傍銀釭。

月夜泛舟

笙簫夜静泝中流，風引帆高月盪舟。疏靄横來雙柳岸，暗香吹送百花洲。銀光影裏超城郭，碧水沙頭迅野鷗。過客此時迷到處，虚疑身是泛牽牛。

樓舡行

樓舡雜遝如雲集，鐃吹喧闐鸞鳳泣。大吏小吏各駿奔，旗門武將盡披執。十里五里旌旆紅，千人萬人皆拱揖。健兒猛健如虎貙，咤叱一聲山卻立。道旁過者問何人，未睹容儀先震讋。天子命官出撫民，察奸剔暴問憂悒。兼恩特賜繡衣郎，坐擁高城百餘邑。君不見昔日埋輪有張綱，致君堯舜人姓汲。

入　萸　灣

酌酒下萸灣，月明相與閒。今宵宜伴客，莫掛廣陵山。

過　宜　陵

藹藹市橋色，迢迢羈旅情。緑楊曾繫馬，紅樹舊聞鶯。地接吴陵里，江猶邗水名。遥思三月暮，時共子由行。今春與四弟見駕過此。

次　海　陵

去此時春暮，來過届早秋。馬嘶知舊陌，人語識同遊。寮佐迎新守，兒童喜故侯。停舟未忍别，一爲問田疇。

入　如　皋

秋風吹邑里，夜過雉皋城。露下江花冷，煙栖岸柳平。吏人迎鷁首，漁火認郵程。莫漫驚鷗鳥，宦心原自輕。

秋日登狼山

白狼峰下路，蒼翠滿郊塍。策馬來當午，聞山到必登。長松栖鳥道，半嶺候巖僧。回首招同侶，丹梯莫怕升。

又

五峰開鐵壁，屏幛起中州。海日翻紅浪，空青截碧流。高標三楚色，直接九嶷秋。此日臨江閣，何人識壯遊？

登　狼　山

昔聞五狼峰，未鼓崇川枻。帶水隔芙蓉，值予不遑歲。帝念切痌瘝，南廵布佳惠。考異到臣工,湛恩及微細。六月下雙旌,東征察凋瘵。欲盡恩波心,得振登山袂。捨舟入翠微,策馬逢新霽。十里見崔嵬,鬱紆開復閉。喬木上盤空,鳴蟬秋更厲。插壁根石亭,嵌虚疊鳥砌。半嶺墜鐘聲,高標出雲裔。江閣俯餘晴,凭欄歎奔逝。萬古日滔滔,河山生帶礪。秋色界人寰,洪濤折天地。南望陸沉間,盡入魚龍氣。吴楚與甌閩,莽蒼知何際? 地盡曠懷孤,日落憂思繼。回首見白雲,欲憶雲間帝。惟有福山青,北對諸峰鋭。

瓶　荷

側影悵前期,低回若有思。不忘南浦曲,猶憶若耶兒。月鷺悽洲渚,風鴛怨水湄。冶容憔悴盡,只爲一朝知。

雁 來 紅

凌寒不在艷,秋色爾偏誇。葉裏萋成錦,園中爛似霞。只言心是赤,何意貌非花? 縱有嫣紅異,終傷點染差。

白沙秋月

津城同一碧,獨月影横秋。爽氣澄江國,清光廹漢流。夜深漁弄笛,風起客當樓。長嘯波濤色,千峰鎖石頭。

蓼　花

裊裊江邊紅蓼花,傍橋依柳映清沙。水晶簾外西風滿,朱粉樓頭小雨遮。倚岸似曾迷客舫,隔墻猶認有人家。秋來庭院知多少? 惆悵南塘日影斜。

真州浣紗女廟

真州江上浣紗祠,死孝憐忠見女兒。伍相至今應有恨,紅顔千載已無疑。疏雲過雨連荒草,遠岸殘陽照斷碑。漫道西風吹世邈,寒蘆秋水似當時。

秋　山

縹緲峰青雨後山,江樓人望不知閒。一簾秋色皆圖畫,萬壑新晴盡解顏。谷鳥有時招隱遯,洞花何事笑登攀?謝公本是尋幽客,偶被蒼生出未還。

秋懷和交三

別院蕭蕭過雨涼,秋心强半費思量。誰知柳七今宵下,紅燭窗前譜海棠?

江上中秋

秋滿南樓楓滿江,天邊雁影去雙雙。可憐今夜沙頭月,曾照何人閣上窗?玉笛不生三楚夢,漁歌偏唱六朝腔。東方欲曙棲烏散,酒盡峰青醉碧缸。

別錢麟圖

今代廉能將,君其第一人。請看舊部曲,未忍別郊津。陽月飛高旆,樓船下八閩。故交如有問,雙鬢染安仁。

別朱端士

廣陵十月放歸舟,楓滿江橋月滿樓。越水吴山應有夢,還家莫作少年遊。

冬晤諸會嘉,筵中即咏

西廂夜静月痕細,碧窗紅燭簾櫳閉。平山主人荷恩深,潔白其身絶一切。門閒剌謁心神孤,公餘惟有編章契。西泠豪客性本真,縱談直與秋山鋭。流肝照膽劇孟人,幾度燕臺風雨歲。清尊今夜爲子開,槽檀雜遝爲子繼。一枝兩枝相映紅,千囀萬囀聲流麗。冬城十月春已徂,那得鶯花滿堂砌?人生榮淡本無期,雲啼雨怨如夢寐。邗江流水帆乍通,相逢能不開顔霽?當筵意氣較初懷,子更不羈余竭蹶。

别諸會嘉

三載一相見,君從粵嶺陰。平生肝膽重,不憚水雲深。歲晚又歸棹,尊前當别心。春風如有興,重與醉開襟。

寄黄仙裳

海邑先生近若何? 閉門不出類山阿。避人阮藉能狂飲,遯世孫登自嘯歌。鶴署忽傳詞賦至,花軒時見月明過。欲知别後相思意,處士樓頭魂夢多。

寄黄交三

我在真州將匝月,日快黄生頻過謁。小樓閒馆不寂寥,長吟短咏無休歇。子歌我和子復酬,覺子才大如溟渤。江峰似畫月當頭,爾時正值夜中秋。兩載與君同此夕,相看能不重夷猶。拍欄長嘯咏新篇,南望燕磯與江連。煙開霧碧瓊瑶島,渺如銀漢落天邊。臨風直欲棹舟楫,乘興可到支磯眠。君言此景實難得,醉中呼我爲槎仙。坡仙文章謫仙句,顧我何似獨能然。舉杯問子子不説,明朝當作吴陵别。轉帆起椗入萸灣,百里邗溝如吴越。自從回首廣陵城,冷署寒鴉啼夜切。北風獵獵吹歲闌,梅花淡淡芳思結。至今猶夢鑾江上,時與黄生弄明月。

南堂詩鈔卷六 前集

舟中遇雪

江城脉脉水天同，雪裏行舟一邑通。酒肆橋頭歌醉客，漁梁川上立簑翁。瓊樓凍合鴉栖樹，瑶浦雲深雁帶風。欲問此時何處所，卻疑身在畫圖中。

早行即景

曉氣開平蕪，寒煙褰高樹。野水凍魚罾，梅花横古渡。驛騎響霜橋，雞聲林外度。漸聞出作喧，已覺村原赴。羣動皆有營，疇能不早路。盼彼同林鳥，晨光各飛去。

月夜觀梅

玉骨霜姿倚檻前，月明窗外帶寒煙。芳心已結江南夢，春信初傳隴上箋。纔見香來疑有約，卻驚魂去倍相憐。何郎一夜開東閣，緩步閒庭未許眠。

霜　竹

終年青不歇，豈受雪霜侵？騷瑟披風徑，參差倚月岑。凌寒原有節，清韻本無心。試聽雲門曲，應知鸞鳳音。

賦得海日生殘夜

島嶼煙輕暝色浮，潮來氣白五更頭。乾坤一息開殘夜，今古何人嘆逝流？漸見紅雲明海甸，俄翻赤羽射江樓。水光已徹魚龍藏，城郭鷄聲唱未休。

早　　砧

行路心如搗，羇人不奈愁。何須敲促易，知有夢青樓。

平 山 懷 古

平山遠望夕陽紅，名勝空餘古梵宫。娃馆衹今非大業，講臺未必似元豐。當年歌舞憐天子，一代風流屬醉翁。人去幾增興廢念，春聲又帶雪邊鴻。

春　　近

東風忽入幕，邗上欲傳春。雪意消殘歲，煙光動四鄰。漸停梅柳外，卻傍水雲濱。莫近南樓地，應知有旅人。

立　　春

一郡光雲水，春知入廣陵。新煙林外出，殘臘海邊凝。歲鼓夢頻接，寒梅香更憑。莫除簷下雪，留待有年徵。

鬻 兒 行

望歲如父母，旱荒失所歸。流離生道路，風雪無完衣。去國少相識，他鄉怕苦悲。提孩復挈伴，扶老涕漣洏。棄擲異塵土，不得同犬鷄。身無四壁立，那堪八口依？昨日鬻一女，今日鬻一兒。兒女出門去，沉痛傷肝脾。阿父聞孫去，淚下無乾時。阿母聞孫去，躑躅命如絲。骨肉豈不痛？所恨死路岐。傷哉一宿飽，又復計晨饑。回顧出腹子，終當付别離。

歲三日同俞子襄、徐叔達、胡漢章遊平山

興至調鞍馬，賓朋不用招。春風初九度，開歲得三朝。共賞翠微路，還過紅板橋。會看花柳發，簫鼓鬧蘭橈。

又

所思安可忘？下馬謁歐陽。古道風初暖，春游日欲長。誰知新歲月，仍是舊山堂？但訝雲煙意，終冬何處旁？

正月十五夜觀鐙

滿城春似海，陸地走蛟鼉。蓬屋銀屏亂，朱門火樹多。明珠貽漢女，鼓瑟坐湘娥。不用今宵月，人間影自頗。

述　夢　遇

行舟楚水旁，夢入華胥土。白日照桑麻，春山散花雨。百里異人天，蓮峰開化宇。漸近祇城深，始覺香風愈。金碧坐聖人，色相莫能睹。授我無生篇，念此生人苦。與我龍泉劍，令我驅毒虎。濟物如濟心，吾當去其蠱。

咏　　見

問年低兩靨，接語又含嚬。嫋立笙簫下，盈盈月就人。

次　　淮

泊舟經幾宿？會面隔良宵。雨過山陽驛，雲深念四橋。歸心春後雁，旅夢午前潮。我自輕離別，何須怨路遥？

人日壽黄仙裳

羅浮之客嘯雲煙，鬢髮雖皤白又玄。邗上幾回頻問醉，樓頭高處不驚眠。也知酒債尋常事，饒得詩名四十年。欲寄題梅東閣句，恰逢人日古稀天。

清河見上圖歌毘陵李左民畫。

翠幕花軒醒曉夢，披圖忽覺心神動。旌旗照野冕旒尊，宿雨桃風吹侍從。

金芝翠葆光林巒，堯仁舜德今難頌。誰能使我重瞻天？山人一幅摹龍鳳。卻憶去年承詔時，緑楊堤上躡飛鞚。天子知名呼我前，觀者如山相捧擁。某初至寶應接駕，上親呼名，命到清河面諭。錦帆入夜透淮流，鳳舸從天桃浪湧。雲旌午後集河干，臣舟始到君恩重。　霽容藹藹問臣年，次第諮詢聖明洞。移時佇立顔益温，第一清官玉音降。隨風一語落人間，萬歲歡呼遍黎衆。次日，某到清河。上爲停舟，温諭良久，顧謂諸王左右曰："此天下第一清官也！"一時岸上皆呼萬歲。人生恩遇豈可常？我寶斯圖將虔供。但願此圖垂千年，傳家永與河山共。

寄文中弟

爲政無容僞，時賢多見嗔。雖然工許國，只是拙謀身。日月昭吾道，風波恃聖人。此生逢特達，豈肯厭清貧？吾弟誠超軼，新硎即絶倫。曾參雲幕署，同達紫楓宸。五馬分嚴郡，嘉猷遍浙濱。頗聞刑政簡，似是汝兄真。曠志誰能邁？清詩每出塵。況當山水異，自爾興懷珍。憶昔去年别，如今又暮春。宦情常惝怳，世路各逡廵。柳染邗城緑，花飛紅板新。相思永叔路，時夢子陵津。三月君三十，余其愛此辰。

贈張見卽分府

五馬分臨瓜步城，衙齋閒放醉啼鶯。遥看山色如詩秀，静聽春潮似政平。地入淮流三楚盡，天開揚子一江清。當年樂有雙岐誦，此日張君繼令名。

游　春

緹騎出城闉，風光醉行路。江雁一一飛，看花覺歸暮。誰家樓閣深，紅出墻頭樹？春意識遊絲，風情解蝶趣。芳草五原煙，桃溪武陵渡。行過橋西偏，柳深聽鶯去。

次黄仙裳春日見桃花寄憶韻

桃花萬點照邗溝，片片隨波東向流。百里自通灣口路，殘紅應到水邊樓。雖然避世封三徑,尚許相思命小舟。待至江南歸咏後,與君尋醉去年遊。

賈客行

賈客駕長航,空濛出雲海。水深風浪寬,地折星河殆。大魚若阜陵,小舟如蓓蕾。歷國百餘城,歷年三五載。東征拂扶桑,西飛過渤澥。始獲大驪珠,徹夜耀陽彩。神物惡顯盈,蛟龍忽奔匯。雷雨夾歸帆,波濤若沸鼐。棄擲入重淵,俄然雲色改。異哉造化心,隱晦疇能解。愚不受嫌猜,聖有膺禍罪。至道古難容,吾將問真宰。

雨中看落花

落花時節雨聲和,嘆息春光忙裏多。總是吏情緣底誤?紅橋深處不曾過。

又

樹底樹頭雨打空,花開花謝總東風。憐他盡是傷春片,不忍沿階踐落紅。

又

滿簾紅雨濕香泥,樓外春雲覆檻低。但見流鶯枝上坐,曉來不向碧窗啼。

又

坐聽空枝點滴頻,嫣紅乍故緑添新。何來燕子身猶濕?似語春歸報主人。

又

艷魂無主一天愁,還憶芳時笑倚樓。不分即今飄泊去,殘紅猶自掛枝頭。

又

零香冷雨怨房廊,柳暗煙深欲斷腸。似恨不如江上長,好隨流水傍漁郎。

又

香消粉墜淚痕凝,夢破紗窗第幾層。尚有畫樓人共恨,也嫌風雨太憑陵。

又

鈎簾滿地着胭支,惱恨河陽鬢有絲。深坐無人閒院落,多情但咏惜花詩。

紅　橋

三月春深鶯燕遊，紅橋十里醉揚州。千絲柳暗行人路，萬點花飛賣酒樓。水外亭臺凝翠袖，煙中簫鼓盪輕舟。不教吏役驚山鳥，馬上風光過眼收。

觀　音　閣

乘春來此地，傳是絳仙樓。塘草增新恨，宫花帶昔愁。山青遲佛日，江碧照邗流。自古荒淫主，空遺粉黛羞。

司　徒　廟

下馬入山廟，巍然五丈夫。生存獵草莽，滅没贈司徒。血食傳千載，英風奠一隅。馨香非爾位，爲爾報功圖。

真 州 道 上

鷺破青山白，鶯穿緑柳黄。慚來花落後，但趁水流香。

又

到處游絲路，風光自興酣。莫愁春欲盡，多半在江南。

金 陵 雜 咏

金粉六朝地，笙歌别代民。從來多弔古，惟有後詩人。

又

紫燕樓頭語，楊花簾外狂。滿城春雨散，千里過雲香。

又

橋頭露未晞，堤上行人趁。相值恰聞香，賣花來陣陣。

又

昔日渡頭過，風流郎與妾。花飛不見人，馬上歌桃葉。

又

王謝宅何處，烏衣名尚留。年年新燕子，不見舊風流。

又

萬古説繁華，江山存辱井。惟聞景陽鐘，似發今人省。

又

芳草暗歌魂，春風葬香骨。君看秦淮波，惟浸當時月。

又

國破六宫散，歌樓百尺寒。可憐身是客，夢裏尚貪歡。

又

行路皆離别，勞勞今古中。何人不折柳，曾見幾株空？

金陵道上

歇馬垂楊下，青溪見落花。鳥啼深嶺路，雞唱出桑麻。野老談時宰，山僧笑獻茶。坐看流水意，不覺咏詩譁。

暮春金陵道中即興

曉月剩芳畦，金塘起煙霧。麥隴見行人，輕雲過竹樹。籬舍出幽泉，溪橋飛白鷺。愛卻江南山，恨别金陵路。春山若美人，明媚相回顧。鬟髻出雲中，静娟若有素。連袂踏歌來，羞容遮復露。仿佛襪塵香，卻是花風度。圖畫或難成，吟詩得奇句。時時馬上看，往往自迷誤。恰似爲春來，春歸我亦去。

姑蘇舟上

雲霽姑蘇雨，風清畫舫移。山悲長夜宴，湖憶泛西施。越國恩原重，君王驕不知。但看歌舞際，應有淚偷垂。

次山塘

七里青陰柳覆塘，水流風送畫船忙。春來有盡遊難盡，花落無香酒覺香。

但見寒潮隨伍相,誰憐芳草葬真娘?江山夜静吴歌起,卻倚篷窗人斷腸。

姑　蘇　曲

生就湖山一片香,畫舡深載冶遊娘。吴儂箇箇能吹曲,春水春來日日忙。

又

懶登紅舸踏橋過,步步香風飄綺羅。莫怪儂來太妝束,虎丘道上看人多。

題繆墨書滄浪濯足圖

我愛溪水清,我愛溪山矗。愛此畫圖人,長嘯孤舟宿。孤舟載異書,碧流閒濯足。吾聞山水心,可以辭榮辱。吾聞山水志,可以輕利禄。招手再三問,清風動寒竹。科踞君不言,但踏滄波緑。

夏日西軒移竹遣興

移竹過西軒,片雲來相從。散作連宵雨,滄江徙蟄龍。邇日微宦子,束縛如羈鴻。簿領適逢暇,寄懷惟此中。青蒼入牖户,疏靄連諸峰。故知凌雲骨,氣與九霄通。會看過五月,熾熱來清風。

黄　雀　行

黄雀啄我粟,鴟鴞飛逐肉。可憐爾黄雀,自以無患辱。但謀充爾腸,寧知恣他腹?嘖嘖復啾啾,呼羣更嘯族。食飽則高飛,飛飛過平陸。路逢鴟鴞來,咆哮震山谷。奮翮下重煙,距嘴利如鏃。咤叱張其威,責雀逞怨讟。奈何太不良,啄卻主人粟。罪大不可逃,法當視顯戮。黄雀聽鴞言,驚魂但俯伏。仰首答鴟鴞,君心何齷齪。我生最微細,竄伏蓬蒿曲。渴飲則涓滴,饕餐則數穀。太倉去一粒,鼷腹願已足。我命實懸君,何敢再三告?奈此渺小軀,不堪饜君慾。願向稻粱雁,一擊勝千撲。捨大以擒細,恐非君所欲。鴟鴞聞雀訴,徘徊生躑躅。汝言亦爲是,我意籌之熟。鴻雁實可誅,寵君池上禄。寢息非一朝,安敢遽輕觸?乍自鳳池來,被彈出林樕。三日不得食,還思腐鼠屬。今日逢汝雀,如何使並育。汝飽我則飢,汝貪我非酷。黄雀無一言,納頭如啄木。主人坐嘆嗟,愀然感所矚。天地乃好仁,物情有倚復。各自營爾私,何肆老拳毒。念兹驅鴟鴞,放雀歸山麓。三年不報環,又來穿我屋。

别文逸弟

記得鄉河餞,春風甲子年。每懷花萼夢,乍喜雁行連。雨帶江筵色,山青驛路煙。莫愁霄漢遠,我愛季方賢。

重集海陵,同黄仙裳、交三分韻

津舡初放雨凄凄,垂柳千條兩岸低。命棹祇因懷好友,張鐙且復共分題。今宵暝色來駝嶺,昨日微雲濕竹西。尚想高齋餘寂寞,海棠簾外一鶯啼。

中翰俞水文以詩見招,次韻答之

清新一幅點雲煙,來迓山公醉綺筵。度曲自稱音隱客,芳池又勝習家泉。風吹園柳時常緑,雨濕溪花分外妍。爲羨君懷能不染,再驚山鳥共留連。

午日集漁壯園送俞陳芳北上

花前解纜過邗東,佳節重來到此中。檻外石榴斜帶雨,堤邊垂柳舞兼風。醉看廻袖摇尊緑,興至留詩對燭紅。莫惜文園今北去,高才佇見鳳池通。

贈冒巢民八十

淮海稱傳居易身,風流司李老逾真。園開緑野酣遊泳,酒對紅妝傲隱淪。子夜歌成雲縹緲,琵琶按罷月清新。應知八十商山皓,舊是當年洛社人。

畫鷹歌

海山突兀蒼濤裹,海鷹竦爽蒼山峙。雄姿英發鴻濛開,海色盪胸吞太始。

俊翮未凌泰室巔,金眸已破雲霄底。天生石壁幾千年,地擊洪波萬餘里。今朝紈素出吴陵,水聲蕭蕭風滿耳。堂上鋒翎倏忽張,簾間烏鵲皆披靡。猛勢將搏天外風,一夜老蛟窟宅徙。森然神去身儼留,欲飛不飛呼或起。人間凡鳥盡羽毛,始信鷹揚真莫比。憶昨來自東陵東,有鴟嘯風鵲噪壘。羣雀被驅苦流離,鴛鷺驚飛困泥滓。願似蒼鷹汝正直,鋤奸伐暴持綱紀。擊盡鴟梟雀安棲,功成身退垂青史。

次黄仙裳原韻,贈王蒿伊監督

得賢曾頌漢王褒,帝簡還來息海濤。我識高才非謬許,民從慈政不知勞。三年身裹親流水,一旦功成醉碧醪。賴有邗東黄處士,贈君佳句勝虔刀。

夏雨即事

池幕翻泥燕,雙雙柳外歸。雷聲過竹徑,雨氣射樓暉。楚岫含江緑,邗雲入洛飛。坐看蒼翠合,苔色上花扉。

重入秣陵

春時秣陵遊,花落不相見。今日指石頭,重遊心已倦。掛席渡江來,潮平風正便。突兀磯上亭,飛卻江南燕。已失竹西雲,空想麗華院。懷古久凭欄,疏星點河漢。

宿朝天閣

帝子嬪妃去已空,朝天閣上景陽宫。千年月照胭脂井,萬古歌殘玉樹風。山色不殊前代緑,欄花似帶昔時紅。可憐門外來擒虎,猶醉臨春結綺中。

閣上聞笙

不是嵩山客,來聞鸞鶴聲。天風吹落月,遥起九霄情。

金陵閣上玩月

遠山月出照滄江，萬井煙沉俯碧窗。高閣頻登人獨望，夜深沙鳥過雙雙。

金陵客樓雜興

煙樹滿金陵，樓高愁旅客。藹藹荆揚深，濛濛淮楚隔。雉堞遠若空，江流淡寒碧。莫辨晉衣冠，安睹梁陳迹？浩歌山雨來，吹我樓欄濕。歸路日沾濡，孤城邈原隰。古人去已遥，叢雜百憂集。但恐咽寒蟬，早晚秋聲入。

又

雨後山逾青，雲間月猶暈。客樓凉似秋，清光鄰雙鬢。微宦嗟畏途，風波日敬慎。何事入年來，三問金陵訊？千里對懷人，江山倚清詠。仰視宵征鳥，孤飛嘆靡定。

又

倦作江南客，憑欄有所思。雨邊晴日出，暝處飛鳥遲。東山懷謝傅，邀笛憶桓伊。何處杏村酒，空歌桃葉詩。草緑新亭路，煙深牛渚磯。昔人曾弔古，高咏袁郎詞。風流乃寂寞，事迹亦凄其。獨立暮天遠，孤雲去不知。

又

高咏對江干，開軒出樹杪。蟬聲互響答，日夕依林表。城郭半陰晴，過雨疾如鳥。昨夜月初弦，有似朝陽曉。霧净碧天遥，更深轉孤皎。照我淮北人，夢入江南杳。白浪何蹉跎，惡風尚浩渺。欲歸阻舟楫，且待風濤小。

青山歌

昨日金陵顔色改，萬家煙雨空雲海。東風曉上吹雲去，欄外青山依舊在。青山無語日嵯峨，千年待我來高歌。前人事跡今人恨，惟有青山青奈何。

孤雲篇

近山濃翠遠山青，遠山若隱近山明。天空白日渾無迹，時有孤雲對簷楹。

孤雲不動細如縷，暮出秦川朝到楚。未肯隨風歸故山，待沛蒼生作霖雨。

山樓晚晴

城郭青煙起，金陵百萬家。山光明落日，返照斂輕霞。昨夜清江老蛟舞，北山雷電南山雨。今宵月出照山樓，幾處新晴報鐘鼓。

金陵六言

陳時歌舞何處？晉代風流草煙。惟有一樓明月，千年留醉槎仙。

又

前溪白鳥飛去，半榻清風對懸。嘯罷江風入夢，抱來山月同眠。

行路難

行路難復難，出門安所歡？前有劍削壁立之崇山，後有墮魂絶魄之波瀾。舉頭千里羡飛鳥，焉得連翮共雲端？平步天衢出河漢，下視不入塵寰間。五岳四海無拘隔，胸懷洒落天地寬。拂衣直待濟時了，恐負攜妓謝東山。

又

水深蛟龍喜，山深猛虎怒。淬我龍泉劍，斷卻蛟龍舞。挈我烏號弓，射殺白額虎。但令憂患除，何嘆津梁阻。君不見行路之人各秦楚，空談意氣高千古。昔時張耳與陳餘，刎頸之交亦何補？

回揚州江中即景

出遊歸興遠，豁達散人憂。兩岸山隨客，中流風送舟。江寬不覺夏，天曠欲知秋。還憶金陵月，前宵對倚樓。

立秋日

宋玉含悲日，江淹賦恨中。寒衣催促織，落葉感高桐。柳瘦池頭緑，荷衰渚上紅。晚涼疏雨過，秋意遍簾櫳。

蘆雁圖歌

蘆荻蕭蕭風欲起，蘆花摇蕩秋江水。當軒咫尺遍煙霜，天末歸來一舟子。此時秋色滿江南，清秋有興人凭几。記取當年倚江樓，蘆雁數聲明月裏。

秋日見黄鶯

檻外西風掃雨晴，柳陰猶自帶黄鶯。當春啼遍津亭暗，此日飛來竹院清。似向枝頭尋舊夢，不聞花底按新聲。美人一去空南浦，冷落楓江秋水明。

秋葵

不比黄花瘦，還添一徑新。滿簾秋意淡，疏影映何人？

秋署夜雨

曲徑夜雲棲，人稀閒案牘。香凉架上花，風亂簾間燭。海鶴帶凄清，寒蛩連落木。樓影暗冥冥，雨聲入修竹。紅蓼繫相思，秋夢迴難續。

邊思

天子清邊塞，將軍出禁城。誰憐夫壻小，十五未知兵。

又

羽書夜入門，垂涕長廊下。除卻頭上釵，與郎市鞍馬。

秋閨

葉落西風候，樓高旅雁天。相思寒雨外，秋夢蓼花邊。簾伴黄昏月，爐沉碧水煙。容華多不飾，羞倚玉臺前。

秋日再渡江南

又向江南去,觀濤八月天。浪高山欲雨,雲壓樹如煙。鷺下沙田裏,舟行葦岸邊。風餐同估舶,誰羨吏人賢?

同曾聖俞江邊阻風

白浪如山下,江舟宿晚風。兩邊聲瑟瑟,知在荻花中。

又

步入垂楊路,清溪四五家。愛看籬落静,幾架覆秋花。

同徐叔達、曾聖俞登燕子磯

舟泊燕磯下,人俯燕磯頂。秋山過雨青,江水天與永。蒹葭去蒼蒼,佇立望雲影。川陸嘆浮沉,古今惜俄頃。日暮西風來,吹我衣裳冷。共君下翠岑,策馬西南嶺。

風雨渡江

秋雨暗空江,江聲震人魄。笑弄雲濤中,我本安瀾客。四顧但濛濛,浪捲青山白。

登金陵報恩寺塔

月户霞窗向曉登,半空香雨碧層層。龍章鳳藻飛天上,白水青山走秣陵。望斷清江三楚客,横來高閣六朝僧。白毫光現遥相對,欲息塵機愧未能。

秋日閒居

柳外白雲多,簾間過雨過。絡緯響東階,嘶鴻度北闥。南院蓼花風,西軒黄葉脱。滿眼秋色來,滿耳秋聲聒。坐看竹陰疏,空庭日影闊。

送别内弟林亦韓

疏柳城邊掛曉帆，碧梧月下著征衫。秋來歸夢無多少，夜草鄉書第幾函？爲報宦遊山氏簡，不堪别去阮家咸。梨關一路佳行色，雁戰西風菊滿巖。

江　月　歌

昨夜思君西堂裏，看君卻在幽篁底。今夜辭君江上行，看君又在江頭水。江水蕭蕭楓葉紛，江天露下雁爲羣。孤舟一葉向何處？夜半漁歌江上聞。寒光四照知誰伴？此時惟有我同君。

秋 夜 即 事

匆匆唤車馬，出郭夜凄凄。去望市橋火，歸聞籬落雞。曉風楊柳外，殘月草堂西。不寢吟紅葉，沿階覓句題。

曾聖俞移菊賦贈

君愛秋容淡，我懷秋骨高。澹交欲可久，骨傲見其操。細雨催花筆，清風解客醪。亦宜元亮室，方許伴蕭騷。

秋　　蜨

陌頭纔自覓花來，又過墻東寂寞回。滿地西風黄草路，夕陽斜照抱秋槐。

又

也知春色未曾空，只爲飛來冷落中。好向樓臺深處遇，桃花人面倚簾櫳。

秋　　齋

獨有秋相伴，高懷寂見聞。滿庭黄葉積，三徑碧苔分。竹影亂寒日，鴻聲曳白雲。不能隨物態，吟咏自爲羣。

郊　行

初日上東隅，當軒命鞍馬。城烏各自飛，而我朝行野。撥霧看山青，斷橋聞流瀉。出没紫陌中，紆廻翠微下。平林爽氣佳，秋色何瀟洒。十里霜葉紅，江楓如渥赭。恍忽見桃花，疑是行春者。

又

簪紱皆吾累，出遊少散憂。襄陽山簡醉，多在習池頭。苟愜山水趣，宵征興亦幽。清風度河漢，寒月空中流。緩轡踏霜野，千林影若浮。溪光明上下，夜氣動潛虬。歸來如有適，長嘯未應休。

無　題

眉山玉靨髻堆鴉，一曲芳音透碧紗。試著素衫清夜立，分明月下倚梅花。

壽曾聖俞

之子才華士，襟懷每自豪。廣陵千尺浪，氣勢兩相高。月裏看青鳥，花前問碧醪。愛今逢聖世，詞賦有枚皋。

贈别曾聖俞，兼懷睦州司馬弟

竹西歌裏月當軒，夜半離思不忍言。何日再逢飛剡棹？此時歸夢掛清源。平生白眼人稱阮，廿載貧交客姓原。君去睦州如有問，爲傳詞賦病文園。

至日邀交三過飲一清堂，兼懷仙裳先生

花前折簡過論文，至日開觴醉與君。荔酒遠從閩嶺寄，吴歌深在竹西聞。梅紅東閣催詩興，月白官齋對夜分。卻憶子真多卧病，今宵寂寞共誰羣？

金山對雪

掛帆雪外飛，浮玉山頭立。一氣吞吴楚，中流動寒濕。景晏老乾坤，北風潮

水急。撫檻皓茫然,瑶華透重襲。浦嶼白雲封,關城鴻雁澀。鐵甕變諸峰,瑩瑩赴京邑。忽懼銀濤高,遥愛清光入。我欲駕玉龍,直與羣仙集。俯首爲帝言,散花遍原隰。上作廊廟珍,下使羣黎給。世界盡雍熙,萬歲干戈戢。此願或易成,歸功付長揖。不見鶴髮翁,垂釣披簔笠。

南堂詩鈔卷七 後集

初春秣陵舟上寄都友

江帆霧裏發，春雁逢歸時。故人在天上，芳草又相思。未暇報書札，寄居江上詩。

簡宗梅岑、黄仙裳二隱居

何必稱前古，二子乃今才。試作梁園客，應比鄒與枚。去郭五十里，宗生衡門開。東原惜未到，輟棹每徘徊。黄子喜在邑，嘯歌古城隈。如訪范野人，入門高興催。頃别已經歲，欲見無由來。相思如曉月，長懸平山臺。悠悠邗水上，高卧二賢哉。

瓜洲大觀樓

增城俯天塹，勢欲壓三吴。樓櫓明朝日，江山静帝圖。峰青聞過雁，沙碧見飛鳧。倏忽春潮至，風檣陣馬趨。

雨中遊長干寺

雨暗寶山巔，花含六代煙。長干還有寺，不是赤烏年。

又

數里石頭路，一聲天界鐘。紛紜城郭夜，人静嘯魚龍。

楝　亭

吏情一卷白雲詞，到處爲余弔古時。今日江南來駐馬，春風又作楝亭詩。

長別離

逝水無歸日，去雲無還期。綠楊今掃地，燕麥已如絲。天意頻風雨，春江空逶迤。窈窕謝家韞，高才白雪詩。綠窗愛子史，學字喜臨池。環珮猶在耳，昨宵我夢之。如何忽中斷，月墜經天時。冥路終遥遠，人間長別離。

李左民春山霽雪圖歌

火雲燔空絶飛鳥，北窗午夢門庭悄。山人留畫出門去，覺來掛壁所見少。頃刻都忘炎日翻，峥嶸惟見玉峰繞。不須策蹇踏澗岡，已入廬山遊五老。只愁溪路無梅花，令我清詩何處討？寄語蘭陵李畫師，他日不嫌爲予掃。更於絶壑寒潭邊，添得繁花向晴昊。

文中四弟重修嚴陵先生祠堂，作長歌寄之

嚴陵水清石粲粲，嚴陵釣臺臨絶岸。天生山水爲先生，天生先生非爲漢。高風萬古不可攀，下視軒冕如塗炭。即今世遠道逾尊，一絲九鼎人争羨。漢家空自築雲臺，輸與釣月栖雲畔。客星照耀古猶今，天子直作故人看。睦州司馬吾之弟，風流文采超時彦。長懷廉潔政無頗，振起貪頑懲慓悍。艤舟直上出雲霄，曉步層崖宿天半。臨風仰止溯斯人，堂宇傾頹猿鳥嘆。先生有道不可湮，司馬重來復輪奂。祠記上追文正公，愧我歌詩安足讚？

吴江夜泊

擊柝行人斷，凄凉古渡頭。疏星懸驛馆，殘月掩江樓。渚荻漁驚夢，篷窗客倚秋。輝輝常近水，遠火照行舟。

吴王臺歌

秋月照湖山，秋風吹湖水。水碧與山青，酒香歌吹裏。昔時吴王臺，採蓮蓮

葉開。館娃人猶醉,江上烏喙來。吁嗟欲圖霸,黷武争黄池。勾踐卧薪用蠡種,豈也爲佞胥誅夷。君王多自不修德,西施女兒焉能爲?

寓海陵俞家園

百里東陵路夙諳,習家池館暫停驂。避嫌不問門前客,多病還披肘後函。翠石檻邊人夢冷,玉蘭窗外鵲聲酣。邇來太瘦緣詩思,猶向桐陰葉下探。

雪後官齋漫興

曉來已白南岸山,月明又素梅花閣。此境清絶與誰論? 此心天地同寥廓。城頭百尺廣陵濤,盡洗浮華歸太樸。嗟哉歌吹又何人,那聽河干凍婦哭?

舟行春晚

樹密村橋暗,沿流出落花。閒原翻麥浪,野渡卧漁槎。日暖煙光厚,春長鳥語賒。但令風俗古,地即武陵家。

春盡

杏子欄邊紅不見,碧梅亭外青歸院。一風一雨花較稀,九十春光今日遍。静午不聞啼柳鶯,鈎簾惟見穿廊燕。主人題句送春歸,風約楊花拂溪硯。

惠山

片帆屢經過,九龍青在目。兹來有暇遊,維纜向山麓。翠色擁雲門,珠璣噴螭腹。訪勝探靈泉,清泚破巖緑。宸翰寄品題,微波注恩沐。此山以泉名,此泉無百斛。萬古自澄泓,淵然遍隈隩。吾知智者心,悟彼一池玉。日午分餘湍,扁舟載瓊球。歸去滌煩襟,豈徒佐茗粥?

秦園

問泉山已午,來向秦園遊。石壁蒼松古,春池盈不流。小橋通夾岸,高閣帶芳洲。我行緑波上,風暖散鳬鷗。折徑登梅嶺,迢迢亭際幽。低雲時度渚,林缺見行舟。谷鳥啼一聲,東風暮靄浮。客貪光景勝,主愛賓朋留。列席羅絲竹,清歌出林丘。難陪學士醉,且復發鳴騶。

柳陰較射

園柳掛斜陽,輕風摇緑線。上枝啼曉鶯,下枝掠雙燕。日長簿領閒,夏永晴陰幻。未敢息微躬,還調白羽箭。卻月上臂韝,霜雕出海甸。一發不留餘,熊侯已雙貫。争看如堵墻,驚呼若雷電。吾愧峴山遊,輕裘勝組練。往古歎賢豪,仁風至今羡。悠然坐西軒,欲雨浮雲變。

瓜步舟中遇雨

欸乃津頭緑柳垂,空濛一葉下江湄。煙飛翠滴南朝寺,雨濕風翻北固旗。杳杳漁歸雲際重,沉沉鳥向暝邊遲。山靈識得幽人意,洗盡青巒待咏詩。

夏雨即景廻文

樓遮柳暗緑煙低,静院閒聲一鳥啼。愁裹夢歸春色暮,鈎簾對雨小軒西。

署齋遣興

纔罷琴聲出竹來,小亭冒雨看花開。紫薇欄外青垂柳,紅杏池邊白放梅。琴鶴不隨春意鬧,詩書任被世情猜。東風次第吹桃李,又到玉蘭枝上催。

同佟鍾山别駕登平山堂

新柳平山路,遺蹤六一遊。感時空倚檻,懷古再登樓。白鳥一雙去,孤雲千載悠。何人同此調? 水部最風流。

蓮塘

法海寺邊路,紅蕖兩岸香。柳陰移畫舫,雲影駐金塘。約臂迎交甫,並頭邀女郎。日斜風晚處,菱唱起鴛鴦。

題張見陽大觀三山圖

廬陽胸界超,尺幅掃金焦。江氣魚龍静,山容霧雨消。樓横瓜步小,嶂落秣陵遥。浩蕩春亭上,風來欲作潮。

對　雨

徑静鳥聲遲,春雲覆夕墀。草塘依白羽,煙柳濕青絲。不赴看花約,空吟阻雨詩。海棠簷外出,剛放兩三枝。

山　行

亭午傍山行,山深水益清。鳥呼如舊識,花笑不知名。谷口聞人語,林端出斧聲。偶過松澗底,睡鹿起還驚。

遊寶華山

松篁盤嶺路,蒼翠入雲天。下界煙蘿盡,中峰棟宇懸。山開梁帝日,寺記大明年。俯首看人世,空悲古逝川。

夜宿華頂

星河簾外逼,殿影夜崚嶒。獨宿諸天上,千巖栖一鐙。

銅　殿

人天開異境,三卜定華山。鷲嶺雲中出,花宫物外閒。

拜經臺

梵宇東華勝,蒼松西嶺開。已參飛錫地,復謁拜經臺。白石了微義,清池無點埃。誌公今不滅,時有法雲來。

龍　池

西麓湧清泉,池泓開曉鏡。千年苔蘚青,萬壑松杉映。寂静太古心,誰鑿混濛性？洞徹翠微間,觀空了明净。淵然日月光,黯淡雲雷應。蜥蜴此中遊,含靈得其正。

貝　葉　經

不曉梵王字,空翻貝葉經。夜深聞有誦,應恐是山靈。

法華經宋趙孟頫筆。

禹穴閉藏書,華山子昂字。釋子重真言,吾儒貴筆意。披閱對秋旻,珊瑚榻上墜。格力破鴻濛,天工運神智。幽壑掛銀鉤,靈巖送深翠。回首兩崖間,颼颼走魑魅。

貽定菴上人

師年一甲子,四十此山秋。净行雲無着,禪心水不流。朝參來舞鶴,夜講聽潛虬。我有林泉興,能從惠遠遊。

遊　攝　山

下馬夕陽寺,秋山逸興寬。落霞邀伴侣,採藥向巖巒。

千　佛　嶺

何年成覺路,誰鑿此山來？剥落遭風雨,世尊爾亦哀。

白　鹿　泉

袁生今不見,法度亦塵埃。只有清泉在,時無白鹿來。

天開崖

萬木鬱參差,天開石壁奇。秋風掃葉路,來讀禹王碑。

最高峰

一氣青今古,孤峰最上頭。更無山與並,惟許白雲遊。

秋日諸同官遊茅山

共入華陽路,秋風石徑齊。此中盛山术,靈藥望刀圭。犬吠洞花落,鷄聲村澗迷。夕陽紅半壁,返照上丹梯。

又

邇來蠲百念,愛道謁三茅。欲問長生訣,還將幻世抛。鳥飛丹竈近,幡影石壇交。日落且歸去,松雲出嶺坳。

遊秣陵諸寺

十里南朝寺,天清院院遊。僧閒庭樹古,磬静塔雲浮。花密藏方丈,山青倚佛樓。幾多金粉地,到底屬緇流。

燕子磯阻風

雨來雲壓山,船泊小洲間。水蓼無心醉,風鷗有意閒。煙吹崖樹去,浪打釣磯還。處處江濤澀,君看世路艱。

曹水部子清以余贈几賦詩見擲,和韻答之

名園幽几稱相隨,隱見青山若列眉。客退楝亭聊試墨,公餘花署日題詩。未須伴我烏皮在,何以報君青玉宜?幸傍賢豪頻拂拭,不教塵跡蔽多時。

六朝松

自得山靈護，非關雨露功。烽煙留獨樹，世代幾飄蓬。老幹空排鐵，蒼皮漫似銅。孤撑寺門路，無復晉人風。

三山用謝朓韻

掛席落三山，登臨指京縣。鴻雁來天末，磯鷗遞隱見。川長憶玄暉，千古澄如練。不見綺裘人，西風邈郊甸。落日散漁樵，煙波誰歡宴？缺月上東林，行歌踏霜霰。歸夢荻花中，江雲倏已變。

烈山

川末見秋山，浮波一點石。獨留萬古青，永破長江白。我生愛探奇，浩蕩尋絶跡。採藥步層阿，隨鐘到仙宅。境静雲鳥來，崖幽松竹積。何異蓬島居，地隔紅塵色。吾願結吾廬，棲遲此巖壁。

慈姥山

連雨度江南，泊舟喜新霽。疏柳碧波澄，秋山紅葉麗。絶壁倚招提，夕霞明天際。寸帆貼水飛，千峰插雲閉。野竹暮含風，尚作龍吟細。不見咏詩人，滄波邈何世。

翠螺山登太白樓

長洲落雁夕陽浮，艤棹還登太白樓。一帶青山來睥睨，千年丹閣擅風流。松雲自昔催詩就，江月於今伴客遊。曠世仙才終謫去，清平調出漢宫愁。

采石磯懷古

采石磯頭浪向東，峨眉亭畔見秋鴻。江聲山色晴無雨，楓葉蘆花暮有風。

削壁至今旌旆杳,寒潮依舊舳艫空。前人事跡堪惆悵,王氣終銷落照紅。

清涼山

立馬秋空外,天高足曠觀。石形稱虎踞,山勢見龍蟠。江水一條碧,野楓千樹丹。炊煙兼暮色,歸路月光寒。

謝公墩

遺跡空殘隴,登臨感勝遊。朝煙寒野水,暮雨過西州。芳草懷君子,閒花映古丘。昔賢逢世運,來往著風流。

早春

東風吹雨歇,枝上鳥啼新。短草嫩含緑,疏雲低釀春。墻陰餘積雪,竹徑不逢人。習静都忘我,朝參任懶頻。

楝亭夜話,同水部曹子清、廬江郡守張見陽分咏

斜陽雨霽半欄明,淅淅秋風過楝亭。世事盡皆浮雲薄,吾生何處肝膽青?邗江昔日誰同調?博物張華無與併。白下論交今水部,文章子建波瀾驚。得逢意氣神不隔,我於二妙心炳熒。入門相見各歡笑,山光樹色花盈盈。清尊一置開軒牖,白月欲落參斗横。人生聚散豈可定?亦如泛梗與漂萍。況復此會誠難得,恰宜放志相忘形。夜闌不辭秉燭坐,詩書更許重論評。傍人從笑名場拙,各自葵藿相倒傾。古來道合心能醉,何用膾炙吹竽笙?

戲贈程中翰

嘯傲風流孰與陪?論文深愛謫仙才。曾經鳷鵲殿前立,纔自鳳皇池上來。三月春光青柳繫,一溪紅浪絳桃開。金陵盡説饒佳麗,沉醉還應日幾回。

城西桃花

風日城西好，花開正許遊。隔溪紅雨幔，别塢艷雲留。最愛臨波靚，遥逢倚渡羞。憐渠儂自接，浪軟不禁舟。

又

步入千霞内，身從萬紫羣。金鞍簇漢婉，酒肆倚文君。春路重重醉，鶯歌恰恰聞。不知何處所，但見女如雲。

又

崔護題詩至，花間駐小驄。春風人面隔，舊恨與今同。絲管朱樓出，胭脂碧水通。喜看堤畔柳，深緑露嫣紅。

又

芳躅遊人散，春山剩晚霞。歸巢忙煞燕，鋪徑可憐花。惱近河陽鬢，欣留衛玠車。一枝分粉署，爛醉插烏紗。

寄睦州文中弟

宦海波濤過十暄，愁城歷亂不堪言。已將鬢髮名場老，留得溪山逸興繁。花外每尋桃葉渡，鶯邊時出謝公墩。春風問訊嚴陵客，可有清詩寄小軒？

孝陵

寂歷孝陵路，樵歌每出遊。野花然劍佩，春草卧驊騮。享殿瞻天表，松風拜冕旒。當年熊虎守，誰敢問山陬？

靈谷寺

花落前朝寺，鶯啼已暮春。青山參往劫，白日静遊塵。殿古天香異，臺荒覺路新。久抛心外物，惟有未閒身。

牛首山

初日照雙鬟,搖鞭指天闕。坡陁入翠微,杳藹藏佛窟。暗水響溪橋,野人種蔬蕨。春山叢柏香,修徑過雲歇。懸崖没鳥飛,孤塔凝空出。石級逼青冥,花巖對嶜崒。婆娑老樹胎,却寄冬青骨。疑是梁宋枝,猶拂齊陳月。浮世偶來遊,烈風時颷發。絶頂所見空,江流細如髮。遠峰高若攢,衆嶺低若撮。暮色去蒼蒼,畦塍遞鱗綴。開襟暢目長,撫境悲塗闊。閲代日推移,吾將忘簪笏。

西亭午夏

桐院午陰静,雷鳴花木蘇。驚風翻荇帶,急雨亂荷珠。樓外雲全暝,池邊日半晡。晚凉看菡萏,清興不能無。

鳳凰臺

空臺已感昔人遊,人去又經幾百秋。天上浮雲何處所,洲前二水至今流。龍蟠虎踞山驅馬,鳳去凰飛浪狎鷗。仍是當年懷古意,寒花宫草不埋愁。

松石引

我有五株松,長倚三峯石。坐觀耳目清,對之形神寂。幽如大林丘,静若太古色。蒼枝來野煙,翠嶺留雲迹。數里邈山行,連峰日初闢。恍然天台畔,遥見霞城赤。洞鶴唳有聲,石橋路不隔。玉女戲層阿,仙人長對弈。翺翔萬仞岡,長嘯千峰宅。但覺歲月悠,寧知人世窄?憂來向此松,似勝橘中客。

除夕寄四弟文中

坐待春來臘又消,新年舊歲判中宵。是夜子時立春。水仙花幙微香度,山鬼江城爆竹燒。異地人同南斗望,連翩雁向北庭遥。時文中有齎解綿甲之役。五弟文秉赴銓,六弟文逸奉旨調征,俱北上。他鄉守歲無鄉夢,瓦雪初融滴砌蕉。

真　州

一身任陸沉,風雪連宵邁。夢醒馬嘶寒,人喧村店隘。津城罷曉柝,驛火明官廨。西浦宿霧搴,東林紅日曬。漸遠秣陵峰,已入真州界。

邗上晤别文中

握手正張鐙,邗溝來夜話。連枝雨雪中,萬里憂行邁。所喜高堂人,雙魚説健快。河橋融春冰,踸踔泥塗隘。天子事西戎,兵甲臨絶塞。報主寸心懸,征鞍結小隊。裝束若并兒,長驅詎敢懈? 遥聞濟南旌,已出山東界。

觀　漁

人語春塘内,觀漁泝淺流。截綱浮鷀首,屈尾上鯿頭。已失清川樂,應供翠釜羞。洪濤終不息,多有漏吞舟。

春郊行

二月江南春,花多艷遊目。十里五里霞,前山後山緑。鶯燕各自忙,春風無斷續。我爲探春行,一馬隨一僕。問酒過溪橋,尋詩到幽麓。最愛竹籬中,數枝紅出屋。

抵家後將卜襄壯公宅兆,示諸親舊

遊子雖則歸,故鄉今亦客。同氣久睽離,予宗詎遍識? 周問及親疏,次第叙姻戚。喬木記家園,老成稀疇昔。夜雨出青烏,夢寐通窀穸。明當首雲山,事兹風水役。

嶺　行

百里穿雲到,芒鞋踏未休。牛眠何處指? 人語亂峰頭。紅葉圍青嶂,清溪倒碧流。山行傷落日,歸卧竹間樓。

偕文中、文逸弟省新卜天花宅兆

侵曉出城東,初日照林紅。江山方首歲,天宇漸和融。登頓盤嶺北,麥浪青濛濛。百里包原隰,溪峰矗以雄。連峩鬱趨赴,相率似朝宗。特起星辰大,諸山不敢崇。兹實蘊靈奥,宅兆卜此中。去冬始經畫,棲宿竹樓空。十旬課風雨,新柏皆蒙茸。人日携同氣,瞻盱與我從。俯視大合溪,碧流環雍容。仰見清源高,如對華與嵩。六秀紛呈御,垣城羅萬峰。居然列帳殿,端拱芙蓉宫。故老復弔賀,天實相先公。蕉花十步種,古記今則同。物理會有歸,我心終無窮。日斜猶竚立,望望廻悲風。

立春日葵山雨宿

雨濕南安道,雲飛晉水濱。梅枝未報暖,此日故鄉春。渺渺入前路,蕭蕭迷遠村。我行幾盤折,已黯千嶙峋。吾祖德配古,葵山冠八閩。肅拜忽微霽,豈亦慰諸孫?凄凉還睇盼,松柏鬱鱗鱗。往者樓船渡,横波鐵鎖湮。鯨鯢歸化日,海宇慶師仁。廊廟紓南顧,提封寄老臣。比年垂鎮静,重譯貢文珍。緩帶昔羊子,投壺今祭遵。孝思終罔極,節鉞歲時臻。河山期燕享,箕尾遽上賓。痛哭終天恨,兹來歎此身。悲聲振林壑,暝色廻郊津。茫茫水雲暗,慘慘歸途迍。滂沱終四下,助我夜沾巾。

過文逸六弟新移小築,次文秉五弟韻

苔徑圖書入,花窗劍佩移。池生夢句好,雨亦對床宜。瀚海曾飛騎,燕然早出師。吾家真郤縠,暇日即敦詩。

過文堯八弟退省軒

蘭蕙光風泛,頻過意藹如。虚懷日退省,命意此軒居。季弟方年妙,長兄今饕疏。善兹萬牙軸,架有鄴侯書。

雨中超上人見,過同曾聖孚、戴則紉、文中四弟、文健七弟集坐山亭

雨徑春寒花寢香,水邊濃濕冒池楊。寂中相對渾忘事,共愛支公説法長。

上清源山

曉上清源峰,峰峰雲未戢。天氣漸成陰,東風轉習習。烟飛衆壑迷,雨洒窮崖泣。莽莽陸沉翻,浩浩洪濤入。俯盼六鼇傾,仰觀元化濕。一氣接混濛,三山隨吐歙。側足萬丈巔,置身千百級。乍悲下界昏,惟恐蛟龍襲。俄頃開嵐巒,乾坤依舊立。魚城出畫圖,麥浪分原隰。碧海鏡新磨,青峰髻濃集。鞭撻日馭奔,崩騰劍壁澀。古木何鬱盤,孤根在嶂岌。洞腹蜕仙姿,巖花映雲笈。我欲問仙踪,疇能去鄉邑。世路日泥塗,春光過九十。惟願息浮榮,朝雲來共挹。轉徑下青冥,泉清無用汲。洗滌舊塵纓,忘機對簑笠。

溪口碧桃花

溪浪不分白,山青明遠臯。鳥翻枝上雪,花覆水邊舠。漁父漫相指,孤雲洞口高。

登紫帽山

春山路近有鶯啼,仙掌丹爐卻向西。半嶺亭閒流水急,片雲雨去下方迷。花開古洞何年出?僧種寒烟帶鍤携。直踞凌霄峰頂坐,斷虹疑是掛天梯。

秋景

巫岫連峩起,高人對捲簾。何曾爲雨去,只在此山尖。　秋雲

又

瀑泉飛兩三，洞壑秋多少？欲買此中居，深公笑未了。　秋山

又

雲路三秋闊，洪濤復吐吞。曉風吹不落，萬古掛愁村。　秋月

又

遠水平如案，洞庭千樹柑。欲題三百顆，寄與舊朝簪。　秋樹

又

浩瀚終輸海，觀濤憶大江。魚龍翻寂寞，鷗鳥日成雙。　秋水

福州道上

我行季冬月，鄉路若春闌。界草頽墻緑，崖花覆石瘢。程遥人意速，日落馬蹄難。太息閩關道，遺黎百戰殘。

登鼓山

花宫帝子坐孱顔，十里松陰接世間。舊劫幾更新歲月，今雲猶覆古江山。未成碧海千年去，暫息諸天半日還。更欲磨崖書姓字，紫陽遺蹟絶追攀。崖壁有朱子書蹟。

湧泉亭

萬古潺湲去不歸，清泉還共白雲飛。能同明月空人影，未若青山永息機。

道中寄爲霖禪師

蒼巖老柏千年寺，七葉真傳第一身。覺世盡將登彼岸，渡蘆先自出迷津。經翻白馬江山舊，法喻青蓮沙界新。漫道煙波隔靈鷲，禪心時對古天親。

陟山亭咏菊

白雲一徑遂初衣，高士滿籬談落暉。正對南山把陶集，未容俗客叩柴扉。

九日次杜韻

千峰一水畫圖寬，九日風光稉稻歡。閣賦滕王唐歲月，籬吟野菊晉衣冠。羅裳半舞青天外，金粟高堆碧落寒。謾向明年説誰健，茱萸願老故鄉看。

雨

曉起炊煙帶濕慵，雲飛雉堞水聲濃。愁垂橘柚黄金重，望斷芙蓉第一峰。

冬　日

幽憂卧田里，時歲若卷舒。冬風吹槁葉，寒節相與俱。物色替原野，嘉木思春敷。不作潛夫論，時看參同書。

别文逸弟假滿之任歷城

曉飛旌旆出城東，執别凄然岐路中。千里鴒原今日異，他年鄉國幾時同？家聲共指西平舊，緩帶應傳叔子風。我有離愁何處是？霜天已逐北征蓬。

别文堯弟北上

日出城頭紅杲杲，輕裘勒馬東門道。吾家季弟赴燕雲，二十妙齡去鄉早。賓朋合沓相送行，長兄惆悵色枯槁。七閩嶺路首漫漫，桑井家園跡如掃。幾廻淚洒洛橋波，昔日軍懸白鷺島。海拆山翻風浪昏，天何不憖遺一老？千年邑起龍驤塋，萬里恩深雨露浩。許國寧知莫愛身，登壇端必輸懷抱。長亭迢迢遠峰青，野水東流去不停。人世每多别意苦，况復同氣傷離形。金臺遠在青天上，雨雪載塗魂屢驚。朔飈怒折齊河柳，霜影凍殘魯店星。馬蹄凌兢踏寒月，鷄聲咿喔趨嚴程。長安行路難如此，莫言意氣横相并。故人一别已回首，我獨佇立猶屏營。

春　景

柳堂山送翠，鷗渚水摇青。饒有江南意，春堤倚畫舲。

又

花島馨香路，園亭景色春。臨池猶未畢，知是换鵝人。

又

垂柳一池平，飛花兩岸輕。明朝看水上，應有緑萍生。

又

草緑池塘潤，風柔午幔輕。西堂人夢句，啼鳥寂無聲。

春日過萬爾言水渌齋亭

名園分沁緑，高柳半垂絲。堤暗籠朝日，風輕漾碧漪。有亭皆面沚，無水不平池。安得勤來過，觀瀾與子宜？

又

石橋明鏡裏，書屋洞花間。逸興齊康樂，新詩邁子山。架懸名畫重，床拂古琴閒。即此市朝隱，巖棲莫爾攀。

次韻答王少參素臣

海邦霜紀肅，帝命繡衣賢。德溯佩刀慶，忠惟叱御傳。魚鹽紛感激，草木盡敷宣。政簡人稱易，風清孰可前？隴頭返築室，人事屏歸田。豈意瑶華贈，重來紫翠邊。安能酬白雪？祇是嘆朱絃。碧海真堪掣，蘭苕愧眇綿。

南巡恭賦

天文二月轉陽和，聞道君王廵幸過。地遍青徐遵海岱，江南江北沐恩波。

又

蓬萊北伐詔書馳，玉塞煙銷赤羽旗。三十六臺雲拂騎，掃清瀚海勒王師。

又

邊塞清時見太平，皇威北暢遠人情。惟餘南顧淮黄水，廟算應須藉聖明。

又

雲簇千官花外行，龍翻旌旆柳邊揚。黄河宿衛嚴更鼓，月麗宸居夜未央。

又

堯圖九載奠神功，此日淮揚廑聖衷。北極星辰皆景從，河靈奔走効臣工。

又

隴畝波翻魚鼈羣，萬夫荷插(鍤)日如雲。年年疏築縻金帑，從此洪濤息不聞。

又

吴地桑麻雨露新，省耕蠲賦沛堯仁。河山隨處呼三祝，日月光華慶一人。

又

羽林森肅藹春煙，扈蹕江山静遠天。盡使經過農遍野，不驚魚鳥市安廛。

又

翠華南幸萬人歡，鳳舸雙飛兩岸看。憶昔絳桃春覲日，花前拜手上河干。

又

翹首雙瞻向北辰，海隅歡忭慶孤臣。綵航日影開宫雉，想像天顔奏對頻。

過　澄　圃

喬木變新烟，春風舊池館。含悽一入門，愰顧栖鼯竄。傑閣俯清漪，長廊轉山畔。石扉掩半開，窗瑣凋朱斕。翡翠過空磯，錦鱗躍兩岸。梁荒蝙蝠遊，徑仄蒼苔遍。涣涣水中央，柱影横橋斷。憶昨清宴娱，緇衣日凌亂。勸客倒金尊，行厨出竹爨。緑野醉裴公，西園賦王粲。於中十餘年，人盡仰圭瓚。寂寞今何如，雨畢雲離散。臺榭徒有悲，碧塘流漫漫。想像薄暮間，佇立百憂鑽。微情雖得請，廬里終須判。惻惻遊子心，落日誰與唁?

嶺 行 有 待

夕陽驢背遠，荔子嶺頭丹。隴水分田入，村橋獨木安。野人耕伳伳，歸客路盤盤。有待脱塵鞅，坐余青石磐。

上 賜 恩 巖

名巖隨結構，飛閣倚山前。尚記依稀徑，曾來謁洞仙。時有道流坐化洞中。

歐陽石室

石室讀書處,今爲猿鳥留。穿巖紅葉匝,過洞白雲流。山色昭前代,文章企後遊。再瞻蒼壁字,風雨蝕銀鈎。

龜巖

山風吹步屧,斜日上龜巖。巢鶴聞人語,盤飛百尺嵐。

彌陀巖

靈巖石壁轉虛微,一道松陰蔽鳥飛。濯足重臨流水去,振衣更上遠峰歸。雲心出岫原無定,樹色參天有幾圍。日暮還須留短詠,莫令空憶謝玄暉。

己卯人日治屋西蔬圃已偶成

好道澹忘交,家居若避世。閒看種樹書,長日無所詣。行藥過西軒,我意欲有治。屋角破寒煙,呼僮課其薙。蔓草勿令滋,虔劉絶壅蔽。瓦礫勿令侵,廓此方寸地。漠漠種嘉蔬,荷鋤勤灌藝。引水借長流,桔槹可不繫。齷齪者誰子,翻然譏誚繼。寧知静者懷,豈必饔飧計？維南有高山,奕奕當户砌。樂我好新圃,送青來天際。

登清源山後樂亭感咏

磴道蒼崖高,山亭翠柏古。勳伐紀南天,遊觀出棟宇。邦人指墮淚,遊子悲陟岵。

上彌陀巖,見壁間舊題

曾掃寒巖五字詩,水流雲起似當時。重尋舊跡都無恙,十四年來鬢有絲。[①]

園梅

游子歸來三見春,梅花亦覺故園親。明年憶汝定何處？匹馬燕山薊水濱。

題山中隱居

魚樂觀濠是,雲閒出岫非。漆園終避世,元亮自知歸。樵路穿峯頂,漁床坐釣磯。覺君多道氣,容我扣柴扉。

池　　月

夜夜池頭月,隨波又逐風。自憐一片影,浪跡與君同。

上襄壯公賜塋

山似芙蓉插帳開,溪流碧玉抱山廻。松坳風起蓼莪作,壠首雲霑靈馬來。優詔千年承贔屭,皇華三使拜崔嵬。而今主澤正無限,肯放躬耕傍草萊。去歲有蘇守之命,因母服未闋,懇請蒙俞允終制。

杏　　花

數簇杏花艷,一亭風日柔。池邊纔宿雨,屋上有鳴鳩。脉脉故斜舫,依依深倚樓。今朝晴放眼,不是昨含愁。

入鳳髻山感逝

山花紅滿路,寒食澹朝暉。澗水疑環珮,溪雲恍帨衣。傷心惟壠隧,回首失闈幃。豈憶芙蓉署? 江帆別我歸。

久　　雨

久雨連旬暗,千山盡歛容。徑寒花別去,林滅鳥無蹤。釜灶家家濕,雲泥處處封。魚鹽喧市價,不獨憫春農。

碑　　亭恭勒御製賜襄牡公平澎、臺詩文。

金鎖閟崇墉,蒼波涵帝澤。魚戲蘋葉中,鳥遊芳草隙。玉陀春葩輝,朱甍朝日射。肅瞻御氣憑,仰對宸翰逼。雲漢耿昭回,天文麗奎壁。庭樹擁寒青,會須長千尺。一戰闢河山,萬禩垂貞石。

春日待許山人晚至

孤嶼春潮滿,山齋白鶴回。小橋人欲到,花外抱琴來。

尋　　春

綠野行應遍,青山望轉頻。春歸何處所? 柳絮占江濱。

又

數里杜鵑哭,山行一徑歸。迢迢逾素嶺,同月到柴扉。

廢　　園

園路威夷趁蜨飛,主人昔在有光輝。西鄰野老閒畦菜,掘破清池出翠微。

山行遇雨

細路飛花片,前山入雨容。林端歸海鶴,江面掛雲龍。白壓坡頭浪,黑摧巖際松。誰將水墨畫,潑出兩三峯?

武夷茶歌爲葉淡遠賦

閩山諸山武夷勝,帝毓奥區莫與並。金堂玉室遍此中,靈木琪花固其剩。至今存者架壑舟,誰其艤之千仞頭? 吾意蓬萊失左股,造化割此盤中州。中州居民爲樂土,霧蔚霞蒸業茶圃。大王峰頂摶紫茸,玉女鏡前摘露乳。陰崖陽嶺氣候分,接笋入天採風雨。流香澗質殊可人,宋樹月巖爾還愈。爰有白毫品最佳,碧霄一種冠他譜。梅花標格亦無嫌,金鼎石麟微去取。我聞巖洞名較奢,上洞精奇中洞嘉。下即洲茶雖瑣瑣,猶當十倍顧渚芽。法家製作各異造,近傳山僧語淵好。連拳鷹觜出釜錡,激濁揚清非草草。建陽大賈每經營,五月新茶到桐城。桐城有客葉淡遠,識妙鑒真久知名。居閒别盡山水性,物義必然歸至精。鶴窗丈室困懶拙,小杓分江對我烹。塼爐活火縹煙靄,石銚翻濤急雨聲。瀹蘭試水入三昧,吸月奔川輸杳冥。當軒不獨破睡耳,直灌玲瓏樓閣裏。文園渴疾此時消,杜陵肺病此時已。百節清虚體自輕,何須飲露吸石髓? 君不見盧仝腋下詠風生,又不見陸羽山中著茶經。温香色味吾無間,三十六峰君細評。

【校記】

① 在泉州清源山一嘯臺西側巖壁間,有一方施世綸詩刻,結句與此詩同,而前三句均異。如下:"曾枕清泉漱石時,老僧還指壁間詩。江山無改舊遊寺,十四年來鬢有絲。"

南堂詩鈔卷八 後集

五月聞命起觀察淮徐，發泉城，道中別諸親友

築室三年鶴頂間，松楸一別判雲山。頻傾雨露柴荆色，未放煙霞鹿豕閒。鸜鵒聲中分白水，杜鵑花裏過梨關。驪駒在路僕夫駕，遊子飄飄何日還？

黄田驛溪漲，泊舟阻雨

峰腰驛路雨昏昏，灘漲沿溪盡閉門。喬木變遷悲望帝，崇山稠疊怨王孫。携家去國將千里，宿水餐風倚獨村。方寸升沉吾已定，不隨沙纜短長痕。

上建溪

一帆風未正，百丈上潺湲。舟澀如生蒂，人牽似飲猿。俯看丹石壁，仰見白沙村。萬疊千盤路，難留去國魂。

又

越嶺通閩嶂，叢流匯建溪。驛長侵鳥道，邑小似鷄棲。澗水生雲碓，山田帶雨犁。行行無數里，早泊大灘西。

黯淡灘

千峰無坦路，一水不平鳴。漫記溪灘目，最聞黯淡名。我來方習坎，處處觸峥嶸。赴峭若緣木，憑高類建瓴。但恐或失勢，垂堂貴勒銘。安得五丁士，開鑿令其平？日落蒸雲霧，哀猿嘯冥冥。安危係出處，誰復貪利榮？不敢懷長往，傍火宿沙汀。

建陽道中

幔亭入我夢，清曉上籃輿。逸興寧辭遠？名山實起予。風聲侵野渡，嵐氣襲衣裾。正好尋真去，年來閱道書。

嶺　雨

稍晴雲復釀，前雨後山藏。適與嶺頭遇，真爲人外忙。亂流奔畎澮，異漲失溪塘。石路遊蹤小，巖花映客裝。

武夷山

踏翠穿雲渡遠津，洞花落後訪仙真。烏紗白袷追遊暮，碧水丹崖往願頻。板斷虹橋無復識，船留駕壑待何人？笑余分得巖泉飲，更乞溪山一曲春。

登仙掌峰天遊觀

仙掌高懸欲接天，天遊此路可通仙。逍遥物外雲來往，呼吸人間事萬千。絶壁霞書昳晚霽，諸峰螺髻沐新煙。憑欄識盡陰晴意，始信名山有厚緣。

紫陽書院

隱屏晚對入斜陽，五曲來登舊講堂。山水宛如仁智在，煙波時護櫂歌長。九峰雲氣通先哲，一字麟經接素王。吾道至今皆仰止，溪風欲薦紫芽香。

崇安道上

千盤鳥路入孱顔，百道奔泉掛嶺間。却想珠簾遊九鯉，嘗思瀑布到匡山。白虹影破鴻濛色，玉珮聲從太古間。安得劃開諸疊嶂？一帆流水遍人寰。

柘浦書懷

晴沙歷歷滿前川，柘浦人家夕照船。纔定旅魂灘水惡，還携行李嶺雲偏。

書緗縹緲隨長路,花蕚依稀隔遠天。爲語粼粼波上月,流光直到故園邊。

漁　　梁

人煙生遠麓,晚樹緑藏村。白石籃輿路,青山古驛門。日斜凉稍進,雨過暑無存。今夜漁梁宿,應知清夢魂。

楓　　嶺

嶺頭石路兩茫茫,翠壁閒花古道傍。水去潺湲分浙右,山來重疊鎖家鄉。雲中畎畝千層緑,澗底松篁百尺長。又是一官羈絆出,草廬未得卧南陽。

入　浙　山

疊疊峰腰若蟻盤,行行路出白雲關。詩情每帶煙嵐色,夢境猶聞石瀨潺。已喜遨遊仙掌上,更須登眺釣臺間。從兹去捍淮黄水,未肯全抛心愛山。

仙　霞　關

萬峰開一線,傑閣費登臨。地欲分南北,天多與陸沉。雨來甌子國,雲漲越王岑。人世有通塞,風煙自古今。

紀　　夢

夜夢題詩向巖室,紫光雲氣龍奔逸。怪底江山墨淋漓,醒來風雨猶未畢。豈是新從柘浦過,宦遊也進江淹筆。

出　　峽

看山玩水勝朋談,須帶陰晴兩意參。今曉江郎雲氣净,昨宵峽口雨聲酣。層巒翠滴眉拖黛,極浦風輕袖鬱藍。歌鳥啼花閒點綴,旅途難寫此幽探。

江郎石

何年補天石,落向此空山?削立煙光外,高標鳥跡間。峯心穿月窟,樹影逗雲關。歎息神仙地,嵯峩不可攀。

嚴子陵釣臺

我愛溪山好,先生傲此中。祠前千嶂月,臺下一江風。景仰高人在,蕭條漢代空。至今疑釣者,亦是薄三公。

出瀧

入瀧生隱心,出瀧思用世。不上嚴陵磯,方舟自摇曳。

錢塘懷古

洛陽四固失金湯,南渡君臣不自强。歲歲請和空國蹙,紛紛議戰亦家亡。故宫離黍無人問,義士冬青有傳香。王氣百年已消歇,至今鳳舞到錢塘。

發錢塘,風便甚,次日已抵蘇州,是夜泊楓橋

帆影餘杭暮,山光笠澤朝。日斜問宿處,詩興在楓橋。

京口

吴地金焦盡,江聲楚境寬。鶴歸瓜步樹,人對潤州山。氣白潮初上,風清夜已闌。經過生舊憶,曾此嘯波瀾。

清江浦

浦浪高於屋,居人接踵棲。魚蝦争市闠,蛙黽躍堂閨。落日駕艖舸,秋風鳴駃騠。安危須衆力,蟻築漫河堤。

彭城懷古

微霜昨夜度黄河,木落徐關秋色多。我意已從天地淡,雁聲初帶水雲和。高人縹緲無歸鶴,學士風流有放歌。獨上荒亭時一眺,龍山青擁女墻過。

雨次横莊

聽雁排雲影,看山帶雨容。纔行四五里,已失兩三峰。月掩防河柝,風傳隔岸舂。明朝騎馬路,應惜障泥封。

徐州晚發

素舸乘流向遠圻,徐州白塔轉稀微。風吹湖雁斜人字,日落寒魚上釣磯。百頃秋田官種柳,數家茅屋婦無衣。役夫愧爾新觀察,未得全河故道歸。

又

潮鷄月上夜初闌,水面漁歌人倚欄。遠岸一痕如髮細,長河百派湧金寒。直須遥擊空明去,暫放幽懷宇宙寬。寂静無鄰山四碧,霜天獨坐正衣冠。

悼懷

雕欄無計護名花,仙種還歸閬苑家。玉質瓊姿雲外想,曉風殘月掛窗紗。

又

秦樓桂子鎖秋寒,弄玉吹簫去不還。腸斷一天霜露滿,空留蕭史在人間。

重九雨夜

密雲重九夜,疏雨菊花天。雁憶沙洲外,人分楚水前。青山藏旅月,古樹濕寒煙。夢斷茱萸女,清吟慰寂然。

白洋河旅次

征途頻駐馬,旅次復彈琴。自寫相思曲,誰傳一片心?洋河流不細,風雪意何深。嘆息陂田鷺,天寒立短襟。

雪霽登樓

南山霽雪映樓前,列地銀屏誰插懸?幾點寒鴉如落墨,一行歸雁欲書天。駸駸遠騎梅花外,渺渺孤亭酒旆邊。報道流澌昨夜下,陽和千里破冰川。

黄樓

黄樓城上日悠悠,黄樓城下水東流。山川形勝幾回首,芒碭風雲慘淡收。戲馬臺邊寒牧馬,重瞳去後空沙鷗。熙寧出守眉山老,調濟洪濤捍禦周。魚龍偃蹇驕河伯,風雨夜徙入澶州。百神受職咏河復,黄土塿堊東城頭。五行厭勝理茫昧,古人作事爲民謀。憶昔秦時蜀太守,欲平水土鎖犀牛。牛竟奔亡水横溢,詭怪何得擬斯樓?文章直氣如韓海,放逐人間追綺裘。憑欄夜嘯披衣立,黄樓千載伏潛虬。我來仰止梁棟下,想像安瀾臨清秋。莽蒼一代歸何許,惟見孤鶴飛平疇。落霞半捲晴天外,寒柘依依夕照浮。青山不改彭門郭,更有何人弔昔遊?

湖上憶别,寄文中四弟

浦上相逢二月春,王程此日駐江濱。桃花棹裏輕言别,柳店宵中重憶人。東路雲山君去遠,南湖風雨我來頻。許多未話經年事,總付凄其兩地身。

夏夜小集

鱠盤歷歷酒頻頻,詩酒欣逢景色新。竹影花香皆有韻,風清月皎自無塵。詞源已似倒三峽,雄辯真堪驚四鄰。謾比西園賦公讌,惟應咏我有嘉賓。

荷塘過雨

雨弄荷珠緑,山椎螺髻青。餘雲行冉冉,新艷立亭亭。神女歸巫峽,湘娥倚洞庭。上塘歌路晚,風送下塘聽。

渡黄河北歸

半載南來今北歸,時光倏忽早春非。渡頭青草還如袖,天上白雲欲變衣。唯有琴書從遠宦,暫無案牘亂清機。高帆且掛横波去,回首山陽酒旆飛。

又

岆猶汛宿水臨門,又值湖山長水痕。極目縷堤雙髮細,半船落日一篙存。鷺依淺瀨立閒笱,樹帶深青圍遠村。坐久晚風吹暑去,更看缺月浪中翻。

湖　　雁

舟行遠上黄河曲,微雨斜風行斷續。昨宵殘夢被驚回,灘背沙頭幾個宿?稻粱方獲水雲閒,爾飛飲啄江湖寬。南溟鯤化九萬里,豈知爾在天地間?

曉行袁江堤上

風驚水宿起飛鳧,一帶長堤白浸湖。日出煙消明霽景,看叉魚艇聚寒蘆。

江館書懷

滯雨楚江暮,凄清公館闌。砌花黄總總,庭竹緑珊珊。雁背粘雲濕,人煙匝樹寒。芳舟聞已發,還泊下邳灘。

夜　　行

霜月曲如鈎,静天無片雲。我行淮水上,孤棹泛星文。柳岸千層碧,彭山一望紛。南箕明潁尾,湖氣騰夜分。英風起弱釣,嘗思袴下君。懷舊感鄰笛,如追向子聞。摇摇傷古心,假寐入河濆。

夜　　泊

霜天落日半邊赤,遠樹寒鴉栖幾隻?東湖煙火趁歸人,北渚凍雲連嶺磧。

蘆花水國夜泊舟,月上荒磯鳴涒涒。詩人不寐起推篷,水鳥驚飛呼格格。腥風擊桅竄大魚,雪湧銀刀時一擲。仰觀天宇净琉璃,晃朗疏星掛洪澤。此時清景與誰同?明朝倥傯又行役。

洪澤湖堤行

湍流一勺下桐峯,巨浸稽天轉盪胸。不盡波濤推歲月,有時煙雨傲魚龍。崩騰必藉安瀾手,清晏還如泛愛容。行見遠山浮幾點,何人擎出緑芙蓉?

又

日記湖堤上幾回?春花秋葉轉寒梅。不堪人事隨雲散,祇有羣鷗見客來。信馬乍經韓母墓,吟詩屢過伯倫臺。今宵又指壚頭宿,一枕西風浪作堆。

又

高堰卧波一馬閒,我行如度月初彎。帆隨淮泗從天下,鳥自邳徐落鏡間。煙火黑堆袁子浦,岧嶤青擁聖人山。紅塘缺口斜陽色,網罟争懸急水灣。

又

南埂迢迢北埂遥,風來處處相歌謡。千夫畚插(鍤)成雲雨,萬斛舟船載葦蕭。岸上魚兒白勝雪,水中鷵子黑如雕。從兹奏績安耕鑿,鼓腹應知忘帝堯。

黄淮交匯

堯仁禹績正當離,龍德先天並者誰?山鎖支祈終不改,水驕河伯更何之。盤庚漫作殷人誥,漢武空歌瓠子詩。自古清流能激濁,肯教濁浪厘清時。

袁江對雪

潑墨入湖天,披圖閲素景。何來頃刻花,灑遍寰區迥?六出始分葩,漫空倏交騁。蛺蜨俄爲周,娬媚復作璟。披氅羡王恭,銜枚襲蔡警。大地弄陰機,鉅公罷朝請。縱横郊甸紛,歷亂關城影。袁江望盡合,旗亭跡亦屏。不見驢背吟,應回剡溪艇。閉門卧高人,聯句賞閨穎。粉飾奪河山,月痕留楚穎。琳野不分天，瑶田散萬頃。蟹舍瓊疏籬，漁舟玉笭箵。碧瓦湅寒溝，銀瓶粘曉井。快哉豐歲祥，睹此不貧境。憶在去年時，王程風雪永。倭遲歌載塗，四牡連項領。宵征過嶧陽，肅踏亘岡嶺。荒村下五更，蜎縮鷺藏頸。嚴氣襲衣衾，葦窗明耿耿。今來已匝歲，旅馆梅花靚。衝寒亦自開，鬭健紛還整。轆轤卧一枝，美人汲素綆。婥約姑射姿，瑩然肌骨冷。呼酒與之對，玉山頹復醒。世界日迷離，覆壓藏窪穽。我欲騎白鳳，直躡神清頂。笑謝六一翁，請蠲禁體猛。

河堤晚行

渚雪聚寒雁，湖風吹旅人。冰堅時見渡，臘盡欲生春。暗轉年光舊，驚添鬢髮新。天涯增暮色，歸路馬嘶頻。

立春貽文中四弟

碧窗冪冪泛輕煙，臘盡春生水國天。浦樹江雲非昨爾，霜溝瓦雪漸融然。喧晴鵲喜晨光内，報暖花籠淑氣邊。又是一番新景物，好將收拾上詩箋。

除夕雨雪

小雨翻成雪，東皇有意哉。冰心調鼎鼐，素手作鹽梅。洒落風雲會，陶甄草木來。明朝又將過，歲月奈頻催。

辛巳元日

雪籠江浦樹籠煙，春靄寒光翠幕搴。象外紫微偏映户，斗間黄氣欲豐年。香凝宴寢朱絲静，炬列階庭碧草妍。遥想鳳樓方午夜，沙堤玉勒正朝天。

又

楚國新年暖漸匀，河澌初泮起蛟鱗。雪田啄麥鴉翻玉，冰浦窺魚鷺倚銀。滿路東風逢解凍，幾家華屋貼宜春。宦遊到處宦情拙，料得湖山也笑人。

出　浦

淮草家家緑,江花岸岸春。賞心元夙昔,遇物自清新。慣住袁郎浦,欣爲拙宦人。今朝纔北上,二月已中旬。

又

登舟憑纜引,閲歲遍耕畬。歸雁春如客,閒鷗浪作家。戍旗明遠日,廢堰發新花。水國頻來往,勞生愧鬢華。

舟阻河干大風雨雹

三日大風沙,雲濤壯江滸。崩騰觸四維,排蕩震三楚。勢若水上軍,聲趨拔廣武。冰雹掩舟航,凌陰掠涷雨。恐是起蟄龍,黯淡會風虎。吾當濟險夷,安詳正篙櫓。

遊下相極樂菴

幽磬發清機,人天駐極樂。深院不蒔花,春風無住著。

馬陵山玄武禪院

虎盼踞崇岡,孤城截其麓。淮水迴帶襟,洪流據胸腹。嗟哉形勝地,鍾此重瞳目。仁暴勢乃分,坑降失逐鹿。回首芒碭間,王氣亦沉陸。胡爲長者言,出此分羹肉。成敗事豈天?江山歸信宿。廟宇塑龜蛇,荒庭留古木。豈兹玄象設,將以安四瀆。我舟泊岸東,飛旆雲外矗。春風日日多,春浪桃花逐。臨眺豁經過,散懷倚江澳。

别戴則紉歸三山

芍藥花開别緒深,歸帆霧裏越人吟。馬周入幕才堪賞,阮藉臨岐興莫禁。世上風波君早涉,南中山水我知音。幔亭舊憶同遊處,九曲峰高一寸心。

登子房山歌

青山重疊彭門道，子房山下行人早。鳴雞喔喔車轔轔，轉巘迴岡歲月老。我來不見泗水波，唯見洪流滚滚向東倒。天青日白兩悠悠，上有風雲縹緲吹懷抱。身依龍準心爲韓，封留辟穀智非巧。當時已逐赤松遊，此日誰來荐蘋藻？荒祠古木繫余思，袖拂巖花藉芳草。相看突兀有黄樓，異代英賢跡未掃。

息　馬

息馬柳陰下，鳴蟬方午天。雲馳阡畝影，風過野塘漣。比屋藤花盛，交塍芋葉翩。老農無箇事，支枕腹便便。

袁江聞蟬

斜陽殘雨蟪蛄天，獨繞江樓柳樹邊。隔水一航相唱和，違山十里尚纏綿。梨關客望白雲斷，楚塞人分青靄連。秋近南湖聽處處，長堤曉月益凄然。

九　日

南菊客中開，重陽節又來。登高惟野岸，遣興有家醅。水溢飛鴻渚，雲深戲馬臺。二年江浦上，風浪漫驚猜。

玩　月

遠浦秋光接釣臺，白雲秋水雁初回。共看月色淮南好，纔自洪湖浪裏來。

寒　竹

落景遍關城，肅霜凋草木。風吹女蘿枝，莫撼凌霄竹。亭毒天地心，蕭森水雲腹。下根蟄虬龍，上枝引鸞族。秩秩美南山，猗猗咏淇澳。亮節見吾廬，歲寒貞獨宿。

冬　夜

風勢殘冬急,更聲濕雨餘。竹窗時過雁,沙館獨觀書。共濟勞舟楫,孤懷任卷舒。終宵天宇黑,樹杪數星疏。

河 干 書 事

翳日泊郊寒,嚴風吹水澀。我舟滯不前,道遠何由及?捨棹上横陂,馬嘶暮聲集。靄靄陰氣生,濛濛雨絲襲。榷木鎖長蛟,朦朧新月濕。賈舶者誰子?篷窗魚鱗戢。勞生白晝間,夜枕如蟲蟄。底事浮榮人,郵亭戴霜笠?有獺欲祭魚,枯魚過河泣。似聞訴不仁,相戕何汲汲。

又

誰能不行役?擾擾亦同衆。嚴霜侵薄裘,日出氣澒洞。城闉散宿霾,亂潦破初凍。衰柳厠河濱,結根官所種。塞流藉衆功,束薪以爲用。側聞飛騎來,濫竽爾充貢。鬱鬱南山松,參天失梁棟。寧同柳下生,臧孫堪一哄。去去勿復知,吾亦方囈夢。惟應龐德公,千載識龍鳳。

書　齋

朝參已過午,日在小梅西。架短圖書滿,窗明几案齊。焚香師閱道,讀易尚濂溪。但守猶瓶拙,何須羡滑稽?

春别文中弟陛覲,赴任山左,余亦有楚藩之行

江浦經過三見春,河干厭宿舊風塵。片帆欲轉下洪棹,千里翻爲南楚人。雨散乍看天水闊,花開惟祝雁魚頻。烟波喜睹鯤鵬化,心事依依别穎濱。

又

征車指日帝城春,策馬朝天紫陌塵。暫借東藩駐皂蓋,争看北海是詩人。輿歌佇聽興來暮,别酒雖清莫厭頻。後爾鳴榔花裏發,水雲一曲寄湘濱。

又

纔逢人日又逢春，小雨輕寒浥細塵。幾樹官梅愁遠客，一聲折柳唱征人。祝融峰上携詩去，郯子城邊寄和頻。自是陽和沙水暖，雁羣飛盡楚江濱。

又

南歸憶共故園春，此日東風不動塵。細草輕花臨仄路，青山緑水度閒人。翠微嶺卧石麟小，新柏岡飛雲影頻。萬里宦遊分兩地，與君携手大河濱。

即　　事

湖上春多雨，東風未肯晴。泥深袁子浦，波漲楚人城。曲岸隨檣轉，長雲濕騎行。驛書雙插羽，天策下神京。

又

傳到東甌詔，會師討洞猺。連山浮瘴癘，細路入煙霄。出没憑狼窟，招徠絶聖朝。會看置郡縣，萬里剗荒要。

漂　母　祠

一飯豈望報？溪毛薦至今。王孫當日貴，聞已贈千金。

淮　陰　釣　臺

投釣起封齊，荒臺楚水西。一竿漢社稷，風月似磻溪。

發　浦　上

仲月看鴻北，深春買鷁南。和風來緩緩，弱柳去毵毵。白下懷知己，平山憶舊談。年年清浦夢，昨夜到湘潭。

贈别郡丞李雪舟

西平之後世稱賢，鄴架書籤映彩椽。三策密籌蓮幕重，四知清節路人傳。

衡山雲接白門道,淮水波涵青草天。千里河梁惟有夢,春風執手又何年?

三 汊 塔 院

破塊出雲螭,朱丹耀水湄。花岡交乳燕,天蹕静遊絲。飛閣流波轉,長廊過客遲。日斜鈴鐸語,紅院看辛夷。

姑蘇宋漫堂中丞言别

季子交遊少,經過憶鄭僑。東風吹虎阜,夜雨泊楓橋。縞帶歡疇昔,清詩慰寂寥。此邊鄉路近,恨隔浙江潮。

奉頌宋漫堂中丞重修滄浪亭

嘗讀滄浪誌,每懷陪繡轓。薄遊終結分,芳躅得追捫。緑水藏蘿磴,春畦帶石門。徘徊先往蹟,感慨後來昆。長史亭依舊,中丞政不諼。文章持藻鑑,化理浹郊村。訪古垂興廢,澄流必溯源。幽軒從簡約,喬木任騰騫。略彴頻經過,碕廊數夕昏。路人虚指摘,曠志在消煩。明鏡屢疲照,大疑安決奔?臨風還恣眺,我已三斯言。

句 容 道 上

句曲今番路,行來似故知。春風重駐馬,花雨舊題詩。橋畔鵝黄柳,村邊鴨緑池。茆山曾宿處,歲月幾推移?

將入金陵,馬上偶成

馬首忽開霽,龍蟠勢若臨。日斜靈谷塢,雲度孝陵陰。汲黯慚高卧,東山感舊吟。江郊諸父老,勞我意何深。

次韻奉别水部曹子清

百尺波瀾起桅樓,清詩忽下水西頭。春風尚醉賢人酒,暮雨時霑使者騶。

正懼保釐才淺鮮，寧忘金石語多周？衡山色似鍾山秀，他日思君信宿留。

天　門

兩岸對青山，吾追太白閒。乘風千里去，何日片帆還？烏帽隨芳草，蒼洲點白鷗。謝公宅縹緲，波際杳難攀。

夜次皖城

孤城開皖國，百雉與雲齊。月黑鰣鰉過，天清鸛鶴啼。星河落嶺外，舟楫近江西。更憶龍眠老，山莊跡已迷。

登小孤山

壁立孤峰青若螺，千濤萬浪日推磨。吴頭楚尾江聲急，鳥去雲來山色多。我已盡登絶頂眺，人誰半刻落帆過？危亭四起蒼烟暮，何處芳洲欸乃歌？

過湖口

天明出湖口，風送一帆開。疊嶺吹雲去，空江帶雨來。頻移青雀舫，數逗白沙堆。可惜石鐘響，微茫隔水限。

泊鄔家穴

風雨嗟如晦，南猿第一聲。楚山千萬疊，江路古今行。碧柳依雲幔，寒花伴水程。凄其芳草遍，舟楫慨平生。

赤　壁

凌晨過赤壁，昨夜宿黄州。風物歸殊代，江山重昔遊。漁歌空互答，客櫂自夷猶。斷岸仍千尺，蒼波去不留。

登黄鶴樓

縱目江山了，芳洲黯淡容。風雲飛燕雀，雷雨壯蛟龍。詞賦空千古，煙波浩萬重。危樓看百尺，縹緲挹仙蹤。

漢陽舟中懷文中弟

別爾來荆楚，風濤滯客星。對床何日得，夢草幾回醒？洲過吟鸚鵡，原長感鶺鴒。詩成誰和我？春暮尚揚舲。

葦渡

斲箓暮江上，春磯風浪侵。雷喧荆口夜，雨落洞庭陰。一葦渡何處？荒山傳至今。人天終有漏，面壁意徒深。

祭風臺

躬耕遺事業，江上嘆三分。赤壁含今雨，青山帶古雲。時清龍不見，臺圮鶴空聞。夜盡東風急，周郎破水軍。

岳州

鼓櫂岳陽下，孤城波浪尊。樓闌歸劫燼，雉堞壯雲根。日落三湘杳，天低七澤翻。更誰吹鐵笛？漁港泊黄昏。

君山

秦帝豈能赭？君山依舊青。誰憐三月火，卻赤祖龍廷。喬木含蒼碣，幽蘭覆緑汀。九疑終古望，竹泪尚熒熒。

又

翠嶺深藏寺，僧閒課種茶。涇書沉水府，柳井映曇花。棋響青松院，琴調落雁沙。頓忘塵世念,未肯命歸槎。

過　洞　庭

春盡楚山青,春波去洞庭。衆流輸浩渺,南岳避滄溟。地闊雙鳧舄,天浮一使星。蒼梧雲不盡,遺恨指湘靈。

入　湘　陰

寒城超復没,天遠暮煙孤。龍去洞庭野,波翻青草湖。落帆知近岸,盤木有啼烏。舟楫奄南服,終憐屈大夫。

南堂詩鈔卷九 後集

抵長沙

地闢星沙出，蜂廻嶽麓長。江山移蜀漢，日月老衡湘。賈傅井猶在，定王臺已荒。經過書院黑，仰止緩舟航。

咏蘭

靈均佩作離騷句，尼父歎爲王者芳。旅夢每通湘水曲，佳期止在澧雲鄉。由來與子心同契，漫向無人谷自香。我有相思欲以問，九疑綿續楚江長。

别林漢木歸閩中

彭山伴我三年住，湘水隨君一櫂歸。好去林逋將鶴放，轉教張翰憶鱸肥。香飄嶺遇荷花净，紅入關來荔樹圍。漸近家園鄉路熟，長沙秋色莫相違。

湖南雨後

霽雨出城闉，餘雲粘水渡。愛此隴畝聲，悦彼禾黍路。歸院坐開軒，秋花齊紅素。

又

嶽麓掛飛龍，山頭雷旦旦。日氣射江雲，荆湖開一半。餘綺散晴窗，天衣爲我粲。

秋夜

庭陰秋素素，竹影夜縱縱。一片橫空月，飛來照籊龍。

又

月落人未眠,秋聲不在樹。寒蟲爾何思?也作瀟湘賦。

秋望嶽麓山

何以敵秋色,南山杜牧詩。朝來致爽氣,王子坐支頤。浩浩太古心,永與高山期。回雁衡山首,麓山衡山支。坡陀疊翠浪,蟠結奮長螭。曼衍落星沙,廻青抗女陴。地遠芙蓉健,江深魴鯉遲。懷人波渺渺,引興碧嶉嶉。跡古中峰院,風清飲馬池。會看蒼壁字,細讀禹王碑。振袂收全楚,千巖納履綦。歸來對窗案,超曠心神怡。

丹　楓

樹自成丹山自青,秋光葉葉透沙汀。魚傳錦字留湘浦,雁帶霞箋過洞庭。大舜祠前應爛漫,二妃廟裏未飄零。因風一夜願吹去,化作鄉雲賡帝廷。

田　家

蹊路煙光八九家,隔籬開遍豆棚花。秋時蛺蜨偏憐汝,也趁西風展翅斜。

又

早稻全收晚稻連,三分缺雨未妨田。大都穀賤湖南地,輸卻官來無剩錢。

又

昔年避亂去他鄉,百頃良田給墾荒。今日太平歸樂土,兒孫鑿石種山旁。

又

丈荒丈熟幾多年?八百衡山路插天。他日祝融皆沃野,仙家滄海變桑田。

游嶽麓書院

地寂名賢往,山高道院鄰。素題荒鳥跡,青嶂插江濱。草自埋今路,松曾對古人。天長雲水永,秋雁欲來賓。

禹　　碑

荒山一片石,鳥篆禹王文。日月光磨礲,時時護白雲。

飲　馬　池

塘影浸寒波,夕陽引歸馬。但見山農過,不逢來學者。

登　嶽　麓　寺

曉從嶽麓遊,午登嶽麓寺。石路逼秋空,籃輿轉蒼翠。幽壑散疏鐘,一窩藏佛地。入門怪兩松,盤空拏雲勢。振鬣護經樓,垂髯俯檻際。下有法華泉,澄泓映巖邃。圓影射曇花,夜光走魑魅。疑是頷下珠,摘者偶然值。驚看戒勿觸,亦恐遭其睡。吁嗟雙虬姿,誰知爾神異?大江横爾前,南岳吐雲氣。豐隆布天鼓,需汝爲霖至。滂沱昨夜聞,疑爾虬所致。山僧一無知,强指蕭梁世。靈物自天鍾,何必六朝季。長嘯坐虎岑,清風竦然墜。

中秋同諸友限韻

鱗鱗雲化水,淡淡月涵天。已度蓼花外,剛來楊柳邊。西堂人刻燭,南浦雁銜煙。試問銀河路,香飄桂子懸。

咏　　緑

緑水聲中閒緑綺,緑竹風清咏君子。緑蕉窗下理冰絲,緑野悠悠緑雲起。

郡　　齋

郡齋清若何?静則讀書過。案蝕神仙蠹,池翻道士鵝。霜楓紅日近,秋柳白雲多。童子開三徑,詩情愛碧蘿。此間無二仲,空咏碩人薖。

問　雁

一聲雲外響,雁影遍河山。問爾離秦塞,何時入漢關?龍堆曾有戍,羊坂不無艱。可自金臺畔,應從玉壘間。後先行孰斷,南北信誰攀?必寄平沙譜,定知屬國還。春風若箇在,秋色幾家閒?此處多新水,連年失舊灣。渚莎鋪錦石,湖月浸煙鬟。莫過衡峰去,天南瘴癘頑。

木芙蓉

窗外芙蓉花,迢迢美木末。紅萼扶青枝,遠山霞一抹。似愛水邊開,生憎風日奪。含笑語芭蕉,三秋多契闊。

次周文融咏木芙蓉韻

曈曈日色上花臺,雨過紫薇堂後開。樹底緑雲猶半綰,枝頭紅錦一齊裁。東西懸幕明書幌,十二平欄映石苔。信步題詩憐婥約,隔墻聲裏和歌來。

霜　降

青女樹邊歸,玄鶴警夜曙。弭節艮遥岑,蓐收猶在御。離離紅蓼汀,一一賓鴻據。揃遍落葉天,染盡丹楓路。廻飈起木末,三醉芙蓉署。來日迓重陽,問訊黄花去。

九日次周文融韻

去年淮浦過重陽,此日重陽在澧鄉。泗水雁飛湘水岸,龍山人對麓山堂。霜清楓葉寒偏艷,秋老黄花淡更香。醉裏把君詩句好,登高漫去佩萸囊。

酬董臬司天與

漢廷學問貫天人,文采風流世未湮。綵筆昔年同鳳闕,烏紗今日共星津。

山開衡岳南雄楚,地接洞庭西過秦。讀罷清詩驚突兀,幾回秋色共嶙峋?

轆　轤　行

轆轤鳴,心怦怦,五更鹿鹿到天明。千廻萬轉無時停,爾何爲乎多苦聲?中天軫宿星熒熒,一子正落長沙城。城中鑿井如鑿石,十丈絲繩一勺清。南岳不肯吐雲氣,九嶷十旬空峥嶸。豐隆收聲入地蟄,阿香車折軸輪傾。轆轤鳴,心怦怦,萬灶炊煙待爾生。汲長汲短隨深淺,人世安逸爾營營。經天出作滂沱雨,緯地入爲江河行。棲梧彩鳳去不返,羣鴉亂噪何足聽?雕欄碧甃珠璣隱,爾不汲引待誰興?轆轤鳴,心怦怦。爾生用世當如此,安得不觸蛟龍驚?

芭　蕉

葉上題詩醉未醒,夢中猶擘蜀箋青。無端月暗西風緊,疑是秋窗雨不停。

雁　來　紅

變緑藏嬌葉上華,湖南秋色遍人家。雲間征雁頻回首,錯認春風滿路花。

蘆　花

雪滿空江漁未歸,月明秋水雁初飛。扁舟不繫笛聲遠,風起楊花撲釣磯。

落　葉

樹底樹頭總别離,霜前霜後見空枝。呼童掃徑供茶灶,燒葉還題落葉詩。

蓼　花

幾穗摇風點素秋,最宜臨水傍漁舟。疏簾草閣雲汀近,細數鴛鵝落晚洲。

冬　青　歌

冬青古樹青冬天,貫時歷歲通雲煙。上枝接葉蒼濤連,下根屈鐵老柏堅。

我意洪荒初闢先,亭毒造化億萬年。南接沅湘開衡廬,土膏雨潤豐坂田。兔走烏飛無停鞭,陰陽運育不頗偏。發洩鴻谷與靈川,然後間氣鍾其間。亶生此樹在人寰,斧斤不至荷陶甄。西拂點蒼松栝邊,東封碣石扶桑巔。鳳凰鸑鷟來翩翩,麒麟騶獸遊闐闐。吐華育子霜雪妍,有女食之上清仙。青鳥啣去墜堂前,孕芽拓蘖培植專。而今千載鬱蒼然,廣被大厦蔭長阡。祝融叱馭馳幅幁,朱旗赤幟空中懸。山嵐竹箐道綿綿,魍魎蛇虯相糾纏。五溪毒瘴來蜿蜒,六月沙蒸畏跕鳶。憩息南窗卧北椽,賴此清陰忘炎煎。凉風颼颼韻五絃,零雨淅淅助談玄。絳河宵征排嬋娟,天漿玉液露涓涓,垂霓彷彿下偓佺。浮邱笑拍洪崖肩,手攜丹訣黄庭編。教我清心出八埏,白帝推移倏已遷。顓頊臨御凜戈鋋,紛紛萬木盡棄捐。嗚呼!紛紛萬木盡棄捐,獨有此樹得天全,我歌且歌冬青篇。

西洋寶刀歌

黑洋之山摧霹靂,海水萬丈波濤射。炮車雲起欲崩天,颶母風高相搏激。日精隱耀避星文,電爍神光哉生魄。炎爐鐵冶分陰陽,清水芙蓉淬秋色。三年甫就百鍊剛,十年磨礪蒼崖石。自從澒洞阻波濤,時無英雄空托跡。南風五月飛渡瀘,始出荷蘭薦上國。上國五陵年少時,好讀六韜兼六籍。繫以明珠玉爲環,匣以珊瑚錦爲飾。提攜直上黄金臺,光怪每摇瀚海北。至今出入二十年,氣射斗牛貫奎壁。櫛風沐雨挾周旋,滅盡妖魑歛狐蜮。心知神物訶不祥,鋒鍔猶思剸犀革。摩挲勝佩吕虔刀,出匣時時吼東壁。

雪後官齋

十月喜小陽,今朝風雪退。碧瓦融銀溝,滴瀝四簷内。起視晚林青,瞥見遠山黛。捉筆擬題鹽,已失瑶華界。地飛固暄和,天寒亦可怪。昨日挾重裘,如踏龍沙塞。

又

林鳥聚啾啾,池魚遊鰷鰷。冬日信可愛,霜筠性莫奪。園中傲千竿,森森相曳戛。顧非輞川居,安得右丞筆?撫景樂陽和,援琴操一闋。尚有淩寒心,冰絃變白雪。

遊沕潭寺亭子

招提根城隅,日色泊井甃。衰柳露藏鴉,疏林餘橘柚。近堞粉圍墻,遠山青入霤。心清花界幽,步轉霜潭右。冬池已無波,横彴宛依舊。素亭四面開,碧瓦新結構。地僻意頗佳,公餘迹堪又。要當仲春來,禽鳥樂芳晝。最宜長夏坐,林木蔭清溜。仰觀歲功成,欣彼黍稷茂。十雨復五風,超然羲皇覯。今兹物我閒,聊以拂塵袖。

至　日

肅肅夜方半,微陽動天根。捲幔長河落,大星三五燉。鷄鳴出巷陌,歸署迎朝暾。雲氣占豐兆,開余閣上軒。緩步檐噪鵲,忘憂榻對萱。野梅將破凍,寒草若負暄。律應飛灰管,宫添一線痕。聞道六龍發,天廻轉北辰。楚山遥望幸,漢水自騰奔。萬里朝滄海,千峰拱至尊。紫烟籠緑樹,彷彿翠華廵。郵路恩光速,陽和氣象新。會看放花柳,直接故園春。

誕　日

四十又多四,青銅添素絲。一陽周建月,七日復來時。何補聖明世,空慚頑鈍姿。梅開花有語,道合伴寒枝。

壠山圖感咏

湘雲夜暗沉湘竹,樓雨蕭蕭寒起粟。紅爐借暖調冰絲,破睡凄涼水雲曲。憶昔梨關三載歸,經營壠地緣山麓。千峰卧遍草廬深,萬嶺踏盡啼猿續。松風磵水無時休,月落霜溪幾夢熟。杜鵑花滿鶴山丹,虎阜煙迷鳳髻緑。歲時伏臘走郊坰,清紫葵羅悉齋宿。祇今身在南湖天,有夢何能到家速?連宵風雨起披圖,彷彿灣巒如在目。人生惟願故鄉居,富貴寧殊草露促。回頭築室又三年,愁坐依依感風木。

對雪貽周文融、曾聖孚

北風簸浪作鼉鳴,昨日沙頭初送行。行人已發鞍馬速,惟見雙旌滅復明。遥睇寒江將雨雪,霏霏霢霂擁嚴城。天凝地閉龍戰野,陽復陰消春欲生。岳陽仙人騎白鳳,腰携鐵笛過洞庭。調高一弄三千曲,吹落梅花滿路平。世間下里安能和?我縱吟之慚瓊瑛。南豐先生實罕匹,逸韻屢出能詩聲。山陰處士更奇絶,真隱不愧鐘山英。平生學力破滄溟,八九雲夢皆吞并。胡爲對此波瀾傾,坐看鱗甲空紛爭。請君胸吐玲瓏竹,筆底快睹銀鈎横。瑶臺玉浦垂竿遍,一掣碧海牽長鯨。

次韻曾聖孚咏雪

珠簾十里卷花飛,何似揚州杜紫微。客櫂幾番乘興去,春風無那故人稀。相逢樹裏梅同瘦,轉憶山中筍正肥。快睹瑶華賡積曙,呼童煮茗夜深歸。

幔亭記遊

卯歲上建溪,舟行少平陸。流峙列山川,四應紛奇矚。夢寐幔亭幽,千峯枕上緑。乘興探煙鬟,連朝過雲腹。古澗響潺湲,深林聞剥啄。鷄黍具農夫,土風羨淳朴。路近見丹崖,思與白鷗逐。數里聽櫂歌,心空萬念肅。寧知塵世身,已駐煙霞目。石鼓飯肩輿,虹橋繞廻麓。隔水藴琳宫,參天出古木。不見武夷君,空聞奏仙樂。遺蜕藏巖阿,石間開洞屋。嘗傳宋代興,金簡照玉匱。靈氣藴清虚,松軒今夜宿。恍惚過笙簫,天台注道籙。凌晨汗漫遊,一筏沿流速。白袷帶青蘿,紫光騰翠幄。玉女了娉婷,鏡臺試新沐。回顧大王尊,嫣然自貞淑。大小藏崔嵬,霞編閟莫覿。森森駕壑舟,巉絶不可觸。萬古亘長存,何人繫輕舳?至今睡金鷄,長年無晦朔。莫教五更啼,下有龍潭湫。欲上更衣臺,天風吹局蹴。

念昔立飛昇,天柱雲漢倬。别徑過石渠,潛通小九曲 。日午上天遊,孤雲去一握。雨從仙掌來,水簾掛飛瀑。金井乍虚無,碧霄互起伏。晚對有翠微,花莊無犖确。條霽現層巒,微波廻霧縠。俯盼碧三三,仰觀青六六。景勝久凭欄,孤亭若笠卓。接笋相對懸,飛梯百丈束。攀引類猿猱,一墜那可復?吾非伯昏人,恐蹈昌黎哭。賈勇不敢登,履危非所欲。窈窕下隱屏,朱祠書院築。乞地得洞宫,性天達問學。緬懷閩洛風,逝者誰能續?俎豆至今香,再拜生沕穆。仙聖道豈殊?遺踪各已邈。上下城高巖,瀠洄鼓巖澳。漸見積嵐開,仰峰如指矗。溪鳥上雲門,灘花照毛竹。地盡出星村,水清倒醽醁。載榼復醉歸,放歌自濯足。月色朗巖扉,泝流弄珠玉。削壁鎸銀鈎,清心細捫讀。我生斯遊最,兹境天所獨。寧能忘寢興,爲繪此素幅。今朝偶披看,春風動寒渌。猶似入洞天,山山響鴝鵒。

桃　花

繞閣桃花正燦時,壓窗紅影夢參差。誰憐此日同人面,崔護當年恰有詩。

又

誰道東風有意催?深紅開遍淺紅開。行人莫漫武陵去,爲問桃源春色來。

又

夜來疏雨釀湘潭,幾樹絳桃春更酣。嘗想天容花底覲,六龍今又幸江南。

又

江南消息少人來,花滿衡陽雁欲回。好語清江堤上伴,春風吹到碧桃開。

又

枝頭萬點任天真,底事杜陵較減春?我自臨軒花自醉,倚欄濃淡對佳人。

四　景

一

巖徑遍桃花,青溪逢宿雨。流出白雲中,天台在何許?

二

曉露濕朱橈，蓮歌聲未起。日照芙蓉東，天然出泥滓。

三

嶺雁一行飛，前汀沙水闊。片帆終不來，獨樹紅天末。

四

高士掩柴扉，千峰插寒碧。老梅開一枝，自識山中曆。

二月閱報文中弟擢廉州守

南來宦跡類孤舟，東望齊城憶子由。紅杏花枝交棨戟，春風柳色遍軍州。君才自合標銅柱，我興何堪賦岳樓？西泝沅湘亦便道，對床須作十旬留。

南岳春望

山從岷蜀開衡岳，撐出南天半壁青。煙雨遥聞湘水瑟，龍蛇深閟禹碑銘。道人大叫驚雲海，魏女修真入杳冥。曾漾清光來杜甫，春風浩蕩想揚舲。

雨

二月看又過，春光急如箭。昨日出墻花，於今已不見。滿徑鋪紅茵，重樓落錦片。緑暗一床書，烟飛半池硯。高柳困長條，園禽聲亦變。青草夢回時，瀟瀟風雨戰。軟語接簾鈎，相商定巢燕。

又雨前韻

疾雷欲破山，驟雨如飛箭。曉來江上峰，白波吹不見。太陰運日月，漲水浮花片。黯淡連高城，霏微入几硯。肅肅孤桐枝，泠泠七絃變。天意未還晴，春寒慘交戰。疑是奮蛟螭，雲程驅雀燕。

春　晴

彈罷山居調正熟，茗煙一道出新竹。簾前宿雨猶泫枝，閣上餘雲未歸谷。

九十春光幾日晴?此日新晴春去速。春光尚逗錦被堆,無奈雨鳩又唤屋。

春暮

紫薇花下覺春稀,岳麓津頭無雁飛。又是流光三月暮,不堪情緒隔年違。碧窗風雨棲烏几,翠壁藤蘿點緑衣。憶踏清溪寮嶺路,滿山紅染石麟扉。

楊白花

楊白花飛宫殿開,宫人連袂歌聲哀。猶恨長條折不盡,卻教萬點愁飛來。昔日楊花過江落,今日楊花滿城郭。化作浮萍逐浪飄,楊花心性本輕薄,外人那知宫裏樂?

溉柳

吾慕武昌人,官齋亦種柳。分翠來城隅,深根植堂右。欲令廣垂陰,大施灌溉手。溉者日百株,悴者常八九。雖然未遇時,自卯終到酉。南山忽送雲,一雨三旬久。五日盡萌芽,十日齊過肘。匝月長出檐,青青入吾牖。向敢冒天功,人力亦不苟。從兹培護勤,蔭庇萬間有。

夏日

夏木陰陰新柳細,永日觀書清院閉。爾來案牘了無餘,惟有榴花紅入袂。軒開簾捲水摇天,雨過雲歸山擁髻。欄空栩栩夢莊周,林密迢迢叫望帝。静看物理息紛紜,孟浪一春惟有睡。人言悃愊自無華,我愛蓋公清静治。東郊尚缺滂沱聲,夜夜起瞻星月離。黎明出禱南極宫,歸見芭蕉拂簾翠。

江行

昔來當孟夏,今復出星沙。白水新年浪,青山隔歲華。鷓鴣啼雨暗,布穀鬧春賒。坐玩湘蘭去,雲深江路斜。

又

黄昏雙槳宿，鸛鶴入林坳。古木如山鬼，荒磯似老蛟。更深江月濕，沙淺夜舟膠。世路安求穩，鳴雞一宿抛。

又

擾擾風濤上，誰云楚有材？湘流趨北去，山意自南來。縹緲芳洲隔，微茫水驛開。羅城猶未至，轉櫂興悠哉。

雨後出盼稻田，仍過泐潭寺

曉出東城門，岡隴相輔夾。遠路通瀏陽，孤塘起鳧鴨。浥浥决渠聲，穰穰稻苗插。新流不分畦，宿雨猶飛硤。問農欣有秋，行田遍磽陿。草木見天心，所遇皆愉洽。策馬上荒岡，破垣互頹壓。云是三軍壘，曾宿十萬甲。井竈昔未湮，四郊今耒鍤。俯仰廢興中，青山照白帢。日午息招提，荷風摇長箑。高柳蔭前亭，池魚不驚狎。脱帽對生公，何須會佛法？

泐潭寺觀荷，曾聖孚同次兒、三兒畢至

南山岳麓寺，古木蟠兩虬。北山雲母石，紫氣每騰浮。懷之江路隔，何以消我憂？清晨偶得暇，還想泐潭幽。期君無多路，乃在城東陬。憑軒少休歇，啜茗臨清流。馬嘶君至止，二子翩同遊。垂楊覆西照，過雨涼如秋。荷花恍君子，咫尺盈河洲。胡爲限風浪，欲採無芳舟？坐觀心不染，興在水雲悠。日落三撫檻，人去雙來鷗。似聞歸路語，竊比愛蓮周。

閲　　武

閲武當清曙，霜臺避鳥飛。蔽雲來殺氣，耀日動軍威。組練吞江色，旌旗掃翠微。帳前宣令出，一騎下重圍。

又

兩翼分朱鳥，三軍指大旗。淵淵齊鼓角，肅肅度熊羆。恍惚常山勢，參差魚

麗移。南征今有日,會滅五溪夷。

又

軍中齊較射,誰是霍嫖姚?缺月人隨手,流星各在腰。勇觀穿七札,捷喜貫雙雕。日暮轅門散,江風野寂寥。

横　琴　圖

笑爾先生山水心,泠然露頂對高深。手不垂竿坐江潯,足不躡屐登山岑。江峰萬丈江水沉,蘆雁幾點沙洲陰。蒼苔白石可枕衾,丹楓細竹横衣襟。此時風月自酌斟,此時胸界自古今。世人那知山水音,又何爲乎膝横琴?

湖 南 聞 蟬

二年不向客中聽,三疊何堪水上聞?天地凄凉從此判,闗城摇落一聲分。南樓堞影飛虹雨,北渚山光曳白雲。遥憶斜陽疏柳外,浦江吟咏亦爲君。

秋 夜 西 軒

一雨一番秋,疏星依漢流。砌蟲相弔語,沙鳥自呼儔。桂子香飄近,仙槎影去悠。有懷終夜坐,月黯上雲頭。

登　　臺

夜上平臺上,平分風月時。七絃揮古調,千載弔湘纍。星落洞庭野,天低虞舜祠。滿林飛白露,鱗甲動蛟螭。

又

日上平臺上,星沙古萬家。雄圖餘百雉,往事剩殘鴉。楚俗輕文治,夷風尚鬼邪。滿城多橘柚,雨過斷虹斜。

發　星　沙

南岳題詩去,北風催棹開。疾帆如過鳥,奔浪若驚雷。崖岸相馳逐,灣巒失溯洄。雨餘濕星斗,塘下泊舟來。

衡　山　縣

不作名山夢,真爲南岳遊。灘聲如建水,岱色似齊州。地東高峰起,江清小縣留。明朝行翠麓,馬上愛新秋。

南岳道上

不朝聞紫蓋,來問祝融君。馬轉青松路,輿穿翠嶺雲。山横疑徑盡,林斷見溪分。烟芋連村塢,郊亭半夕曛。

謁　　岳

氣勢何盤鬱,琳宫遍玉函。三公分秩典,南服鎖巉巖。靈岳天同壽,今王道不凡。龍章擎使出,日月護松杉。

贈别宋葯洲官坊

詞臣肅肅捧天葩,南岳巍巍拱日華。七十二峰裡碧落,八千萬歲祝皇家。歸朝舊路秋逢雁,别館留詩墨似鴉。直逼風騷凌沈謝,看君行復賦梅花。

遊衡山登祝融峰頂

衡山之山炎方居,祝融上可通天都。星沙泝湘三百里,到此寧憚磴盤紆?天門中開出横嶺,龍潛虎卧行雲衢。將登復頓躡絶頂,舉首帝座狂欲呼。雨師風伯怪么麽,蚩尤吐霧迷瞠盱。堙崖塞谷没涯涘,下盼不見禹九區。側身望洋嘆海若,茫茫天地吾其魚。芙蓉紫蓋悉蒙蔽,天柱石廩相模糊。峰尖巒角隱不出,惟有帝者秉圭符。驂虬税駕息高蹈,岧嶤石屋清渠渠。吁嗟人世多崖岸,帝豈欲令元化俱?淳風一散無還仆,儵忽日鑿混沌初。不爾山靈厚我意,天遊爲作雲海圖。嗚呼爲作雲海圖,今朝奇觀不可無。

伴　　雲

仄徑掛崔嵬，清泉雲外瀉。未健登山腳，籃輿不可下。

丹　霞　寺

纔自伴雲來，又入丹霞去。回首天門開，丹霞在何處？

上　封　寺

顥氣逼諸天，招提宿無礙。雨落祝融峰，疑到天河界。

望　日　臺

大岳孕高臺，扶桑觀海底。獨立元氣中，孰居而運是？

禹　王　碑

千搜不可見，終古悲韓愈。知在此山尖，我來讀風雨。

崖　　松

仙人已不返，石上有青松。子落蒼崖罅，千年長蟄龍。

鄴　侯　祠

出作白衣相，山人爾獨賢。舊山讀書處，夜識懶殘禪。

岳　　市

翠麓抱人煙，秋光雲稻晚。石泉不種魚，山市惟茶筍。

去　　衡

長嘯歸來下碧湘，觵搖山與久低昂。今朝衫袖依稀濕，猶帶松風澗水香。

又

得睹平生未有奇，名山不負此前期。而今胸界渾無似，添入煙雲半卷詩。

平臺芙蓉歌

秋朝秋夕花不空，上旬下旬花不同。海棠開後芙蓉開，看看花滿芙蓉臺。芙蓉主人愛花哉，添得平臺花裏來。但恨去年花焕彩，有花無臺不瀟洒。今年三醉上臺遊，足踏紅浪翻滄海。

佛桑

曉色映堂簾，花開何婥約。有女發清歌，贈余以芍藥。報之紅玉英，其葉光沃若。

菟絲

本是兒女柔，幸托君子剛。寸絲繫喬木，憔悴衛風霜。吐花復結子，無棄有姬姜。

北郊行

譙烏衝曙飛，曉月掛江上。風吹橘柚城，日出寒煙讓。初行出郭門，始見原野壯。石橋水戔戔，秋色倍清曠。天高入雁凫，岡隴若波浪。漁舟帶淺汀，古刹疏林傍。川長驛路廻，蒹葭影蕩漾。無梁不可過，有檝還思搒。穹窿大道邊，碑亭屹相望。豈盡甘棠思？荒哉没塵坱。昔時爾繭絲，今日石無恙。世風事盜鈴，古道嗟凋喪。墮泪淪肌膚，磨崖遍青嶂。金縢出肺肝，新莽以欺誑。聖智順物宜，奸猜恣剽創。鳳聲遠莫追，鴞音逾如謗。君看垂汗青，名與山俱亢。鬱嵂何其高，悠然不可尚。萬古日長留，餘風生景嚮。奈此北原碑，閒花笑人妄。

閲城遠眺感賦

江城九月登，川氣日吐納。秋容鼓角紛，堞影旌旗合。導騎行駪駪，縱觀周一匝。壯哉星沙圖，風煙四開闔。荆岳抗上游，衡湘踞下榻。大江一面流，平野千重沓。猛激水駿奔，坡陀山騶遝。自古必争地，豪雄恣蹴踏。殺運無百年，戰耕互錯雜。軍井未全堙，郊壘尚蕭颯。草木凄至今，天風爲嗚咽。形勝有如此，時清見孤塔。

對　菊

正色美在中，餘花空假借。至治本無華，庸夫日不暇。散懷開北軒，引興持清斝。屈子賦江潭，淵明醉籬下。晚節對南山，秋英餐楚些。終怪老楓丹，霜風飾凋謝。

九日平臺

紅亭四面菊花開，有酒當前莫放杯。鬢已半蒼羞落帽，脚猶未健强登臺。一天風物新重九，萬古星沙舊劫灰。醉指遠山青露髻，恰如萸女倩扶來。

軒　居

緑幕高垂花與居，秋軒人静碧煙疏。窗蕉着雨題難就，石竹含風畫不如。斜倚闌干晨點筆，消磨今古夜觀書。侍兒笑問官何暇，爲道浮雲有卷舒。

南岳歸，携小草二種，云千歲竹、萬年松也，供几案間，作詩記之

一寸蒼凉伴石莎，那堪臨水拂湘波？巖邊幸借南山色，漫比凌霄百尺柯。

又

名岳崔崔壽插天，溪毛礀蕊也長年。詩人原要頻青眼，白石金沙養寸煙。

咏盆山

尺水洪波勢，千峰疊石危。點蒼浮柏栝，寸白起龍螭。欲望鳥飛處，如聞猿

嘯時。海山今在目,轉覺拂衣遲。

又

擾擾看塵世,紛紛等觸蠻。此中亦宇宙,何處更人間?無用舟如芥,惟應藥駐顔。神遊自可接,我已到三山。

秋　興

誰言化俗似文翁,終憶風流有謝公。山水新情衡以上,煙波舊跡楚之東。雲深岳雨時歸鶴,秋盡湘天始見鴻。早晚霜威清北陸,旌旗兩岸繞丹楓。

雨中憶舊遊作

老穀墻邊淒有滄,芭蕉欄外雨聲點。一聲聲透面山窗,幾點點回夢鄉枕。有如玉佩鳴雍容,或似金戈赴果敢。終然擊瓦響嘈嘈,倏爾翻潮流坎坎。憶昔崇安道上行,筍輿入夜度雲崦。嶺頭如注松火滅,昏黑驚風何處寢?千峰嘯狷鎖不開,萬壑吹濤來相撼。衣冠淋立笑踉蹌,虎豹高居聞哮闞。疏林泠塢汩荒村,踸踔扣門鐙閃閃。惡賓無奈主出迎,燎袴添薪卧横簟。此時逸興在仙山,一寢泥塗了亡憾。黎明炊黍飯僕夫,徹夜滂沱聲稍減。丹崖翠壁濕煙嵐,怪樹奇花滴嵒广。至今每聽便翛然,似踏層巒歷幽險。五更起坐屋漂摇,懸幕低垂風抑掩。衆人皆睡金鷄鳴,兒女興悲壯士感。丈夫楚越寧復論,六六峰青到肝膽。

食　蟹

秋風九月稻雲高,正憶銜杯手把螯。介士恰來江外隽,麯生端是郡中豪。登盤放嚼嫌多讓,折甲流脂信老饕。傳與輸芒東到海,須妨吏部困君曹。

久　雨

深秋匝月雨,西門水增波。衡湘米船下,四境糶糴多。湖南魚稻鄉,今夏偶愆和。連旬事祈請,炎火熾如何。上帝憐赤子,强勉傾滂沱。猶題蠲灾疏,無乃政令頗。今兹九月盡,晝夜如傾河。晦淫起濕疾,耀羽歷山阿。徑菊久淒愴,畹蘭日沉疴。芙蓉若放妾,泫然泣絲蘿。書生坐嘆息,念此費揣摩。神龍方蟄夜,老蛟興陵坡。北山聞噬虎,南山聞提戈。有臺且漫登,有酒且莫歌。行看造化力,填汝清泠渦。推輪掃氛翳,照耀扶桑柯。

雨夜雁聲

麓夜不開雲,雨絲若濛霧。窗火坐觀書,一一哀鴻度。過我南榮間,復向前汀去。胡爲亟宵征,冒此沉陰路?感昨花時別,嗟今又一遇。響入蒼梧天,餘音猶繞樹。

小　晴

昨宵雲罅星,池頭蘸奎壁。今朝日出晴,步向花間石。簷噪鵲聲歡,將有遠來客。平臺隨興登,四山添濃色。

復　雨

苺潤襲床書,蝸緣上窗榻。撫琴聲不諧,看劍鋒猶澀。四境井竈湮,一室水雲入。弗鬱氣莫舒,如伴魚龍蟄。

朝　雨

滿城細雨壓朝煙,冬景還如秋景天。一樹黄柑全出屋,半山白雁欲横川。雲黏畫角麗譙上,風颭酒旗官道邊。油幕歸來了公事,屐聲休破午窗眠。

雲　冷

雲冷北風長,天低壓畫堂。霜蕉辭故緑,野菊續殘黄。匝月山蒙蔽,三湘水混茫。不愁唯見雨,但恨欲無陽。

南堂詩鈔卷十 後集

松溪圖歌

一幅生綃怪誰涴,笑指老松謂龍臥。開簾雲氣欲飛來,猶是分明爪角播。蟠崖擘洞勢莫當,挐天攫日恣騰挫。石橋南畔第幾株,界道飛泉誰得過?悄然來下鷺一羣,翠壁蒼磯雪點破。溪清灘激碧潺湲,嶂遠峰高青錯磨。此中自是天台路,澒洞日月巖谷大。静觀欲伴嶺雲遊,嘆息無人爲我和。湖南傴仄不可居,蓬壺弱水風濤簸。嗚呼!安得如此圖,眼前有景是真箇。攝衣徑入崔嵬藏,直上丹梯頂上坐。捫天謦欬落松風,驚起白鷺如飛唾。

霧夜月

碧月到堂前,更深霧靄然。天愁垂帳幔,人恨隔嬋娟。雲髻光仍濕,冰心黯自憐。轉看西閣去,似掩玉窗眠。

雜言

道高魔十丈,行易以消之。嗟爾蒙羊質,蘧蘧而虎皮。

又

泰山膚寸雲,崇朝雨天下。孑孑桔槔聲,涓涓籬落罅。

又

棘生刺人衣,歷此歲月古。了無梁棟姿,傾我墻上土。

又

鳳食必竹實,雖飢不爲下。回頭顧老鴟,得嚇何須嚇。

雨　　檄

平臺薄暮雨纖纖，忽睹雲中一騎霑。道是徵兵出南楚，傳來會檄到西黔。江流滚滚歲時晚，衙鼓鼕鼕寒夜嚴。控制已符他日夢，嵐煙今掃洞山尖。辛巳冬夜，余夢有控制四夷，當示之以威，不當示之以姑息云云。

苗　　師

北闕將軍從天出，下爲湖南掃峒猺。紅苗一種最負嵎，疊嶂亂峰梗化日。連延黔蜀亘五溪，鴻荒蒼箐路蒙密。天假巢穴貰其生，瘴雨嵐風無時畢。年年出没擾邊耕，狺獷狼貪恣獷咥。赫然三省會王師，雨露無偏雷電疾。皇心仁愛及昆蟲，未忍傾巢覆爾室。窮荒布告宥輸誠，後至金戈蕩崒嵂。蠢爾應知効命歸，願樂編氓守漢律。雲臺指日奏凱歌，從此炎方永寧謐。

自星沙抵武陵歸作

宿雨横江來，餘雲積未散。嶺泥深盤盤，籃輿肩不穩。山行甫數程，日落霜林晚。村市起炊煙，小留僕夫飯。首路方告遥，前登益孤遠。驛火照宵中，傳呼猶度巘。

又

山青霜葉丹，日暖風林美。層層翠麓深，幾曲抱雲水。冬景亦復佳，我行良未已。眷彼柴門幽，松篁儼君子。疑有高蹈人，躬耕代禄仕。長吟招隱詩，緩轡坡陀裏。

又

崇岡如送客，重疊過州縣。風煙四野開，忽睹平疇現。孤城俯大溪，湍流激如箭。鼓枻起津頭，驚鷗落鏡面。遇物自賞心，看山久忘倦。百里掛丹青，誰上鵞溪絹？

又

風暖散雞豚，晚收武陵稻。卷野割黄雲，水長山愈好。嘗念避秦人，桑麻遍熙皞。一閉今千年,淳風難再造。塵世日紛紛,溪峰跡如掃。安得逢漁郎,更尋桃源道?

又

曉霧宿江沂,清霜集鱗瓦。出郭門蕭蕭,風嘶列萬馬。組練若雲屯,金戈耀日下。王師今有征,肅殺蔽原野。控轡覽軍容,書生意閒雅。行盡旌旆遥,山青泉復瀉。

又

柔櫓有歸聲,嘔啞中夜發。蘆岸起淒風,江峰送寒月。天平水國寬,灝如去溟渤。人生逆旅中,來往信超忽。此行已旬餘,水陸均勞逸。猶夢坐肩輿,千山盤雲窟。

又

落月一水陰,鳴榔四山霧。舟子失前途,郵人指謬誤。十里復廻橈,趲程反窘步。吁嗟人世心,咫尺生岐路。白日遭謗傷,青天頻咒詛。我今不遠復,凡百得無懼。

又

霜嚴曉氣紅,日出烏啼嶺。低昂麓山來,左右迎舴艋。憶昨出門時,送青隨路永。有似别故人,十步九廻領。今朝喜我歸,篷窗恰倒影。梅花信如何,報我山中景。

臺上遠眺逢微雪

冬城一片墨,疑對麓山圖。地暖未成雪,天寒欲雨珠。墮樓紛瑟瑟,啼樹有烏烏。甚爲梅花憶,來看開也無?

梅　花

雪月前身與後身,傍山臨水更精神。漫言冷淡中生活,天付風流一味真。

紅　梅

一樹紅梅雪裏栽,凌寒方見掞天才。終然不是桃兼杏,必借東風晚始開。

季冬遣興

一年惟一月,春近已冬深。天意貞元復,山容歲序侵。烏絲寧傲吏,白雪少知音。喜讀梅花賦,清香洗我心。

又

夜夜聽更轉,時時觀我書。霜清無過雁,風定或聞漁。插羽千峰内,懸軍絶壁餘。懷哉五溪瘴,歲暮意何如?

齋　梅

愛汝南枝且小開,深情留待咏詩來。妝臺就裏玉人睡,香案前頭仙子陪。不用廵簷索笑去,那須馳驛帶春回?碧窗緑萼親書幌,此段孤山未見哉。

又

官齋無事了題詩,人笑先生興漫奇。擬雪終朝頻隱几,爲花連日坐臨池。細看放蕊吹香下,也似開顔落筆時。草罷玄潭驚蘸影,化工又出墨梅枝。

寒月東軒漫興

寒光初上水雲涯,旋轉青鴛浸碧華。虛室澄明窺鄴架,幽窗閒淡印梅花。琴彈落雁絃絃繞,香起屏山縷縷斜。每值良宵詩思湧,管城墨海釣龍蛇。

冬日偶集

荔酒新開鄉味濃,爲君設鱠向嚴冬。聯吟共醉梅花閣,一笑清湘未易逢。

癸未除夕是夜立春。

簾間柏子吹香過,堂上山茶插水開。今夜不愁寒曆盡,春風已到小紅梅。

甲申星沙元日

五更振鷺集新朝,樺燭参差映石橋。拂院和風簾外轉,籠枝輕靄樹邊消。

墀頭拜舞梅花落，仗影歸來玉勒驕。共樂堯天騰四野，太平瑞象正難描。

人日岳麓山中逢梅

興來岳麓訪梅花，拂水傍山繫古槎。飲馬池邊逢一樹，高風冠絶楚南家。

别田玉相南歸

歸路春風早，津亭柳未生。大都多見雁，何處始聞鶯？閩水浮君櫂，楚山青我情。才華看鶚薦，異日在霄程。

得文中梧州郵信

蒼梧猿鳥天，嶺路插風煙。雁到新春後，書來舊臘邊。不貪珠復浦，訪勝石題篇。語爾湖南興，登山腳未便。

又

百粤南征近，中原北望賒。孤城侵海角，銅柱出天涯。見日羅浮夜，行春合浦花。冰心能化俗，不必問丹砂。

次韻春雨

日日春陰未見鶯，幾番花信欠分明。小池已漲波心緑，静院時留屐齒聲。立鵲向風還向濕，鳴鳩呼雨不呼晴。何當稍霽東皇色，出看郊原農遍耕？

花　朝

閣雨疏雲已浹辰，花朝天氣遠尋春。陌頭弱柳頻青眼，墻角夭桃出絳唇。賈誼宅邊惟廢井，定王臺畔不逢人。吟詩趁着歸鴻去，閒得東風馬上身。

次韻絳桃

畫舫齋中困碧紗，絳桃枝上鬧春華。天孫一夜成雲錦，賦客今朝擲彩霞。

百囀黄鸝終不去,雙飛紫燕卻忘家。石欄亭畔鈎簾坐,興在漁舟映淺沙。

别阮疇生歸里次原韻

飲子離觴花裏時,論文後會更何期?低頭合拜老東野,並世敢云今退之。剩水殘山經契闊,孤笻獨客倦棲遲。榕陰幾局楸枰罷,好採英靈一代詩。

别邇可兄之江南

春浪逐桃花,春風摇杯酒。細雨發孤舟,他鄉重分手。離離湘水思,脉脉江南柳。鐵甕必經過,喜話連床久。

江　行

三月行舟雨不開,桃花流水送春回。一江暮靄猿啼去,兩岸青山雲鎖來。

又

去年曾識衡山面,今記尋山第二回。坐對雨中牽弱纜,磯花紅入小窗來。

抵　衡

水泊沙依夜枕流,風檣倏過鷓鴣洲。滿江急雨翻離意,一路連峰鎖客愁。寂寂寒城臨古渡,萋萋芳草帶孤舟。憑欄看盡煙波色,漁榜歸時散暮鷗。

入　岳

雨霽山流翠,春行路幾重?翔雲如舞鶴,古木似盤龍。岳市藏煙麓,巖泉掛曉峰。宸樓鬱佳氣,藹藹日華濃。

又

來宿雙峰寺,禪房一榻幽。看雲生澗户,聽雨過經樓。山近鶯啼少,春深花信休。携琴不辭遠,誰作鹿鳴呦?

江　　鷺

白鷺羣飛冒江去，點破前山翠微路。水碧沙清不見人，銜波又入煙汀樹。

去　　衡

朝辭衡岳下雲間，兩槳雙飛天際還。直到星沙一回首，卻從天際望衡山。

别曾聖孚

同出梨關道，依稀又六年。倚閭方望切，歸棹莫能延。楊柳緑争暗，櫻桃紅欲然。滕王有高閣，一爲賦詩篇。

别容侯叔

南楚相逢蕉鹿歡，西川一覺是邯鄲。人情自古羊腸險，世路於今蜀道難。我亦無心雲出岫，倏忽南山北山又。强將膚寸戀晴空，妄意滂沱注耕耨。家山萬里送將歸，因君歸去欲沾衣。功成長嘯歸何日？思逐松楸嶺上飛。

别林永質

湘水别君回，晴雲覆緑醅。一春頻送客，此日重離杯。山路榴花吐，津城午節催。御蘭多異品，歸趣亦悠哉。

孔雀行寄文中

孔雀來自炎海濱，度雲逾嶺通殘春。巖花一路紛紅雨，飲啄樊籠經幾旬。廉州遠致適公暇，清簟正對山嶙峋。毿毿柳色拂東閣，灼灼榴花開北軒。錦屏試展履苔石，星月錯彩羅繽紛。汝實金華省裏客，胡爲入我幕中賓？白鶴雖白太縞素，山鷄微陋安足論？豈比爰居聽鐘鼓，漫同皋雉娱佳人。細思自是霄漢物,况乃翎羽珥朝臣。終當放之故山去,時與翔鳳遊高旻。

將赴江南寄文中

一帆行已掛湘流,海角天南憶子由。從此魚書傳更遠,題詩那得盡離愁?

又

三載湘南改鬢青,絲毫無補换居停。報渠差有可人處,曾上君山醉洞庭。

登臺曉咏

臺上輕陰啼曉鴉,冬青風掃石欄花。早凉每趁轆轤起,清興何來鼓角譁?地僻至今芳杜茝,山深自古混龍蛇。半生浪跡江南北,又向舊遊閲歲華。

又

波識洞庭山識衡,遠來無負宦遊情。題詩已遍湖南興,飲水還須建業行。到處若浮雲變幻,此身如曉月孤清。芙蓉臺畔依依柳,欲折猶憐手種成。

舟駐長沙北河口觀蓮

荷風襲襲岸維舟,上岸觀荷步步留。道是落霞明遠渚,誤疑濯錦遍芳洲。六郎未必貌相似,仙子真成浪出遊。安得携來靈運句?笑依緑水泛新秋。

又

水中解語勸停舟,城上離筵挽莫留。候吏何勞歌相府,高人衹合愛蓮洲。傍山翡翠頻來往,客浦鴛鴦自在遊。夜冷歸時玉井夢,身心都繫藕船秋。

又

玉壺美酒醉江舟,我爲荷花十日留。感子明珠投洛浦,與君傾蓋樂河洲。湘天别後空鷗散,白下思來衹雁遊。記取曉風兼落月,行歌緩過碧塘秋。

又

更憐三五倚蘭舟,淡掃玉容波際留。誰使伊人歌白紵?重教楚客滯芳洲。雲凝雪竚傳情素,縞袂閒妝厭艷遊。無奈相逢轉相别,明年何處憶今秋?

紫微山古寺納涼

觸處皆逢炎熱場，惟餘佛地是清涼。敧鞍未遽紅塵遠，解帶閒消白日長。水自含風摇閣影，山將興雨出雲忙。松濤竹浪雷霆鬭，一半湘江開夕陽。

次韻周文融納涼古寺

留人楚纜寄江隈，我與閒鷗争釣臺。刹影林深暑氣薄，行歌日踏翠微回。

江行大風

舟行三日天大風，拔沙捲岸濤怒洶。黑雲崩山壓釣篷，白雨跳珠亂詩筒。蒼茫赤電驅豐隆，淋漓元宰漏天翁。此時如戰萬艨艟，援枹提鼓聲逢逢。三千組練失甬東，一軍盡化爲沙蟲。吁嗟世路梗不通，浮家泛宅五湖中。須臾霽色來青空，石矼流水聞淙淙。彼黍悦茂年穀豐，我舟無滯車書同。何人斡旋造化功，手排閶闔捧日紅，踟蹰疑是韓魏公。

湖　夜

月出東湖口，漁歌深夜歸。波連星自動，天與水相依。岸火潛魚躍，沙更宿鳥飛。三湘半楚境，明發一帆違。

過　湖

洞庭風送舟，一葉下巴丘。浪裏蜻蜓立，檣間紫燕遊。慚無雲夢句，不上岳陽樓。日落嘉魚岸，蕭蕭覺有秋。

舟中夜坐

擊艣下長江，中流見武昌。美哉三分國，未暇弔孫郎。泊舟七里港，村木掛斜陽。一水唱蟬聲，兩邊多緑楊。岸静來遠峰，風輕送夕涼。金波翻明月，玩此玻瓈光。路渺將安適，宵清聞鳴梆。七澤在何許，三湘接混茫。坐久四無人，況懷古已荒。天地亦一息，吾生聊徜徉。起舞側金盆，浩歌空激昂。回視東南昏，大星吐煌煌。

武昌懷古

鸚鵡洲邊且泊舟，武昌城下又淹留。傷心芳草恨黄祖，回首西風弔仲謀。浪打孤墳猶洒淚，煙消澄瓦幾經秋。三年來往成何事，不覺江鷗笑宦遊。

黄　州

雪堂坡上夕陽殘，赤壁江邊夜月寒。曾爲先生來謫此，落帆未忍過齊安。

道士洑

横江截麓倚青空，來往舟航向此中。過客謾輕山下洑，長年猶戒嶺頭風。

蘄　陽

蘄陽江上月深更，水静無風夜自清。獨對青山捲簾坐，時來谷鳥兩三聲。

九　江

昨朝過洑傷篙櫓，今日看山下九江。天上黑雲行不得，奔豚拜舞浪如撞。

廬　山

向道雲濤殊不惡，匡廬山色要留人。何年去識廬山面，刻石盟山訪道真？

宿湖口登石鐘山

鐘聲石壁下，樹影最高層。勝地携兒至，危欄共客登。廬山秋益麗，蠡水晚來增。結網遍潭洞，蛟龍寒可罾。

經　小　孤

絶頂昔登去，片帆今再過。小孤山問我，贏得鬢絲多。

東　流

已見東流縣，還思過大雷。時平江失險，昨自馬當來。

皖　城

當年皖子國，今日皖名城。皖水東流去，皖山千古情。客遊知幾換？人事亦多更。尚記春深過，夜樓栖鸛聲。

江洲小泊

數屋圍楊柳，江濱事亦幽。短蕪依白鷺，淺渚卧青牛。路遠華峰轉，天清荻浪秋。斜陽風更緊，坐嘯避陽侯。

魯　港

蟬聲催兩岸，柳色蔭晴波。市小原通驛，江深會有沱。愛山移舫對，隔水問花多。取次懷幽賞，兹行不浪過。

雨過蕪湖

凌晨辭宿岸，伐鼓野鷗驚。雲起千峰没，潮來衆浦生。飄風吹夢日，零雨濕高城。英偉奪奸魄，猶餘慘淡情。

過梁山寺留題

蒼崖根石室，仙洞寂無聞。樹影横孤嶼，江聲壯白雲。楚山何日斷？吴野至今分。自古悠悠去，秋光鷺一羣。

登天門山歌

東博望，西梁山，天門萬古闢兩間。潮聲直過潯陽去，江水源自岷峩寬。我來乘槎八月還，疑是牛女東西懸。故人問我從何處，我從銀漢落青天。維舟三日蛾眉前，下有古洞依青蓮。鳥呼嶺木藏雲窟，人語石磴盤寒煙。到山咫尺不到巔，有酒不醉均茫然。我今載酒萬仞上，醉舞秋光雙髻鬟，俯視碧水空年年。謫仙一去無詩篇，東山月出來翩翩，明朝我向紅日邊。

采石磯登太白樓

我從湘水到江南，采石詩人萬古酣。芳草離騷秋更遠，翠螺山色似湘潭。

又

青山碧水映樓開，誰道先生去不來？風雨滿江變春酒，煙霞千載作詩材。

蛾眉亭

蛾眉亭上對蛾眉，欹枕秋光一局棋。風起松濤滿山韻，謫仙祠畔漫吟詩。

三官洞

舉頭日月過巉巖，古洞僧居寄斧鑱。腳下猶臨千尺浪，人天惟見往來帆。

磯下阻雨

雨濕祠堂路，雲沾石徑閒。秋窗依古柳，寂坐看青山。

又

湛湛長江色，瀟瀟暮雨飛。蓼花紅倚岸，待得遠帆歸。

金陵古意

江路饒煙波，來往信輕舸。三年湘水帆，此日江南柁。遠遊興固佳，舊跡尋亦可。金陵昔龍蟠，冠蓋如雲夥。九衢地上列，雙闕天中墮。葱葱佳氣濃，靄靄禁煙鎖。花柳笑六朝，玉帛陋江左。繁華已寂寞，山川猶環裹。黄瓦甃頹墻，螭頭没蓬顆。祠宫冷飔飀，霜日慘幺麽。賓鮮出門歡，且用歸軒坐。朱橘映簾鈎，紅梅報窗瑣。隱几掩陳編，嗑然吾喪我。何必賦古都，鬱紆心如灰。

出城東

曉出東城門，霜威劇如劍。輿馬來紛紛，我行覺衣欠。扶桑掛嶺木，暖氣漸豪贍。遥看山崦雲，横截溪橋塹。小開見遠村，密繞失孤店。谷樹間青紅，峰腰耐久占。時序入孟冬，景物行可念。一幅曉巖圖，得無紅塵玷。

出城南

肅肅仲冬候，悠悠官道來。溪橋逢凍柳，村塢欲含梅。一水穿蕪合，連峰抱野開。將軍較獵罷，歸騎擁城隈。

又

古觀何年裏，塵埃此送迎。誰聆門外水？空作路旁聲。入院紅天竹，當軒緑蔓菁。日斜堅坐去，混世豈平生？

咏水仙花

梅香枝上一般清，操入琴中端得名。淡淡天真沙水養，水仙芳字恰宜卿。

至日同官偶集西園

雲藏樓閣鷄鳴寺，風獵旌旗閲武臺。人事正隨餘景晏，天心已動一陽來。連鑣擁路迎朝日，啓徑輕裘探早梅。俱是冰崖雪谷興，清歌緩向水邊催。

寒雨

紅梅閣外雨和風，白雁天邊西復東。宦跡固知無定處，孤懷今見有誰同？

凄凄只滴殘年去，點點難消寸恨空。早晚寒江發江舸，豫章人黯别魂中。

除　夕

去年此夕在湘潭，今年此夕在江南。一年光景容易滿，到處梅花引興酣。簾幕垂垂花欲寐，我來伴花同守歲。不辭落筆對花枝，怕向屠蘇後飲時。

乙酉元日

旭氣初升出海圻，濃煙瑞靄遍郊畿。龍蟠嶺上新年色，鳳去臺邊舊臘歸。花柳會看開錦繡，江山隨處動潛飛。絳桃時節朝天闕，一路雲霞擁我衣。

夢　遊

平生壯遊在衡湘，夢魂猶記天一方。高登南岳謁日觀，下盼碧海推扶桑。天鷄一喔海色動，紅浪擘出珊瑚光。東皇十丈拂紫蓋，玉女萬隊屯霓裳。方壺蓬島忽不遠，銀臺金榜相輝煌。我亦御氣歷奎壁，以手捫天驂帝旁。仙人紛紛騎龍鳳，教我丹書讀禹王。矐然一寤岣嶁遠，口角瀾翻聲浪浪。

人日西園觀梅

縈廻嶺塢類山家，索笑憑欄倚日斜。何事北枝開尚晚，呼童洒筆問梅花。

又

更把繁花插一枝，明年此日最相思。東西南北人何定，卻憶高風飲馬池。余去歲楚南，有人日逢梅詩云云。

元宵西齋

秦淮火樹春波暖，桃渡東風宵鼓滿。月明自過梅花齋，不用主人勤折簡。雲窗筆陣寫烏絲，笑卻香山白傅詞。漫向玲瓏歌白髮，玲瓏那解使君悲？

初去金陵抵真州作

登舟去南國，繫纜已三朝。城雉猶依戀，檣烏對寂寥。人情翻逝水，世路薄烟霄。燕子磯相送，真州塔見招。歎從黿窟出，回畏浪花驕。港岸暫昏泊，前征候進潮。

維揚懷舊

白雪滿路花，竹西雲景晦。迢迢平山堂，騁目紛紜内。平山昔主人，不到十餘載。今朝邗水流，誰意送征旆。陳跡難重尋，慘淡懷歡會。海陵憶舊遊，更在萸灣外。

山陽晤李觀察雪舟

道路聞來説政清，兩淮芳草護堤生。今宵北上山陽會，尚有春風十八程。

清河喜咏

北發同歸雁，逢時淮海春。雪消山再少，草緑路呈新。野馬吹飛騎，東風送覲臣。瞻天曾此地，又喜六龍廵。

春雨泊舟

春雨静岸沙，回風逆舟檝。柳老古河濱，草緑新原隰。漠漠馬陵山，黯黯下邳邑。喑啞逝成川，黄石水嗚咽。

雨霽舟行

雨霽東湖邊，日出春雲上。川長磨鏡平，風作羅紋帳。濃抹見遠山，蛾眉不肯讓。客窗固岑寂，多爾媚相向。

玩芳

美人何處玩芳草，行讀離騷寄遠道。光風日日汎崇蘭，莫採揭車與江藻。

咏柳

纔見鵶黄弄淺眉，轉看婀娜鬥腰支。東風又戀靈和種，拂黛揺煙十二時。

夏鎮夜泊

鐙火照春波，繁星燦碧河。岸聲嘶驛馬，天使夜來過。

濟寧道上口號

濟北冰初泮，江南暖已舒。遥知桃李樹，花發待鑾輿。

又

行路煙光早，長堤柳色微。日高湖裹鳥，格磔向人飛。

又

春風逢渡子，借問幾時廻？官作湖南去，何因接駕來。

又

東路盡相識，紛紛説姓名。朝天頻拂馬，樹裹見龍旌。

迎鑾

綵纜迎佳氣，祥雲護遠津。日華耀窗瑣，天語溢陽春。行殿仙班集，御城羽衛匀。自憐到霄漢，亦得厠星辰。

隨鑾道上咏雪

江南二月翠華行，瑞雪紛紛滿路迎。碧水透迤承鳳舸，春堤宛戀駐龍旌。宸光喜預千官侍，土潤欣沾九扈耕。片片飛來含聖澤，河山呈象慶昇平。

寶塔灣駐蹕

駐蹕高旻寺，紅樓擁殿光。軒窗明水日，花柳間垣墻。天緯圖書繞，鳳聲簫管長。宸遊多逸興，分命咏詩章。

隨幸金山

萬棹隨天舸，波臣偃暮風。蓮峰開火樹，化宇出珠宫。龍象千年裹，樓臺一鏡中。參差碧煙靄,白月漏雲東。

夜聞吴歌

客行日夜向煙波,廿載功名夢裏過。月白風清閶廬道,又聞水上唱吴歌。

隨幸虎丘

胥城堯曆慶皇休,曉路風光紫氣浮。一水天臨開寶刹,六街雲望擁簾鈎。青煙繚繞香凝鷁,紅影參差花映虬。侍從太平欣有象,恩波先到劍池流。

松江

百里蓴湖一幅風,此行不與季鷹同。小舟扈蹕三春暮,唯見桃花出郭紅。

侍上出射城南

碧海開行殿,春潮繞御床。日高黄幄動,風暖綵侯張。上將森垣衛,前星近帝旁。儒臣叨侍從,賦有似長楊。

隨幸浙江

越地山川頻望幸,錢塘草木荷恩榮。湖開柳浪虹旌度,嶺疊雲栖綵仗行。原野氤氲徵帝道,農桑歡舞暢皇情。省方已遍南薰化,靈鷲峰來天樂聲。

重入金陵逢張守見陽

楊柳未緑鍾山去,繫纜河橋三日住。桃花潭水憶君情,令我至今傷行路。南檣北柁復紛紛,百日花開總離羣。吴越溪山遍蹕事,此時此地又逢君。

維揚舟中題芍藥花

五載揚州客裏花,也將金帶插烏紗。相逢不道無言語,我亦知君惱鬢華。

又

不厭花前百匝看，舟航明日去長安。他年誰是觀文客，肯餉西京紅牡丹？

舟中書懷

卓志在詩書，緬懷山水籍。一行雖作吏，感慨負疇昔。日月減鬢青，光陰半吴客。曾上華陽峰，亦振衡山策。曾爲幔亭遊，羣仙所窟宅。煌煌玉澗芝，鬱鬱蒼松色。分無出世姿，安得乘鳬舄？今兹携幼行，遠向金臺役。吟詩紅藥天，覓棹淮海夕。孟浪一春過，落花真可惜。平生無長物，所歷遍宦跡。傲睨笑篙師，舟輕載白石。

滯舟

昨日對鷗閒，今朝觀魚積。旅程終日稽，滯舟若安宅。僮僕怪所爲，行意劇轉石。我非廊廟人，江湖意自適。逍遥寄物外，吾豈爲形役？漁父笑我旁，川閲世何極。人生要乘時，寸陰禹所惜。聞昔師尚父，旅人戒就國。夜衣起即行，一枕不遑息。君知玩物遊，我覺芳歲擲。起謝漁父言，吾失當警惕。川長路尚漫，疊鼓掛帆席。

南堂詩鈔卷十一 後集

抵京後遣懷

久爲江湖人，倏瞻雙闕大。軟紅十丈高，紛紜漲軒蓋。置身九衢中，如海浮一芥。僦居城南隅，敢問湫與隘。廿年信風濤，捨棹亦云泰。經旬獨閉門，終朝惟解帶。竹風淡淡吹，榴日輝輝晒。西軒意頗佳，幽夢得清快。向來千萬峰，一枕依然在。

題西軒小竹

西軒數叢竹，清我俗塵顔。日夕與之對，客來辭不閒。煙枝雲夢澤，雨葉洞庭山。珍重漁洋意，留詩別汝還。阮亭先生寓居於此，將歸，有別西軒竹絶句。

將　秋

暫卜新居負郭西，西軒叢竹不嫌低。天邊雨露明朝近，客裏光陰廿載迷。爽氣漸歸南囿樹，白雲已掛玉泉溪。皇畿到處宸遊地，恰有秋鶯過苑啼。

秋　雨

一雨知秋意，翛然暑氣無。晚凉生苑囿，夜響憶江湖。鐘度宸樓濕，星沉旅館孤。坐觀螢自照，開闔向泥途。

北出都門宿三家店

冒雨既登程，朝天直北去。馬首開燕雲，西山覺明晤。已離鳳城遥，忽睹沙河渡。南轅二十年，歲月莽奔騖。人事幾經新，孱顔了如故。北轍又驅馳，邅迴不遑顧。積潦困肩輿,盡穿禾黍路。蟬聲唱早秋,落日在高樹。艱哉大道行,水深泥没胯。夜投三家眠,雨來復如注。

密雲縣

不見漁陽戍,孤城臨廢壘。誰指白檀山,烏丸破於此。亡秦者非胡,傾漢人如鬼。立馬久踟躕,秋風吹渡水。

古北口

雄關疊嶂鎖燕雲,自古中華此地分。山色惟將秋氣入,溪聲不斷塞垣聞。時清嶺堠收狼燧,日落城闉過鹿羣。知是今王富道德,諸邊盡處遍耕耘。

出塞道中

山多御路碧崔嵬,雲捲龍沙雨幾堆。閒殺白袍無用處,年年秋雁欵關來。

又

接塞高峰插馬頭,一川落日似深秋。風煙四鬮同華夏,緑水青山碧殿留。

熱河行在記事

六龍駐蹕五雲間,玉塞覲天森宿環。紫極封題沾御氣,前星盼草擁仙班。愧無賈讓籌河策,亦效王褒作頌還。薄暮從容頻立馬,平沙萬幕繞青山。是日御試河工告成詩、高家堰論各一首。

次韻黄交三題咏新居

暫爲圖書安四壁,寧論客子度光陰。鵷鶵宜爾巢阿閣,鷗鳥終然憶海潯。此地閲人花木恨,一亭生我石泉心。留君要欲商風雅,暇日無辭數過吟。

長安中秋前夜玩月

燕城如水月如沙,天路無塵海岳華。緩步披衣行碧落,瓊窗玉樹散仙家。

又

露氣天香滿絳霄，清光朗徹紫宸朝。雲來竹徑如栖鳳，怪道簾間有度簫。

值　　雁

昨在南中見北歸，今來北地值南飛。沅湘羇跡都如夢，吴楚經過總亦非。千里霜楓易舊路，此時野鶩占新磯。關山契闊年年影，明歲花前又振衣。

限韻同黄交三、曾聖孚賦得長安雨洗新秋出

太液波清雁影涵，九衢邸第列潭潭。秋鶯囀曙朝天上，曉騎看山歸闕南。風日道中吟兩鬢，詩書卷裏笑同龕。莫言今雨無人到，徑有求羊跡更堪。

次韻和黄交三九日

青山不入軟塵中，欲去登高誰與同？浪過重陽佳節日，恰來詩句古人風。世多燕石還爲寶，子有驪珠豈必窮？我亦階前對黄菊，花開嘆晚憶韓公。

南　　口

踏盡西風撲面塵，忽逢疊翠動詩人。平生流水心無競，到處青山交有神。緩轡夕陽看琬琰，解鞍今夜宿嶙峋。闕門日出迎仙仗，扈駕從容入紫宸。

十月早朝即事

星河磊落曙光寒，玉陛崔嵬露未乾。雉尾扇開朝象輅，螭頭香動拜鵷鸞。曈曈日色宫雲爛，藹藹天容海宇歡。合殿參差奏韶濩，陽和歸路滿長安。

龍開河海陵黄生請賦。

蒼然震電起晴空，黯黮雲龍出海東。一道川成如漢碧，萬田稻熟似花紅。紀官已協羲皇瑞，治水還成夏禹功。慚乏詞臣池上詠，紫微詩句若爲工。

雪

冰絃一夜聞凍折,布被五更如寒鐵。麒麟熱火怪無功,兒童報道天下雪。

又

庭前竹壓三五折,户外馬嘶粘踣鐵。披衣卻掃惜瓊瑶,呵凍南窗自題雪。

霜　雁

塞山已白江南征,銜煙冒雨朝戴星。寒雲冷磧跡便掃,丹楓黄菊眼偏醒。七行八行不盡字,五里十里幾個亭。海南有書憶寄汝,無奈不過回峰青。

水 仙 花

梅花寒未綻,芳蕊已凴軒。海曲仙成操,山礬汝作昆。硯池伴冰影,月幌動沙痕。正好吟詩倦,還來清夢魂。

又　雪

獨詠寒梅傲雪天,烏啼中夜燭花偏。晨朝遍踏瓊瑶路,來歲應書大有年。

通 州 道 中

返照明樓櫓,寒光生潞河。道趨京國近,岸擠越檣多。風勢盤鷹隼,雲陰結鸛鵝。還思廿載事,策蹇幾來過?

夜 宿 潞 河

耿耿不能寐,軒窗月上時。何人呵凍筆,笑客乞題詩。旅幔殘年宿,京塵逼歲馳。一裘同晏子,披坐對寒枝。

迎 上 獵 回

蔽野回旌騎,連雲歸槖駝。九邊清草木,霜日耀山河。

又

講武三農暇,雄開出獵還。燕雲開豹尾,潞水照鵷班。

又

玉羽映琱弓,天池八尺龍。堯仁貫殷武,藹藹放春容。

又

旂旆包原隰,星河衛禁營。青煙吹萬幕,四野宿天兵。

冬日讀書

暖日駐三竿,暄風鳥聲内。窗枝絡老蛟,硯影泛蒼珮。梅花不見來,水仙與我對。文史一冬温,十寒而一晒。涑水望梯航,龍門失向背。韓海與蘇潮,所歷盱澎湃。高閣祇棄莪,何能起聾聵？滿舸載江湖,詎堪飽噲噦？徒作蠹魚枯,會拈書籍賣。邇來絶登攀,紅塵詩益退。西山日拄頤,馬曹官豈配？何當理巨緡,東海掣鯨膾。

梅　影

凌風半樹倚閒階,水部孤山句兩佳。誤下霜禽翻縞帶,還思雪友踏青鞵。欲看對鏡臨池去,要試横窗待月偕。全是化工描不得,清肌瑩骨映吾齋。

金臺立春

年年春日在南州,此日春風紫陌頭。天上仙郎供帖子,簾間少女泛金甌。西山凍柳將舒未,北郭寒梅可放不？報道龍池開漭沆,煙波欲動起潛虬。

橘　舫

黄生客齋名橘舫,燕昭臺下三年搒。千首詩文腹崔嵬,萬仞波瀾氣蕩瀁。吾聞橘中商山樂,橘中老人吾欲訪。世事亦如一局棋,紛紛勝負幾來往。仙家日月本不閒,蓬萊清淺一俯仰。自從橘剖去人間,去入雲峰藏疊嶂。一藏一出又千年,滚滚紅塵知何向?我求其人未忍忘,東得黄生海陵上。黄生固自有仙骨,手拔鯨牙海動浪。海中玉塵滿袖携,要睹瀛洲拜天仗。神仙狡獪生瓌奇,我獨有取人笑妄。豈似孟生自狹隘,出門天地皆有妨。

南堂梅花

自入新年未有詩,梅花初笑索吟時。香飄古畫寒山骨,清比高文漱玉詞。敢向梢頭憑浪句,還須蕊下濯塵思。冰心正憶溪橋友,岳麓峰邊贈一枝。

元宵咏月

樓臺簫鼓三更絶,庭館清香午夜奢。誰道十分照朱第,十分還是在梅花。

春日漫興

蕩蕩春光好,狂風捲地來。飄枝驚鳥雀,搴幔入塵埃。翻我青緗帙,吹君白玉臺。溪山有舊隱,曷日咏歸哉?

次韻大風

揭來屏跡息勞塵,閉門卻掃爲詩人。大風曉夜欲拔木,不輟微詠酬洪鈞。皆云黄帝夢天下,又道漢祖歌泗濱。終疑張樂洞庭野,吹濤鼓浪魚龍嗔。我讀南華第一篇,欲騎野馬問高旻。東耕西種遍畿甸,胡爲吹雲無四鄰?千紅萬紫照京國,胡爲掃地無留春?我願天公召屏翳,興苗微潤養花神。

南堂咏紫白丁香

跡屏何妨嬾,春多不礙廉。紫光霞冉冉,素艷玉纖纖。有美日窺户,無人風約簾。鳥來香影動,句與落花兼。

又咏紫丁香

春風門外馬蹄賒,已作閒居玩物華。不是仙郎天上宿,黄昏來伴紫薇花。

又

身輕紫燕頻來往，花滿晴空幾尺圍。恰似天孫製雲錦，一雙高下剪刀飛。

芍　藥　花

婥約憑欄倚絳仙，姚黄去盡有誰妍？半階紅日迎朝醉，繞院温風護午眠。老我羞簪烏帽側，何人笑插緑雲邊？題詩卻憶經年别，金帶揚州畫舫煙。

燕　京　午　日

節届萬家雨，公餘一徑雲。烏衣歸燕濕，紅袖落花紛。宫葛思含軟，蒲觴對易醺。帝城無競渡，不用出同羣。

雨　後　新　月

柳濯青絲花濯纓，草堂新月帶新晴。玉鉤乍起翻滄海，恐有魚龍出太清。

又

菡萏花風滿坐隅，天容水色暑全無。人間誰答清輝影？祇有荷心映緑珠。

贈行人陳章士

芍藥花前印綬香，清風粉署夏初長。伯英草聖臨池暇，鄭谷詩人得句忙。姓字即今通帝座，才華行復薦仙郎。君家懷祖猶堪羨，鳳尾新銜出建章。

夜　合　花

一春憐寂寞，今夏愛吾廬。曉色茸茸亂，黄昏葉葉疏。栖鶯通苑路，歸燕拂香渠。人指神仙宅，層霞影裡居。

西　苑　遇　雨

苑路虹橋接，青深鷺一羣。龍亭花漠漠，瑀島樹紛紛。纔斷蓬萊雨，還生太液雲。連朝歸袖濕,全是御波分。

夏日偶成

雲净天街過雨時,凉生公館緑陰移。衝泥怕走章臺馬,閒向花間看弈棋。

晚夏早歸南堂

城南過雨曉雲屯,我與蟬聲同入門。夜合花梢紅出屋,丁香樹底緑藏軒。公餘舊史聊披讀,客至青山好共論。早晚朱旂去高閣,行看月露洗天痕。

秋院

白雲天外報新秋,金鳳花開滿院稠。侵曉家童猶未起,詩成紅日在簾鈎。

送陳對初歸閩中

別爾長安道,天門秋氣高。人争看子建,賦有似枚皋。山路今逢菊,霜鞍早拂袍。計程陽月裹,應醉荔支醪。

燕山菊花

萬丈西巖不可攀,黄花晚節敵孱顔。滿簾日影排金鎖,一徑霜清綴玉環。已許韓公誇老圃,猶容陶令見南山。未應更似江天蓼,只解摇紅碧水灣。

孫河

連村忽中斷,數里見孫河。野闊浮陽雁,沙明過槖駝。邊雲凝似磧,塞水遠無波。太息重來此,一年如擲梭。

宿良牧署

夜深無店燈,村黑頻嘶馬。來投良牧署,廢久荒郊下。紙窗風颼颼,急雨四壁洒。解鞍不遑食,聊此一息假。夢回驚叫呶,問是後來者。争名固在朝,争宿又在野。我行苦駑緩,所至輙牽惹。君馬若騏驥,胡不沫流赭?讓亦吾素懷,奚事於侈哆?堅扃且開編,置之如土苴。坐久漸無聲,颯然響墜瓦。山鬼復揶揄,笑人學瘖啞。

坂　　橋

秋陰生馬足,亂潦度肩輿。又過前村去,雲峰畫不如。

投前桑園

村落晦鷄聲,茅簷幕午天。濕衣行徬徨,泥潦困相纏。主人莊農家,看雨坐西偏。屋角種黄花,幽意頗鮮鮮。見客起問訊,讓舍炊寒煙。云此村野居,懼非客所便。我謂爾莊農,實有不如焉。雖無爵與汝,亦不汝憂煎。團欒聚兒女,禾黍堆門前。不識詩與書,椎魯也長年。我今無投足,望宿如神仙。因思昨宵下,其人豈不妍?見窘豈吾料?不拒真汝賢。人生須底事,而爲名所牽?馬援亦有云,跕跕墮飛鳶。

暢春園道上口號

垂柳垂楊萬萬行,碧流宛轉入宫墻。西山翠接鳳城路,來往鳴珂日未央。

送内弟林漢木歸里

二年京國染緇塵,此日歸裝結束新。桑落不堪離恨把,楓紅有意伴行頻。舟經彭蠡浮三楚,路繞章山到七閩。爲語故園親友道,霜鬢已老畫眉人。

經西苑道中

未明霜喔鳳城鷄,欲曉日光穿馬蹄。玉泉水入御溝水,宫鴉飛去西山西。十里道中睡作詩,三日一詣府中歸。不論臺参亦作尹,才疏學淺慚退之。

郭外梅花

馬上吟何事？梅花五字詩。香雲留遠岸，縞袂立清池。忽憶湖南興，遥尋雪後枝。數株維舸對，絶壑少人知。

暢春園送駕幸江南

龍旂簇簇擁晴霄，羽騎駸駸轉御橋。芍藥開時回别苑，春冰泮後下雲韶。晨光掩冉鵷行集，淑氣清和輦路遥。猶記江干陪侍從，雪中洒筆賦瓊瑶。

春　雪

二月御柳枝，春寒猶未發。何來楊花飛，紛紛如暮節？出門啼早鴉，似報今朝雪。緩轡惜瓊瑶，看山玩奇絶。狐裘者誰子？金堤驕騮膝。蹀躞向天街，巍峩過雙闕。意氣消寒冰，寧知有玉潔？更欲掀天工，翻使冷雲熱。

遲　日

遲日了公事，春風閒有餘。無人呼緑蟻，不用换金魚。童洗舊泥硯，鳥窺新草書。回看紅映户，萬點絳桃舒。

南堂詠桃花

春風次第五侯家，也到南堂一樹花。知是天心開錦繡，故教山徑亦繁華。熊湘閣上千層碧，虎踞城西十里霞。回首舊遊今日異，詩情還道未曾差。

馬上見西山

霽日風輕歸路長，時時緩轡詠山光。貪看出岫横雲碧，不覺驚塵拂馬黄。地拱東南天紫極，峰多西北帝邊墻。還思身到峥嶸外，曾踏龍沙塞草香。

官齋寒食

春風困顛沙路永，紅日苦霾塵霧影。朅來走馬自平明，復出視曹無片頃。官齋兀坐欲忘機，小閣微吟破閒境。寧能案牘不勞形？亦衹時清緣事省。侵階細草共鮮綿，覆院老松自嚴猛。蒼然古碣立寒煙，猶有前朝蹟未屏。文物一代屬浮漚，此舍閱人如過景。我今接跡愧微塵，歲月紛紜倏馳騁。年年身遠去雲山，處處花開憶鄉井。宦情如水復如冰，不用今朝禁火冷。

清明日雪

到底還爲雨，漫空浪自華。柳間疑着絮，衣上驗非花。半洒孤峰石，全沾一徑沙。漢宮未賜火，冷壓萬人家。

晚杏

紅杏春深見一枝，晚開何必較春遲。桃花已落隨流水，又道春風太早時。

海燕

斜日猶栖紅杏語，定巢未向玉堂忙。長安處處皆朱第，不用雙飛楝畫梁。

夜坐見壁月竹影，偶成呈聖孚

竹影瀉迴廊，天然畫一軸。露葉與風枝，又疑真個竹。竹似斑竹多，月明似湘波。至今臨江活，我憶洞庭過。髣髴清猿罷，猶聞猥欸歌。昨宵誦新作，應是出湘娥。

晚出城南

晚凉出長安，愛此南郊路。蒼然洗塵襟，亦復得幽趣。雖未青山行，喜踏坡陀去。數里過村居，居人蔭長樹。村後麥雲黄，村前酒旗拄。生我柴門心，清溪友白鷺。

海　子

策馬京城南,夕陽臨海子。遠樹圍數村,繚墻包百里。望望駐長橋,行行盼流水。未從千騎來,安睹三驅美? 想見麌鹿遊,儦儦或俟俟。暮色投前村,主人爲余指。苑中雉兔馴,泉香草豐旨。坡陀林麓横,鬱葱樓殿起。海户千百家,耕種亦在裏。皇心矧多仁,物物得其理。豈惟漢苑非? 即此靈囿是。何事欲誇胡? 長楊蓋卑耳。

夏日南堂雨坐呈聖孚

凍雨掠城闕,初蟬鳴不譁。錦苔鋪砌面,紅日泊簷牙。濕重全低柳,風輕時落花。論文消夏永,覓句出天涯。與子三年住,相看一徑斜。今朝覺静境,忘卻在京華。

觀山水畫,戲作小舟其上,漫題數韻

清溪一道來,石壁萬仞插。複嶺亘長天,磯花妨頽壓。中流灘潬回,細路煙霄接。如聞嘯猿聲,疑是巫山峽。畫師本無意,曷不畫苕霅? 百里絶人行,無乃太荒澀。憶昨上建溪,溪水千百摺。不知巖嶨高,如入丹青硤。亦有稍平曠,圓沙相映夾。回首此畫同,豈得無我涉? 落筆戲添之,俄頃具一艓。已辦竹枝弓,吾將去射鴨。

立秋後熱

滚滚紅塵深,蒸蒸火雲烈。胡爲出門行,蹴此天街熱? 白帝豈尚柔? 炎官仍肆孽。快哉吟風蟬,高居蔭長樾。

又

冰車何連連,載入高門間。大屋勢虧日,高門氣焮天。何用手可熱,而倚冰爲山。行路暍欲死，嗟嗟秋無權。

次吴小眉試鮮荔支原韻

我家荔支熟，遥憶滿林丹。浦盡赬虬卵，山皆錦鳳團。聊因致鄉味，豈用媚朝官？唉爾報佳句，詩成真掇丸。

送參議陳欒公之任永昌

濟水當年似政平，滇南今去著賢聲。白雲繚繞三秋路，紅樹參差百驛程。六詔風煙資鎮静，點蒼山色借廉清。邊封久矣通華漢，可有邦人學長卿？

八月十六夜玩月

天路煙霄廓，人間海岳平。絶無雲點綴，唯有月高清。耿耿諸侯第，輝輝五鳳城。龍沙看更好，應傍翠華明。

望京道上

終年帝京居，又踏望京路。霜野變丹青，前村後村樹。行人闕際回，獵馬林間度。鷹盤遠徼飛，崛起平蕪兔。寒日出已高，連山半隱霧。摇鞭指僕夫，此是堪畫處。

過孫河

河流擁我前，三年此三過。時序若轉環，我行劇旋磨。蕭蕭水風寒，颯颯霜橋卧。玆逢摇落來，正值溪流大。羣雁滿晴沙，餘奴獨戍邏。人近刺天飛，一一書雲破。

夜宿良牧署，館主人餉雙魚、白酒，答以詩

來投前宿館，鴉鵲亂喧嗔。正自争栖樹，非關報主人。晚餐驚白墮，異饌出雙鱗。大勝山東吏，爲君下筯頻。

順義道中

雨過碣石東，關門木落通。邊山霜色白，行殿夕陽紅。墟落驅車電，川原閃旆虹。傳呼合圍下，天騎出雲中。

自三角店暮歸，入東便門時已二鼓，偶咏

杳靄村煙暮，參差光景馳。山蒙寒氣早，月比昨宵遲。過市聞沽酒，肩輿睡咏詩。醒來驚睥睨，魚鑰報開時。

南堂歌吴教習見過賦贈

北闕之南南堂居，南堂先生此讀書。南堂有樹高出屋，南堂有山低負隅。丁香夜合幔雲錦，絳桃紅杏如仙姝。堂後葡萄出天苑，頒賜種自太僕初。會將金盤薦馬乳，長飽雨露朝清都。其餘桑棗何人植？映帶左右亦畫如。春風不愁紫爛漫，夏日尤愛青扶疏。秋崖落葉添新月，冬嶺寒梅開古株。四時天與佳境得，三載人傳好句無？曉來有客忽過我，急掃風軒捐佩魚。共言此客不易得，陸賈未可相賢愚。快若披雲睹奎壁，皎如白月行天衢。金鐘大鏞自考擊，欲奏咸韶賡黄虞。傾囊倒篋出詩句，一一皆似驪龍珠。我聞鳳生有五彩，岐山鷟族真其雛。何時使鳴在其上，坐令海宇祥風趨？先生外吏七還往，足踏波浪攀衡廬。目吞萬象納胸臆，如寸五山稊五湖。而今東華踏塵土，跼促正如轅下駒。浮名一代欲何益？路旁指摘非揶揄。倔强只堪作京尹，問誰不必卿大夫。天寒日短客已去，先生鄴架齊石渠。手讎目校自入夜，霞編雲笈搜無餘。列仙本是山澤臞，謾笑先生非爾徒。安得荆關與黄郭，明朝請作南堂圖？

冬至日有事圜丘，早朝即事

奕奕寒星燦夜中，參旗玉井尚居東。馬蹄蹀躞翻霜影，闕角森沉靄碧空。仗簇煙開黄道闢，鐘鳴駕出綵燈紅。圓壇畢事天容喜，不用書雲驗歲豐。

凍筆戲成

管城俄已凍,墨海漸成冰。淡掃落鴉去,傾斜上剡藤。

又

笑似羊欣婢,翻同鳥跡書。但知酷題咏,不怕凍吟鬚。

夜雪早起,催送梅花

瓶水知天意,書窗犯曙華。夜樓封禁漏,曉樹凍栖鴉。玉曆催寒盡,雲山逼歲賒。故人曾有約,曷不送梅花?

故人果送梅花來,兼致絳桃、海棠二種,盛開喜甚,聊成十韻

昨宵鐙報喜,今曉送花來。謝爾故人意,無煩折簡催。主方動詩興,童欲洗金罍。不獨瓊瑶貺,還多錦繡陪。殘年桃蕊艷,臘月海棠開。萬朵非江路,千紅近鳳臺。愛從書幌對,欣傍墨池廻。但恐夜深睡,寧論去後栽。陳編罷披閱,竟日與徘徊。笑我詩人屋,春光忽富哉。

除日

鑷白梅花下,花應笑我疏。紅顔一擲棄,翻似曆殘書。

又

日斜生鯉魚,報爾故人書。五十明朝至,知非是衛蘧。

戊子立春前一日即事

龍飛四十七,恭逢歲開泰。旬有二之日,日出煙光沛。碣石送翔風,西山迎瑞靄。東皇碧海來,弭節王畿外。緩緩駕青牛,輝輝拂紫蓋。散暖入鳳城,消寒遍宇内。禁苑達勾萌,龍池奮鱗介。聚觀溢天衢,好語盈都會。明朝傳太史,兆

維豐年大。行看出耒耜，多黍如雲旆。

偶　記

几案山河禹未諳，紛紛人馬半相參。蚍蜉國裏聞傳教，王出觀漁紫石潭。

又

書生誤入長鬚國，乞贅王宫託此身。忽報明朝供玉食，泣陳東海爲情人。

又

至人晏坐息兵戈，借汝寧馨涸愛河。枉撼須彌紛角鬣，終須悲悔涕滂沱。

又

仙人娶婦入雲深，别有田園跡可尋。萬劫轉輕宿緣重，猶餘一笠贈歸心。

春　雪

欲起三春色，先施潤物華。昏黄籠淡月，霡霂洗梅花。小陣作還止，密雲疏復遮。夜深更騷屑，竹壓子猷家。

雪晴散步

夜寒雨作雪，朝暖解凝沍。紅日正高舂，雪消雨何處？檐牙霽色歸，屋角輕煙吐。點檢東風行，階庭閒信步。閏歲花事遲，丹紅未著樹。凍雀聚新晴，争上寒枝語。春草緑裙腰，正繞欄杆路。誰持邊寫生，吾咏樂天句。

西郊早行

處處平林帶夜雲，居人一宿絶囂氛。海烏飛出曈曈影，依舊車塵馬跡紛。

早集暢春園歸作

玉泉峰下路逶迤，裂帛湖邊似渼陂。藹藹春城朝騎出，團團御柳苑宫垂。梁園地近通鳧雁，緑野堂開轉渌漪。道是山公留啓事，不妨水部只吟詩。

春咏南堂紫丁香

花高出屋擁前除，三歲從容花底居。共指紫雲棲案吏，有時絳雪洒床書。城南宅喜五楸樹，履道坊憐一片蕖。惟把清詩此中詠，公餘吾亦愛吾廬。

栽　　花

小奴買花栽，紅白無一朵。主人卻愛花，偏栽無花果。竟日笑魏收，驚飛繞籬左。

又

芍藥冠豐臺，移栽春風暮。何日當階翻，贈以宣城句？天苑賜觀花，姚黄已異遇。

夏　　雨

夏雨如决渠，榴紅浮階級。酷暑快已除，盲風嘆何及。錦竹花離披，葡萄架側立。紫葵罷不傾，鳳仙垂以泣。凍瀑勢掀豗，太陰晝凌襲。萬弩射軒檽，大欲漂編什。俄頃稍開天，墨雲過都邑。雷去南山闐，遠揚見日濕。静院午陰清，蟬聲嘒復入。移榻坐疏簾，焚香看陶集。

署歸途中作

日日紅塵撲鬢斑，三年無政可稱扳。地安門外頻歸馬，飽看青青萬歲山。

南窗夜坐書見

夏夜停編遣燭華，南窗聽雨霎時譁。月來斜印横枝影，一幅徐熙落墨花。

送蔡白峰歸江南

蔡子掉頭留不住，羸童瘦馬踏歸路。浮雲富貴古亦難，咫尺君門身獨去。

吁嗟世路溟渤寬，邂逅或作千波瀾。吾觀蔡子静且潔，正如霽月升層巒。清輝一湧照平遠，氣無巨浪吞絶巘。根茂實遂理則然，有才終遇未云晚。即今舉代賡唐虞，子獨論議嫌其粗。文章早已窺西漢，風骨直欲追黄初。比來携詩只一束，使我燕坐十日讀。萬顆珠璣落玉盤，三歎疏越今誰續？安得與子長唱酬，洗我胸界千斛愁？雅頌之音日在耳，爲樂不啻三千秋。如何揖我江南去，令我思憶舊遊處。江山歷歷記夢中，廿載流光惜奔注。衹今雙鬢已成絲，羡君歸路秋景奇。東華軟土撲吾帽，白雲紅樹入君詩。

初秋偶集限韻

能來摩詰值秋初，歸去浩然休上書。句裏得鯿思隱逸，詩中有畫興蕭疏。山光暑薄青歸樹，雲斷天高碧映廬。更約一尊紅葉外，看題白雁向霜餘。

重九前一日小集限韻

秋氣木初脱，黄花蕊尚纖。明當醉重九，今且詠疏簾。雲白供溪楮，山青放筆尖。此時向天外，逸句與君拈。

署　夜

凍雲凝署木，寒月上垣東。響落金臺畔，霜天一個鴻。

聞禁鐘作

回憶當年卧帝京，龍樓徹夜感鐘聲。豈惟旅枕聞雞起，更欲中流擊檝行。歲月催人頻冉冉，江湖浪跡幾怦怦。今宵白髮來聽此，獨抱東山謝傅情。

洛　塵

洛塵能化衣，昔人已惆悵。今則蔽嵩高，瀰漫若溟漲。諸峰失羅列，出氛以相向。奄忽碣石風，簸蕩少海浪。已見路行迷，得毋巢居妨。摇摇我心旌，使我難名狀。

鑿 冰 行

一之日，陰氣凝，嚴冬水縮威生稜。朔風幾夜堅澤腹，旭氣斂雲遲朝升。已聞冲冲迸湖出，旋見擾擾沿堤興。萬丈瓊瑶貢水府，千年老蛟行復登。如山可畏不可倚，我馬毛磔猶凌兢。納於凌陰出炎蒸，頒入朱門次第膺。嗟此苦寒誰其勝？伐冰之家方臂鷹。

臘夜立春待旦

寒夜已生春，殘歲無多日。朝天馬未行，報枕雞初畢。披衣出户盼，仰見霜宇凓。疏星若墜珠，曉月如掛櫛。假寐坐南窗，燭明夢不悉。夜來讀殘書，更盡三四帙。

南堂詩鈔卷十二 後集

春日試墨

筆諫論思下,誠懸正意難。磨崖浯溪上,大手敢追攀。閉閣乃無事,草書度晝閒。何人求醉帖,自作龍蛇觀。聊發不平氣,寧論柳與顔。日暖融洞雪,花明冒春山。一笑戲墨海,羣鴻正爾還。

春雨

一犁春雨農偏喜,九陌衝泥興亦豪。沾濕不嫌妨走馬,沉陰又去冒東皋。花披古洞紛紅糝,鵲占高枝刷羽毛。轉盼雲光透烏几,斜陽還爲咏詩高。

送曾聖孚歸里

弱冠追隨今白鬚,不堪春盡送歸途。帝鄉何似故鄉樂,他别無如此别孤。已倦遊塵息羈鞅,好從社鼓燕枌榆。閉門倘著潛夫論,暇日毋辭數寄吾。

又

紫雪馨風吹草堂,丁香花下把離觴。征鞍小簇雕欄外,别酒重温翠石旁。菽水歡過萬鍾粟,詩書歸守百年芳。青黄溝斷皆違性,爲語吾家馬季常。

行彰義道中

大路直南北,行人向此中。紛紜來往者,繹絡古今同。閱世桑乾舍,悲歌易水風。勞生吾亦一,安得息微躬?

夏郊

三叉臨古刹,夏木帶橋東。興與青雲發,意隨流水通。花莊蒔紅藥,麥壠泛輕風。彷彿江南思,人耕白鷺中。

初夏小集

紅藥花開屬夏朝,斷雲疏雨浥長橋。林鶯不語愁春去,巢燕翻忙覺社遥。賴有詩人過北郭,自來山色對晴霄。謫仙詞句坡仙筆,快洒南薰入麥飄。

七夕用初夏韻

萬古明河夜復朝,荒唐烏鵲説成橋。人間信有別離苦,天路原無風浪遥。轉盼鷄鳴又陳迹,何曾龍駕具層霄。挑燈讀罷玄暉賦,思逐纖阿雲上飄。

北湖觀蓮湖水入西苑太液池。

馬瘦沿堤行步工,知余要賞萬荷紅。一羣野鶩衝霞上,十里西山落鏡中。濯濯漣漪輸漢苑,亭亭隔水送薰風。天然可愛乏舟楫,欲採何人意與同?

後觀蓮

長安雨洗絶纖埃,前度觀蓮客又來。緑浪紅蕖秋更麗,烏紗白髮晚誰陪?繞湖霽景營丘筆,出水清詩謝脁才。多少樓臺堤上宿,雲窗一半夕陽開。

六月篇

六月九日畿甸蝗,羣飛白晝如無光。六月十四塞河雨,漲水倏高三丈許。聖君至德動合天,泥禱爲民天惻然。立退水府驅蛟蜒,錫與嘉穀還豐年。靈臺不日詩咏作,秋禾十穟行在宣。君不見堯湯水旱猶不免,劉生空志五行篇。

秋雨書懷

秋雲漠漠雨疏疏,濕樹寒煙冷碧虚。人事漸於絺綌退,關山又起別離初。洞天昔夢曾題筆,己卯次峽口,雨夜夢入洞天題詩。倏忽,紫光縈繞壁上。絶境當年見異書。余登天遊,雨霽,見絶壁堆霞,若篆書"洞天"二字者,移時乃滅,同遊弗睹也。最憶尋仙武夷道,巖花滴瀝過籃輿。

南堂秋興

未許秋容淡,山堂續有花。黄衫穿洞蝶,紫餅試溪茶。對境罷公牒,清吟憶釣槎。昨朝文度遠,已覺鬢增華。時三兒赴粤東。

又

天遠雲逾白,花明秋更繁。倚山迷夕壁,覆石照窪尊。結習英雄暇,觀生物我存。南轅復北轍,心跡共誰論?

又

秋竹有佳興,瀟然無俗氛。開編依白石,隱几度閒雲。摩詰應前世,王郎似此君。長安冠蓋者,幽事豈相聞?

又

坡陀横翠嶺,可以望西山。天外蹲鵬鷙,雲間出髻鬟。竟思絶世念,永願出塵寰。何必名爲累,危機事往還。

北　行

出郊已縱目,况乃是清秋。野水獵人渡,高原御路修。山圍紅樹小,嶺斷白雲流。到處謀詩去,征鞍頻掉頭。

又

行宫當翠麓,杳靄暮雲屯。散騎入前館,隨鴉投遠村。宵中聞秣馬,月上帶征軒。久被市朝困,覺今行路尊。

霜日道中

清霜昨夜來,入自邊關口。中原氣候殊,未覺全衰柳。今兹九月盡,日暖如醇酒。驅車向北行,圖畫落吾手。紅葉間青林,村橋逢醉叟。割野斷黄雲,寒溪餘敝笱。雁横蒼磧飛,兔起平沙走。少時志鞍馬,見此今安有?年年此度來,愧我故山友。巖棲幾百層,笑我逐名否?書來説故山,松竹如雲帚。掃天净煙嵐,待歸日已久。

途中咏遇

野柿如朱火,熒熒照道旁。行人解飢渴,馬上嚼冰霜。

又

一兔馬頭出,翩翩馬上郎。彎弓惜不發,射殺北山狼。

又

望水思投釣,溪翁笑客差。此河清且急,安得長魚鰕?

又

主人延入户,繞舍縛鷄聲。但恐過軍至,非烹爲不鳴。

次韻吴小眉立春見寄

漏下寒威轉,朝光入太和。春心務澤物,先向水邊多。瀺瀺動池鏡,靄靄廻林柯。緩轡下丹闕,開軒泛碧醝。東風天外至,吹我顔之酡。青春漫自好,白日畏蹉跎。忽憶高文侣,梅開子來過。興闌屢歸去,對酒復能歌。羨子如鸞鶴,刺天絶雲羅。當爲萬仞山,發跡自坡陀。新篇益瀟洒,迤邐傾銀河。我無登嶠作,可和愧羊何。詩思日塵土,清夢惟巖窩。

晚下暢春園道中風雪

二十里中風雪驕,暢春歸路下雲霄。暖思草閣拈重碧,香認梅花過小橋。倏忽郊光遍清景,紛紜瑞象集寒條。西山天畔嵯峨白,早聳吟肩馬上謡。

贈别吴小眉歸湖州

愛爾湖山秀,高才今不羣。文章蘇父子,詞賦陸機雲。忽跨金臺馬,言歸雪水濆。定知過庭暇,篇出帝京聞。

陳郎中餉牡丹

剩卻春光兩日間,無多春意在雕欄。正須火迫追清賞,恰報仙郎餉牡丹。

又

此日名花又一種,當時洛圃遜多叢。閉門敢擬姚黄進,且續歐陽記品中。

夏日登陶然亭

地僻無花有絮忙,憑欄遠眺静年芳。悔抛青鬢宦塵老,惜别故溪歸夢長。天上過雲簾影失,山頭欲雨日華凉。何時更踏幔亭路,一聽仙歌萬慮忘?

溪山草堂圖

歷歷春山帶夕陽,一溪流水浣花香。扁舟何自杜陵叟,應是論詩歸草堂。

試士喜雨

雨從畿北道,雲壓畿西樹。雷聲殷填填,四郊已如注。臨軒校多士,文思方騁騖。浩浩觀濤江,茫茫風襲霧。老木偃魚龍,萬舞應韶護。堂上金石宣,堂下滄浪趣。我亦思清詩,兀坐賡以句。多才爲君喜,多稌爲農豫。

老柏行

烏臺老柏鐵色堅,歲月不記金元年。有明一代十餘帝,閲盡興亡如逝川。我來撫事吊近古,三百年中誰愚賢?于石功傾同覆水,嵩言勢陷俱飛煙。仙郎抗疏鐵鎖香,中官賜塚辟邪眠。直木自古先見伐,此柏何由今尚全?運移代速柯葉改,只有慘淡無姿妍。龍拏虎搏意已盡,西風斜日數聲蟬。噫嘻我獨爲汝柏,徘徊太息增留連。胡不生於層巖絶壁上?萬歲不死長參天,緑骨蒼髯如老仙。世上紅塵不可到,人間萬劫終超然。

南堂近闢南北窗,明净可喜,偶成四韻

南窗讀書罷,閒倚北窗紗。疊石青霞綺,懸崖錦竹花。天光生卷帙,雲影逗簷牙。尺水觀魚樂,吾齋亦已賒。

讀東漢史有感,聊書於後

後堂列女樂,前席聚生徒。章奏死李固,嗟嗟此大儒。

又

一室安足事,志大言成疏。當時漢天下,試問掃除無?

又

爨下出焦桐,石經走四裔。惜哉曠世才,龍門史難繼。

又

東海識史慈,人中知有備。生奪曹瞞奸,九錫不敢議。

種　菊

云是花中隱,傍山種更宜。悠然澹交者,相對夕陽時。瘦與寒巖並,高争秋色奇。還思築成圃,飲水到期頤。

曉行昌平道上

秋原一白霧平鋪,十里初開日照途。遠樹蒼黄霜落景,寒山紺碧曉行圖。緩隨流水村喧外,看入前峰鳥道孤。馬上明朝又重九,停鞭問有菊花無?

九日途次望天壽山作

年年九月昌平道,此日來過感慨頻。地近邊關多落雁,山荒陵殿少行人。當時守衛森羆虎,異代蕭條見鹿麛。回首鍾山鬱相似,一同衰草夕陽鄰。

畿東道中

僕僕催前路,馬蹄攢暮沙。寒林棲晚照,遠野泊閑鴉。餘景霜天赤,一鈎村

月斜。嚴冬此還往，宦況亦堪嗟。

使院棋聲

花陰駐午暑流天，静院棋聲驚晝眠。我已夢中多少事，君猶一着尚争先。

聞蟬有感

七閩歸路海東南，雙鬢催年五十三。回首江湖聞汝日，流光去國倍難堪。

贈婁介山京判

幾重瀚海幾重雲，曾轉軍糈立異勳。萬里歸來談絶塞，人言博望不如君。

登通州北樓

磊落東南第一州，舳艫西北指孤樓。雨邊虹氣穿飛櫓，山外晴光帶早秋。遠樹稀微平野岸，横欄窈窕出芳洲。浴凫忽起江湖思，更覽長天下碧流。

署雨

晝戟瀟瀟風雨過，老槐十丈舞婆娑。晴翻鳥雀聲音樂，黑鬬蛟龍爪角磨。響水階前聞珮玦，秋山雲外想嵯峨。清香盡日凝齋閣，恰似蘇州句裏多。

原感

繚垣圍青深，穹碑立原野。滚滚紅塵中，悠悠白日下。過客問誰氏，居民指今者。不見荒抔上，當時亦下馬。

閘河道上

黑黍高低路，長楊遠近村。波清鵝拍拍，畦午蝶翻翻。艇子横官渡，居人過别原。花闗聊一憩，亦足散塵煩。

又

秋山宜望遠,流水善臨灣。鷺起前沙際,網懸斜照間。頓忘京洛意,欲共野人閒。絶少輪蹄跡,此中時往還。

高碑道上

今歲道中往來熟,雨村炎野長在目。今朝馬上遇秋光,遠水遥山看不足。我今過此無定期,勞悴境中尋興奇。居人慣見怪何事,日日紅塵烏帽攲。

高山雲水圖

白雲如龍卧山腰,碧水如虹下紫霄。雲飛寥廓散爲雨,水到平田合成苗。高山本是雲水窟,雲水無心出及物。人生當作如山高,人心當作雲水出。

送諸葛元策歸里

黄花歸興路漫漫,詩似義山賦似潘。料得閉門編簡裹,還將史筆起凋殘。

過高梁

霜落村村榆柳黄,山圍水碧野流長。蕭蕭獵騎回峰口,圉圉鳴駝度澗岡。幾處暮雲生古戍,數家巷照泊高梁。當年遼宋有遺跡,欲弔無人指戰場。

冬槐

槐龍葉盡舞寒柯,鱗甲雖藏頭角多。書罷黄庭篤將去,仙人有待贈紅鵝。

辛卯十有一月,余於南堂東偏構小齋,因地狹長,乃規作兩間,前後置窗櫺。初覆瓦,微雪。甫成,復雪。以齋似舫而成於雪中,故名之曰雪舫,詩以落之

窗外雲根似伏鼇,小齋如舫繫庭皋。朅朝何處蘆花遠?一夜無聲玉浪高。擬載圖書好歸去,流觀山海寄遊遨。時人漫指歐蘇似,歐作畫舫齋,蘇作雪堂。未

有文章繼昔豪。

臘月雪郊遇梅

平野白於練,鴉翻落墨餘。溪橋紛鏤飾,茅屋失粗疏。壓檜雲間鶴,探梅灞上驢。辦知香御近,肝膽已瑩如。

正月二日雪用前韻

臘雪已三見,春朝又尺餘。毵毵復婉婉,密密與疏疏。排闥將騎鳳,朝天漫借驢。東鄰有佳竹,問訊夜何如?

人日遣懷

燕山幾度日逢人,過嶺依稀十四春。海角只憑梅信至,天邊空記歲華新。東風拂拂吹庭宇,南雁翩翩轉塞垠。誰遣數莖石畔竹,經冬傲雪寫清真。

曉起

曉起春雲潤,濃桃出屋開。不知五更雨,半濕牡丹臺。

别姪崑歸里

汝是吾家駒,千里不難致。過都雖一蹶,終騁霜蹄志。金臺告别歸,弱柳未堪寄。悠悠故園心,逐汝南征轡。

三月抵潞河感咏

桃柳丹青行路時,掉頭緩騎自吟詩。孤城樹裏看帆渡,忽憶春風此别離。

庚申歲,四弟南歸,余宿河干執别,今已三十三年矣。

又

去年如夢駐官衙,潞水聲中换物華。今日還來夢前夢,不知庭院已飛花。

近　郊

沿山古寺碧雲遮，絶壑疏鐘起暮霞。繚繞平疇翻白鳥，参差斷隴落輕花。城隅緑水閒閒去，馬首青林處處賒。一入闤闠塵撲面，静喧咫尺異天涯。

石樓值雨

腥風龍起古河關，雷電憑凌一角山。西麓人家鬧雲雨，東原車馬去安閒。晴虹宛繫天腰紫，碧海森揺日腳殷。我在危欄半空上，欲呼平地盡登攀。

甲子又雨

甲子今朝又雨飛，平欄直下浪吹衣。命驂小住須晴去，且看風標公子歸。

伏日觀山水圖歌

大山峨峨聳天起，小山疊疊走千里。白雲終古住山腰，截壁荒磯插灘觜。人言山高水益高，萬仞飛泉瀉雲裏。擘開蒼峽走白龍，下鬬雷霆絶壑底。清溪百摺寂無聲，轉向前山繞山趾。豁然林斷大江奔，瞥見舟從空際駛。前帆後帆貼水飛，昨日今日羡風美。似聞谷口出疏鐘，已有落帆宿沙尾。青楓待渡波粼粼，碧岸横橋石齒齒。定知漁父去未歸，欲問樵歌何處是？一重一掩有人家，複嶺層田秧薿薿。参天古木豈知年，掛壁老藤蟠太始。裊裊愁懸鳥道孤，飄飄善落茅亭子。此時長夏正炎蒸，爍石流金汗如洗。我欲渡海造峰巔，足踏飛瀑御雙鯉。我欲選勝過洞天，閒看仙童掃落蕊。若士非誇汗漫遊，莊生妙達逍遥旨。從兹反願三伏來，甚欲往呼圖中士。杖策無煩苦躋攀，我與坐觀此山水。

晝　睡

夢遊知何處？溪山若雲錦。維舟觀瀑布，絶壁倚天鋟。客從廻峰來，巖泉坐題品。上窮巢居世，次論及抔飲。五岳指真形，一畫推奥寢。澗風生古香，松日轉凄凜。蒼凉洒肌骨，妙析入無朕。恍然失清歡，蟪蛄喧午枕。

黄燕支

冷院秋花又一時，輕黄亦號是燕支。此中無客共題品，且對疏簾與詠詩。

萱草

萱草依依一徑秋，昔人言樹欲忘憂。丈夫多少興懷事，兒女微花豈解愁？

署齋夜雨

淅瀝乍如語，滂沱俄海聲。潞雲低壓樹，衙鼓罷傳更。塞近賓鴻滿，亭孤旅燭明。來朝報郵吏，應失數灘横。

秋雨連朝寒甚

闌風吹雨雨不晴，羣山鎖雲雲更生。陡寒乍起尋裘帽，不知還有春衣輕。赤烏晝匿到昏西，城烏夜啼宿衰柳。聞道天山少陽和，八月雪花大如手。

潞河九日書懷

重陽無酒亦無花，堪笑潞河冰署家。但對緑苔吟晚照，空餘畫角上殘霞。誰教爲國持籌計，袛合歸田帶雨畬。望斷海天萬餘里，西風吹各雁行斜。

懷柔道中

九月郊原節候和，參差紅樹繞村多。不嫌此地頻年到，袛嘆霜髭又老何。磧水渡頭人晚涉，塞山缺處雁行過。幾回立馬瞻行殿，雲氣葱葱宿翠阿。

春日至通潞偶咏

河橋初泮雪峰晴，出郭東風第一行。浩想南中此時道，五湖花餞雁歸程。

復至通潞

村村柳緑壠桃紅，鷺起人耕畫意濃。笑我亦爲畫裏客，閒原車馬去憧憧。

仲夏至通潞

東郊相閱日悠哉，仲夏今春復幾回？何事頻年此途上，流光如水向人催。通川柳暗孤城出，繞甸帆飛遠稻來。卻捲遥帷看雲雨，直沽龍起海潮推。

署中憶故園山居

庭榴花正午，當暑罷觀書。獨倚簷間際，時看雲捲舒。鳥飛向家路，水繞憶吾廬。盤礴南山下，榕陰十畝居。

又

故園昔高卧，每出友朋隨。選勝愛飛瀑，懸崖瀉荔支。澗行時濯足，石坐散吟詩。不覺人間暑，於今空爾思。

晚景即事

過雨尚留陰，餘雲帶疏點。古册映幽花，小齋如巖广。素心人不來，厚意古無忝。清水濯芙蕖，白圭安得玷？昨枉停雲篇，憶來輒自檢。讀向簷樾間，薰風拂長簟。返照入桑榆，瑣窗紅琬琰。火藻被江天，更爲霞閃閃。

亭上

水石見圖畫，兹亭有静姿。捲簾雲影度，倚杖緑陰移。鄰蝶過書幌，山蜂飲硯池。晚涼不暇嬾，殘史手中披。

分龍

夏峰日四起，花木氣如燔。北落豐隆鬭，西郊野馬繁。丈人方抱甕，詩老咏翻盆。天上分龍雨,人間多怨恩。

坐雨書懷

看雨兀東軒,雨聲如懸瀑。初但霏霏來,森森成銀竹。苔徑過緑波,流雲濕書幄。碧草颭回風,蒼皮溜寒木。黄雀暮啾啾,水深類歸壑。忽憶過嶺年,幔亭訪仙躅。遇雨踔千峰,崩濤瀉百谷。昏黑投孤村,扣門求容宿。主人業建茶,淮海維舊族。問答知故侯,坐我延我僕。抱薪使燎衣,進食奉鷄粥。誇我爲官清,令我心生恧。外吏固有年,實無政可録。不意荒僻中,言言謂我獨。念兹十餘載,往事猶在目。持籌坐雨聲,徒爾算升斛。汩汩感隨波,沄沄走墻曲。安得舊雨遊?泥塗謝羈束。

樓上即目

過雨渡頭静,歸雲山畔留。蟬聲唱晚夏,客意感將秋。一馬燕郊去,長河塞水流。憑欄此無限,禾黍正油油。

竹歎

大風捲石沙,摧卻篳龍家。蓬勃起何處?迷離亂日華。驚栖兩鵷鳳,去逐後昏鴉。終挺干霄節,來儀莫歎嗟。

曉行昌密道中

曉月棲平墅,眠沙有雁羣。馬嘶冰渡合,雞唱翠微分。海漸升初日,山多解宿雲。老夫愧稺子,絶塞佩龍文。

東行

閲歲始三朝,東行過潞橋。樹猶含凍色,山已放晴霄。豈是因梅至,非從好友招。夕陽且吟句,休答路人嘲。

到　署

到署日斜後，開軒仍汎居。舊墻留雨跡，老木剩冬餘。歲序一何速，萍踪久泛如。新煙起厨際，烹得潞河魚。

早集暢春園

縹緲西郊路，朦朧別殿深。四更踏馬影，十載聽鷄音。玉漏清芳甸，春雲覆苑林。漸看鵷羽集，旭日射遥岑。

早春經玉泉山下，留宿隱人家

裂帛湖光凍已開，春風流水日瀠洄。故知入苑爲天漢，更作廻波繞帝臺。雪霽林間雙騎出，鴻飛山畔一人來。相逢愛汝槿籬下，古渡漁舟帶遠梅。

又

豈是今宵宿石門，殺鷄爲黍見兒孫。漫言家世先農舊，便有豳風古意存。歎我塵中困車馬，羡君物外若鵬鯤。故鄉倘未徑歸去，欲卜居鄰與近村。

自西山歸，道中逢急雨，偶成

馬上雲沙走，西山送雪驕。健如萬蝶舞，飛逐孤凰漂。撲撲争前路，紛紛過短橋。僕夫詫不止，將厚没牛腰。俄頃失幻境，依然山嶤嶤。入城殊未覺，紅日生麗譙。

春日南堂漫興

遲日鳥吟寂，山堂意自閒。春風俯叢竹，爲愛碧珊珊。

又

石磴盤廻緑，山桃花欲紅。漫嫌無過客，倒屣有春風。

又

日日歸春雁，時時過草堂。風光任流轉，羡汝亦還鄉。

又

入簾青草色,倚杖念春暉。二子翩翩去,山圍復水圍。

又

堂前春自好,雲日藹多姿。學力慚稽古,東風嬾下帷。

又

裊裊晴峰下,娟娟石壁暄。明窗倦圖史,且復坐雲根。

又

人間稱紫府,山憶幔亭幽。海日觀衡岳,平生真壯遊。

又

疊石如青錦,羣書擁洞房。主人頻得句,寵辱意都忘。

又

牡丹傳洛下,芍藥記豐臺。我友昔相贈,三年別汝哉。

又

緩步看圖畫,山耘浦出漁。紅蕉映綠水,此是我家廬。

甸　池

上谷臨天蹕,春池簇羽旂。陽和瞻望幸,雲物有光輝。萬騎森行衛,千帆合水圍。應知較魚麗,不數射蛟飛。

春郊感目

日日吟春不覺春,春城九陌盡飛塵。今朝出郭聊遊目,幾處逢花欲愴神。簇簇野桃誰是主,泠泠池館更何人? 繚墻百里平沙去,獨宿長楊苑外村。

城南苑道上口號

浩蕩春光遠,參差煙景開。聯鑣過上苑,作賦愧多才。羽騎林間轉,龍旌日下廻。路桃與岸柳,紛擁屬車來。

巖　　泉

壁色自終古，泉聲流至今。雲端一勺細，日下大江深。激石珠璣湧，垂天玉蝀臨。坡陀潤叢竹，應感鳳來吟。

瓶中紅藥

翻階不伴中書宿，宴坐深欣婥約陪。珍重午窗臨晉帖，清香頻送案頭來。

夏日南堂雨興

數朝時雨度城闉，起我南堂花柳新。漸見筍根穿户密，轉多葵蕊向陽頻。碧窗錦石生詩思，苔徑疏簾玩道真。回首遠山又張蓋，更欣禾黍遍郊勻。

又

階前金鳳栖盈畝，徑裏榴花紅入扉。石氣每生雲氣潤，書聲還雜雨聲飛。倦遊已覺初心是，守道今知與世非。細看坡陀沾濕似，山居舊日釣魚磯。

閘河亭上偶憩

不斷車塵馬足音，偶逢幽處亦開襟。鷺飛淺水寒灣外，花卧禪關細路深。夾岸人煙晴曖曖，繞村麥隴夏沈沈。停車且爲憑欄去，看到歸雲没晚林。

沙　　舟

萬斛龍驤擁淺沙，高桅突兀映殘霞。輕舟側過捷如馬，笑汝中流影獨斜。

瓜　　叟

翠蔓縈沙繞道周，離離瓜熟午風秋。田間有叟支頭卧，疑是東陵舊日侯。

途次密雲雪中晚望

邊山旅館宿檀雲，風雪行人欲夕曛。狼燧不生旌旆濕，磧頭飛下雁多羣。

遊龍潭有上下二潭。

策馬涉溪澗,問龍斜照來。碧潭上下月,瀑布古今雷。地僻僧年老,峰深寺影廻。蜿蜒不可見,終擬化爲槐。面潭上禪院有古槐一株,盤礴數畝,枝撑二十餘柱,若舞空遊龍,殊足異也!

出古北口

塞山疊疊鎖邊城,自古秋風戰北平。欲弔昔人嗚咽處,河流凍絶已無聲。

又

雪嶺冰川冷落暉,重裘馬上怯寒威。時清不用嫖姚將,戰士無勞卧鐵衣。

口外道中口號

侍從曾無諫獵書,持籌空食潞河魚。十年再出關門道,白髮多於冋命初。

又

複嶺廻岡策馬忙,滿山榛子葉深黄。盤紆輦路入天際,直到雲間謁紫皇。

熱河行在

行殿千峰繞,朝煙萬井新。宫城包峻極,清漏下嶙峋。霽動雄邊樹,寒生絶塞春。重來瞻此地,閣道應星辰。

河屯即事

雲沙風捲度前川,萬騎從天冬狩旋。二子茸裘衣短後,老夫羸馬倦長韉。載來碧澗摧雄虎,擎出牙盤賜御鮮。看放海青出雲上,山椒黄幄動翩翩。

入口

纔隔一關地,風沙迴不同。水流向華夏,還過直沽東。

懷柔道上

馬上逼殘歲,不逢梅一枝。籬根融積雪,春意欲先知。

題　畫

扁舟雨後暮山青,野寺疏鐘出遠坰。林下高人知有約,客窗今夜話茅亭。

淮署桃花

淮海春風日夜忙,吹開萬朵映宫墻。何來此地逢仙子,曾説當年侍玉皇。户外依然垂紫袖,階前似欲舞霓裳。天家一顧恩無限,應睹年華歲歲長。

南天燭

漫寫枯枝凍石圖,簷前一種掛珊瑚。鳥窺似訝含桃熟,風掃還如鳳尾敷。錟錟歲寒梅與友,亭亭天質竹同呼。細看萬點愁無奈,錯比佳人臂上珠。

雪

官齋雪下意清真,洒上梅花更有神。莫向關城太凌亂,一枝遲報嶺頭春。

金　橘

冬城幕府曉森森,淮海風高木葉沉。坐覺天心愛秋橘,卻教青女鑄黄金。繞枝重壓煙光護,綴葉匀宜旭氣臨。亦欲寄題三百顆,清香無謝洞庭岑。

紅　梅

不向水横斜,還陪使院家。祇疑絳仙子,來訪萼緑華。紅袖全欺雪,朱顔宛若霞。廣平心似鐵,已辦賦梅花。

誕　日

曙雪紛紛舞畫椽,寒梅花底又增年。喜看蔀屋垂豐兆,卻念大軍出塞堧。好友能文贈珠玉,兒曹接迹上詩篇。郡齋唯日凝香坐,道似韋郎似樂天。

元日登高旻寺塔

高旻寺裏經遊蹕,寶塔層層元日登。平挹扶桑翻赤岸,下看飛鳥度金陵。南旌首遇長洲雪,北棹今開淮海冰。徙倚闌干三楚小,昨朝江路細如繩。

春　陰

春陰黯黯對高齋,坐覺年光寂寞哉。解凍東風寒尚在,閣寒疏雨日頻來。誰知造物深深意,故遣花枝緩緩開。稍待江山融暖後,濃桃綠柳遍樓臺。

紅　菊

花發深冬裏,名標逸品中。晚芳無過蝶,疏影見飛鴻。倚石何妨瘦,凌霜且薄紅。端如陶靖節,瀟洒醉籬東。

元日咏梅花限韻

旭日清和歲轉東,寒梅消息報春風。巡檐幾樹留雲白,出閣一枝如杏紅。漫擬美人來月下,恰宜水部坐齋中。逢君每欲尋詩去,卻憶溪橋興不同。

春池雪後咏梅花

雪後寒梅放意賒,春冰初泮影橫斜。一冬萬壑長含凍,首歲高齋今見花。出竹數枝看更好,倚窗疏蕊韻猶嘉。漫疑無語池邊立,卻似溪邊人浣紗。

南池即事

夾岸清池柳映波,頻年駐節任城阿。蟬聲嘒日銷長夏,花氣涵風蕩碧荷。

高閣每生逸興遠，扁舟幾泛月明多。夜闌更遣洞簫發，吹向謫仙樓外過。

九日即事

九日興滔滔，樓觀雉堞遭。萬家垂碧樹，一雨静寒皋。白髮還能放，黄花亦自豪。不須問萸女，若箇醉登高。

院署後小閣新成，詩以落之

繚垣縹緲出明窗，碧瓦平欄小若艭。不用隨風掛帆席，偏宜坐雨聽濤瀧。數枝叢竹如湘水，一樹疏梅冠浦江。共道吟詩勝東閣，捲簾湖雁起雙雙。

誕辰諸友見贈和答

甲子駸駸兩鬢遷，老來還復愛詩篇。諸君盡是鳳樓手，愧我空增社櫟年。日暖乍消千嶂雪，風和欲轉一陽天。淮山浦水相輝映，燦燦明霞似綵箋。

送諸葛元策歸里

一舸故鄉歸，清波疾若飛。秋光紅蓼外，山色白雲依。吴越供詩卷，家園濯客衣。塵勞知永息，述作坐漁磯。

奉命往河南、陝西查勘運道，辦理糧餉之行，留别柯梅峰

金風颯颯去淮城，長路秋聲雜雁聲。帝遣洪流尋禹跡，人從砥柱溯河傾。關中形勝由來壯，天下軍儲寄此行。渭水南山休入詠，且將勳業報昇平。

曙館春吟

秦川旅館曉啼鴉，夢斷春風楚水涯。紅杏碧桃今又過，客窗空伴紫薇花。

華州道上

馬首華陰道，風埃欲漲天。一春常禱雨，幾處漫吟鞭。岳色連三晉，河流帶

八川。東歸是何日？遥憶倚桃邊。

登　華　山

太華峥嶸出,蒼然天際廻。俯窺秦地小,遠接蜀山來。玉女千年闕,蓮花十丈開。再探仙掌路,磅礴下雲雷。

春日北亭遣咏

經旬起卧病,今到小亭來。楊柳参差出,梅花次第開。東風轉和惠,春水日瀠洄。倚杖觀魚樂,時還得句回。

書 齋 寂 坐

咫尺書齋地,時聞芍藥香。鳥聲來院寂,雲影過簾忙。壁上青山遠,琴中流水長。今朝得静意,坐覺日廻廊。

附　録　一

南　堂　詞　賦

南堂詞賦原序

宗元鼎

古之文人而爲賢太守者，莫重於歐、蘇兩公，以愛民爲事，故古今重之。歐之守滁，能推上之功德，休養生息，涵濡百年之深，使民樂其歲物之豐成。蘇之守杭，糶常平倉，全活者以萬計。民有逋稅若干不償者，公詢之，對曰："家以製扇爲業，遇天寒，所製不售，故負之。"公以扇二十餘柄，據案作草書及枯木竹石，須臾立就。纔持出府門，衆皆喜得之，以千錢買一扇，其民因得盡償所逋。則知歐、蘇兩公，上以推君之恩，下以近百姓之情也。而歐、蘇文章之外，又善詩餘詞調，至今歌之。況爲政不僅於滁、杭，曾守郡，德播於平山也。康熙己巳、庚午間，晉水施公以清廉愛民，特擢維揚太守。百姓感其澤，比於昔之歐、蘇。而公使民安户口，士樂絃歌，惠德不勝縷指。遂以政事立辦之頃，蕭然吟咏。從詩賦之餘，著《倚紅詞》。讀其詞，似海燕雙歸，畫簾花影；又若綠水人家，天涯芳草。真所謂揮毫萬字，無一語人間煙火。他日如玉林所編采公絶妙佳詞，其在廿四橋邊、紅牙紫簫音律間乎？

宗元鼎定九。

倚紅詞

滿　庭　芳

細雨迎凉，斜陽催暮，蓼花開近簾櫳。黄昏時節，孤坐小樓東。怎奈秋聲四起，淒凉裏、無數驚鴻。憑欄久，鵾絃漫撥，語語對鐙紅。　　宵鐘聲又静，獸爐煙冷，鴛帳屏空。異夢中有路，千里魂通。豈料愁深未穩，不覺下、暗泪濃濃。那堪聽、簷前鐵馬，一夜響西風。

長相思江行。

吴山青，楚山青。霧裏孤帆一片輕，姑蘇幾日程？　　蘆花明，蓼花明。江上秋聲和雁聲，含愁不耐聽。

雨　中　花

樓外秋光今瘦了，怎生得、那人歸早。滿幅鸞箋，一班鳳管，寫得愁多少？　　小雨夢回寒料峭，禁不得、路遥音杳。簾幕開時，闌干倚處，望盡栖林鳥。

滿　江　紅

煙雨微茫，出門後，轉傷輕别。人去也、錦帆明滅，遠山重疊。玉笛一聲天欲暮，寒潮兩岸風吹葉。歎寂寥、無語算歸期，中秋節。　　花似笑，人如月。解不盡，柔腸結。想黄昏深院，那人心怯。只恨宵長魂夢冷，怎知路遠風濤闊？待回來、儂把這相思，和伊説。

江城梅花引

西風日日慢行舟，莫遲留，又遲留。行遍江南，底事不甘休？幾箇白鷗閒笑我，宦情縛，不如他，恣薄游。　　薄游薄游。歸去否？人倚樓，月似鈎。望也望也。望不到、幾度生愁。百轉沉思，微恨上心頭。都道無情人似我，怎曉得、這無情，是石尤。

昭君怨桂花。

簾外天香風送，夜静廣寒人弄。緑葉暗扶將，困嬌黄。　　卻恨秋花多瘦，立盡碧壺清漏。月影上闌干，露光寒。

清　平　樂

相思難破，懶把朱弦和。挑撥數聲猶未妥，起背蘭鐙獨坐。　　怎知底恨心頭，莫輕蹙損眉愁。百遍温存不應，惱人斜盼嬌眸。

菩薩蠻斜橋阻風。

今朝晴卻前宵雨，無端又被風相阻。縟水起繁波，其如歸夢何？　　滯人三五樹，卻在垂楊處。悶對碧溪東，蓼花摇暮紅。

少年遊八月紅梅重開。

翠羽屏中，緑茵隊裏，重綴隴頭紅。依倚朱簾，微酣繡户，和月對流鴻。
教人錯認春時節，猶恨子規風。但恐寒深，絳河有露，褪卻粉痕空。

錦帳春别林亦韓南旋。

銀燭初張，金尊乍熱，誰唱出、陽關三疊？畫堂深秋漏咽，唤起鴉啼切，是聲聲别。　　花底微霜，柳梢殘月。門外繫、孤舟一葉。暫停觴，歸路遠。問來期，端的梅黄時節。

如　夢　令

府帖三更時下，和夢出門昨夜。玉勒且停鞭，遥愛秋光如瀉。無暇，無暇，歸去簿書滿架。

醉　太　平

眉低眼低，脣紅鬢欹。玉容不敵金巵，待晻晻醉時。　　難支懶移，神昏步遲。倩郎急上扶持，惹東風一枝。

甘　草　子

秋近。葉滿庭空，細雨寒成陣。小院鎖黄昏，敲落雙砧韻。　　魂夢不成爐煙燼。盼斷雁、遥無書信。待到霜鐘聽欲盡，又是西風俊。

金蕉葉秋葉。

金風剪樹，綴紅枝、却留不住。和愁吹落未。起黄昏，過細雨。　　記得春歸此路，綠陰濃暗遮望處。幾番欄外誤。我而今，空别去。

憶　秦　娥

天將暮，寒鴉陣陣歸村樹。歸村樹，銜將秋色，背斜陽去。　　西風葉落江城路，東山月上津頭渡。津頭渡，市橋鐙火，向芙蓉署。

南　柯　子

翠幕栖雙燕，金塘長小荷。幾番寒夢到鄉河，卻被醒來，依舊雨聲多。　　暝色侵楊柳，低雲拂檻柯。無人獨自向花過，可奈一庭、紅泪石榴何。

惜分釵春雪。

東風，迅寒成陣。平明走馬，探花信。小梅紅，月低籠。滿地銀濤，老卻山容，峰峰。　　笑何遜，憐清韻，歸來點點侵潘鬢。洒簾櫳，玉樓空。一樹栖鴉，啼破紗窗，重重。

滿　路　花

津頭柳半青，雨後山初曉。今朝簾幕裹，聞啼鳥。未歸客子，卻被催歸了。須信春還早。一樹紅梅，不曾開得多少。　　悠悠邗水，那識鄉關道？問君何處是，數峰小。離思無賴，酒盡孤帆杳。幾度空愁倒。恨殺東風，已吹遍、江南草。

踏莎行喜雨。

五岳翠乾，火龍當户，禾苗百里枯無數。可憐澤國重災傷，不才刺史干天怒。　　四野騰雲，微風飄宇，層陰漠漠黯江浦。滂沱一夜起焦蘇，雷聲遠送千山雨。

百字令月夜江行。

東陵雨過，正斜陽、欲暮微雲開月。畫舫迢迢人去後，冷浸一輪孤潔。酌酒臨江，張鐙作賦，酒盡肝腸熱。人生聚散，還如流水飄葉。　　應念百里郵程，三年傲吏，幾度傷離别。此夜清光長入望，碧樹寒山稠疊。柔櫓西風，蘆洲叫雁，不盡聲聲咽。誰吹玉笛？關山無限遼闊。

百字令京口道中。

襟懷浩蕩，歎江山、萬古青青無絶。潮去潮來多是恨，遥想前人遺烈。魏室龍争，孫吴虎踞，不盡旌旗結。而今往事，篷窗空望天闕。　　正是舊恨新添，風光不改，似去年時節。燕去鴻來天水闊，淡淡蘆花如雪。對此江峰，烟開日霽，千里秋容潔。羨他漁艇，一竿釣盡風月。

百字令舟過錫山。

虎符南下，望秋光、如瀉天青雲絶。憶昔霓旌開海岱，何似伏波勳烈。報國身輕，酬恩義重，不許妖氛結。今朝入覲，歸來還思丹闕。　　何幸隨侍南征，九龍峰翠，正看清秋節。試取玉泉温細火，滚滚龍涎如雪。香茗新添，溪風乍至，有興同高潔。待吾歸棹，一杯對啜山月。

青　玉　案

半年忙過邗江路，卻又到、江南去。今日芙蓉留晚署。錦帆雖遠，夢魂難駐，尚在胥門處。　　庭花寂寂殘香度，園竹蕭蕭秋草暮。拂拭琴書開北户。滿階紅葉，一簾春樹，盡被西風妒。

愁倚欄令落花。

春將暮，杏花空。柳花風，陣陣兮飛何處去？各西東。　　又相思，兩來逢。曉鶯枝上覓殘紅。雨過日斜驚燕睡，觸簾櫳。

巫山一段雲雨。

未霽今朝雨，猶生昨夜雲。教儂無賴可黄昏，陣陣怨銷魂。　　莫妒庭前樹，枝頭已斷春。小園幾點落花痕，人去濕羅裙。

洛陽春春柳。

裊裊風情鶯意，眉傳心寄。倚欄不是懶黄昏，生就腰肢纖細。　　只爲留春無計，多般摇曳。千條萬縷結相思，鎮日相思誰繫？

踏莎行贈友。

孺子風襟，江郎賦手。鏡湖佳氣今誰偶？瑶章滿紙駕雲煙，遥知五岳皆回首。　　竹院琴心，梅窗鶴友。陶潛只是酣詩酒。海陵三月落花香，東風摇曳黄金柳。

明月棹孤舟

簾幕重重春去也，那人尚被春思惹。一枕朦朧，醒來是恨，特地將、黄鶯兒打。　　猛見枝頭紅意寡，落花飛上鴛鴦瓦。懶展鸞箋，愁拈鳳管，卻把送春詞寫。

鶴冲天第一體送春。

初置酒，送春歸，昨是又今非。流鶯不語怨芳菲，燕掠落花飛。　　花無奈，鶯無奈，留不住春心在。多情只有柳匆匆，鎮日拜東風。

河　　傳

住住，休誤。問君歸路，明歲來時，相逢何處？想應不在花前，應在柳邊。　　枝頭梅雨看看到，無情抱，卻被多情鬧。到黄昏，下幾點怨緑愁紅，滿庭空。

臨江仙真州。

幾樹斜陽堤上柳，柳陰下泊孤舟。江雲帶雨過沙洲。暮山點裹，不是六朝秋。　　五馬渡邊風又急，殢人猶在真州。花枝爛熳酒家樓。疏簾倚遍，聽徹採菱謳。

一剪梅渡江。

滿目江山畫裹來，人在天涯，心在秦淮。無端冷雨和雲霾。風急帆乖，浪急船歪。　　誰見龍蟠虎踞哉？峰影徒開，雁影空排。夕陽西下水聲哀。紅是丹崖，緑是蒼苔。

蘭陵王金陵懷古。

石城路，白水蒼山起霧。羣峰歷歷向南來，萬頃滔滔指東注。繁華留不住，只得寒煙晚樹。六朝地、無限凄凉滿目。陣陣歸鴉度。　　烏衣是何處？問王謝門前，芳草棲露。景陽鐘動秋風暮。咽不盡、興廢古今人恨。江山雖險終非固,況以鉛華故。　　回顧夕陽渡。正一幅、帆飛千里魂駐。王郎卻爲多情誤。歎桃葉歌殘,風流誰付?玉笛數聲如欲訴,月又素。

太平時

緑暗紅愁晝掩扉,惜春稀。空從曲徑覓芳菲,草芽肥。　　風過小窗天欲雨,换春衣。垂楊影裏燕交飛,定巢歸。

浣溪沙

窗外斜陽映硯青,幾番題句幾番停。懷人獨自咏騷經。　　燕啄落花歸畫棟,鴉銜杏子墮空庭。殘紅一去冷香屏。

長相思

玉樣雕,花樣嬌。裊裊春衫楊柳腰,檀郎魂暗消。　　吹鸞簫,雜象瑶。紅豆歌殘透碧綃,月兒簾外高。

東坡引

雨餘雲半蓄,風軟堤新緑。檣間紫燕偏相逐。銜花過幕馥,銜花過幕馥。　　幾番夢破,幾番恨續。只因來滯河干宿,等閒抛卻花前曲。櫻桃簾外熟,櫻桃簾外熟。

誤佳期

人静花欄竹院,可惜紅啼緑怨。梁間不語陌頭歸,閑殺銜泥燕。　　雲影過前塘,廊下斜陽現。珠簾半捲柳和風,紅板歌聲遍。

海棠春秋海棠。

畫檐日上煙光舉,乍睡起、都無情緒。凭定碧欄干,卻畏風吹汝。　　不知心事藏多許，只見得、頻頻欲語。怨緑與啼紅，幾陣秋庭雨。

點絳唇中秋。

蕭槭南樓，晚來遍把欄干凭。碧天雲净，月滿人孤另。　　且進一尊，醉過中秋令。歸難訂，水摇山静，和夢也無定。

更漏子

海棠風，紅蓼雨，院落静深凄楚。秋意淡，夜闌珊，雁兒聲是單。　　思量遍，芙蓉面，我正離愁爾怨。人不遠，路非遥，江兒隔一條。

眼兒媚

素艷真成可人妝，低唱柳枝香。石榴院裏，海棠花下，試聽新腔。　　而今客館凄涼遍，恨殺夜更長。别何容易，等閒辜負，顧曲周郎。

踏莎行

鴉響重煙，雪封茅舍，北風獵獵吹行駕。霜橋驛騎出寒林，梅花渡口漁舟亞。　　木落平郊，瓊川如瀉，銀屏白榜真如畫。鷄聲依約度疏籬，酒簾斜向郵亭掛。

臨江仙雨中秋千，贈俞水文中翰。

金谷池邊棲鷺，緑楊堤上籠煙。半風半雨半晴天。靚妝臨綺閣，紅板送秋千。　　恰道飛花高下，又疑舞燕翩躚。緑雲撩亂軃香肩。陳思歸路遠，洛水賦神仙。

太平時紅菊。

籬落風前别樣嬌，欲魂銷。一枝濃艷暈紅潮，醉妖嬈。　　仿佛疑來尋舊約，恨無聊。含煙裊霜月籠梢，濕鮫綃。

賦

菊　賦

唯靈姿之誕毓兮,托峻止之崇巒。表芳菲於覆載兮,茂松竹之後存。感天地之粹精兮,得至正之容顏。納金氣之蕭森兮,英風竦而來迓。逢海宇之清澄兮,天蔚晶而日夜。江楓飄而洞庭波兮,四時秋而代謝。不爽度以赴會兮,驅炎蒸而滌夏。祝融邈其遠逝兮,火龍淹而西化。唯蓐收之來御兮,玉虬儼而齊駕。排閶闔以競進兮,擠高旻而直下。鞭草木使零落兮,飛雨霜而先戒。上寥廓而無雲兮,下悽愴而鳴籟。睹萬物其闐紛以下兮,嗟衆芳之莫在。爾乃結根,則巉巖紆鬱,重巘嶔岑。丹崖逼昃,青壁千尋。叢岫互起,列嶂峥嶸。隆崇倚伏,嶜崒嶇嶮。巍巍峩峩,莫測高深。巃嵸突兀,日月齊臨。擅陰陽之氣先,承巖疆之重任。於是嶽雲鬱聿覆其巔,甘露霑濡溉其株。飲沆瀣以瑩脂兮,餐玉液而明膚。漱正陽之赫濯兮,含六氣之虚無。體便妍以流麗兮,貌疏爽而披敷。神穆穆其淵玄兮,意高邈而莫踰。心娟静而如仁兮,廓獨潛而守幽。性凛冽而多義兮,豈霜霰之貽憂。態卓約而婉嫋兮,又好夫剛而善柔。不慆諂以争榮兮,何多禮而智周。鴻雁之南翔兮,始發華於崇丘。是惟信之弗渝兮,乃能殿百卉而優游。故其清芬絶艷,逸思風發。元亮吟歸,韓公咏節。楚子餐英,魏文置束。莫不冀頽年之或制,羨南陽之高族。爾乃結蘭蕙之一氣兮,抱道德之幽馨。吐氤氳於奕世兮,凌馥郁於天庭。驚飈舉而頓離兮,艷陽煦而繩繩。或襲虚以逐微兮,或斂迹而藏神。或入佳人之幃兮,或栖處士之茵。或雜琴書之韻兮,或登枕席之珍。故其紛紛靡蔓,薰蒸磅礴;若去若留,若散若合;若沉若浮,若承若絶。迓之欲來,就之何匿。格兹上下,和爾邦國。萬姓温醇,百靈協洽。雖總攘以繁會,端不盈於予掬。固能陋榮華,黜妖冶。棄凡都,入山野。整儀姿,抱瀟洒。瘦西風,振騷雅。衣柘黄之霮䨴兮,曳素裾而閒暇。服尚中於太昊兮,秉至德於金精。蔚彬彬而文麗兮,淡偃蹇而有恒。宛媚嫵之粲粲兮,又儼毅而娉婷。象賢女之守貞兮,類班姬之性成。不與人以犯干兮,奚取笑乎傾城?於是含煙撩露,帶雨懷霜;玉液珠傾,染袖沾裳。瓊砌朝昏,疏籬獨宿。纏綿悽放,掩靄慘慽。形影憑依,孤懷離索。泣江州之司馬,滯天涯之逐客。若其白月横空,清風動幕。絳河西傾,信鴻南度。萬籟知休,江山欲曙。正王粲登樓,江淹毫素;宋玉吟秋,廣平梅賦。有酒盈尊,同人聯句。爾則搴翠綃,捲重襲;吐清芳,送寒色;曠心神,怡岑寂;佐才思,招隱逸。倚九州以長嘯,來夫三徑而獨立。坐吾人於高秋,豈俗士之敢入!

樵　漁　賦

東海之濱,南山之麓。中有一人,于焉斯托。以樵以漁,爰歌爰樂。或遨或遊,載寢載作。乃藴異而藏珍,實懷才而抱璞。哀富貴之長勤,悲簪紱之濩落。寧適志以閒放,豈辱身而干禄?於是乃命巾車,出泌水,去衡門,步迤邐。入平蕪之掩藹,望翠屏之如黛。順凱風而上征,嘉卉木之蓊薆。苔徑曲而邃幽,浮雲鬱而蒼繢。鳥啼枝而合音,花臨春而盼睞。又有石橋鹿跡,澗水流聲;危巖鮮色,空谷蘭馨;長崖掛猿,削壁懸猩;風松鶴唳,溪竹煙青。水淙潨而太古,山寂静而長年。入武陵而迷誤,度天台而流連。爾乃措斤斧而無用,嗟不才而見憐;聊咏歌以箕傲,遂忘薪而歸旋。於是復駕輕舟,揺舴艋;浮沅波,出煙潁;瀉三湘,遊七郢;問女娥,弔虞聖。九疑秋而江峰鋭,洞庭波而天水永。望江楓之湛湛,咏蒹葭之蒼蒼。懷嬋娟而未遇,阻伊人之一方。至若明霞晚掛,孤鶩夕張。白月東上,金波揺光。赬魚赤鯉,青鮪朱魴。鱣鱸鮒鰐,鮦鰋魦鰽。其來也或亹亹,其樂也則洋洋。爾乃縱一葦之所如,沿素光而上下;命稺子以敲針,呼平頭而洗斝。顧大塊之無私,樂天真之不假。酌匏尊以寄興,追素心於往者。水淡淡而煙輕,衣飄飄而風洒。尋十洲之羽客,訪三島之神仙。凌虹霓而嘯卧,抱蘿月而醉眠。徑萬里而瞬息,將一往而蹁躚。豈若衣冠而桎梏,與夫宦海之波瀾。

涵　齋　賦

以至虚而能受物,以至柔而能載物,以至晦而能明物者,莫如水。水之淵深停蓄,浩蕩滉洋;吞萬象,凝化光;含日月,泳陰陽。固其始不過出乎濫觴。吾齋無水,何以取水之容曰“涵”? 蓋將以虚而遊於世乎? 將以柔而藏諸用乎? 抑將以晦而顯諸仁乎? 曰:“是亦取‘涵’之義,以銘吾志之鄉。”不然,齋之旁有山高焉,可以登而望雲龍之椒,觀白鶴之翔;有池潔焉,可以濯滄浪之纓,而咏魚藻之章;有亭幽焉,有樹修焉,可以樂弘景之松風,可以傚淵明之羲皇。而吾齋否焉,屏諸其外,不事以爲徜徉。居之東偏,附以數椽,促促若蝸角之房。然而風日和美,花卉蒨蒼;櫺窗相射,几硯精良;左圖右史,琴書蔚映。公退之餘,樂道明志,固將優游仁義之航,而涵泳乎聖賢之旁。

南堂詞賦題辭

徐倬方虎云:響傳天外,有白石之孤標;情在個中,得清真之深致。花間蘭畹,久推獨步,不止擅場於詩苑已也!

黄虞稷俞邰云:古名臣而善詞者,歐陽永叔一人而已。下此如宋子京、晏小山父子,非不位躋台輔,而政治不及歐公,故後世僅以詞人目之。太守施公,崛起吾鄉。尊公之功業,使君之清名,如雙峰並峙,誠盛世之一奇也! 而其詞,乃温麗芊綿,若化鐵石爲繞指者。暇日登六一堂,把酒抽毫,覺文章太守,上下輝映,頡頏一堂,不知誰爲伯仲,使君僅詞人也哉?

蔡方炳九霞云:宋廣平作梅花一賦,相業已兆於此。潯江先生清名冠天下,乃手不釋卷。詩逼少陵,詞過待制。出其餘力,更爲長賦。瀟洒紆鬱,奔放超逸。真得屈、宋之遺,以視《長楊》、《羽獵》,鋪陳粉飾,何止徑庭耶? 要其所以傳者在賦不在賦也,請質之先生,以爲何如?

程邃穆倩云:潁川、漁陽,有施公之德,而無風雅之才;相如、枚皋,有施公之才,而無特立之操。惟先生一人,能兼而有之。今讀其詞賦,洋洋洒洒,獨往獨來,屏棄一切,而與二三隱士互相酬答。摩詰之於裴廸,昌黎之於孟郊,歐公之於梅聖俞，不是過也。余年垂八十餘，眼中僅見有公。熊孝感相公，素不輕獎一人，而論操守，必爲公屈第一指，亦足見其有《緇衣》之好云。

王玑蒿伊云：詞者，樂府之餘也。而曲，又詞之餘也。故未有詩不工而詞能超拔者也。潯江先生，才情湧發。詩駕少陵，洋洋大篇，望而生畏。雖作者林立，蔑以加矣。今讀先生《倚紅詞》，調絲運竹，應宫協商，周清真、柳屯田亦難與頡頏焉。獨是余與先生訂交最久，相賞有松石間意。故知先生文章有本，超出衆人，良有以也，詞特先生之餘耳。若余者，羈絆河務，執板折腰，馳逐風塵，囊懷頓減。讀先生之詞而有愧，斯又先生之餘也已！

俞瀫水文云：昔歐陽文忠公知揚州，登蜀岡，賦長短句，開有宋詞學之首。而蘇、黄、秦、柳，蒸蒸連茹而起，遂極一代之勝事，以成千秋之美談，幾不可再覯矣！越五百餘年，而得我潯江施公，奉今上特旨，領揚州牧，以清廉第一著稱天下。其勤恤民隱，移風易俗，善政不可殫述。公餘多暇，間爲減字偷聲之什。其清真工麗，較之六一諸篇，殆有過之無不及者。余伏讀而歎，謂名世五百年而生，其政事官秩雅相若，固無足怪；乃至裁雲縫月，漱玉洗花，其能事亦不相讓。則天之篤生名世，豈偶然哉？余杜門局守，卧雪哦松，從未敢一刺通當事。兒子楷，夙以文字受知我公，獲與較讎，故得縱觀其勝，雨雪空山，徧摩吟賞，不忍釋手。楷拜手而進曰："吾師以楊柳春風之才，宰楊柳春風之地，與六一誠可頡頏千秋。而吾師之於政事，清嚴而濟以寬簡，廣大而佐以精明，實遠出六一之上，則將來相業亦必遠出其上無疑矣！"余喜曰："小子不獨知文，其亦有得於知人論世之學者。記有之：勿謂小言，足以長世。并書其語於簡端，當世或以知言許之耶？"

黄雲仙裳題《倚紅詞・沁園春》二闋云："仙吏高標，鐵石心腸，乃耽小詞。羨侯門似海，珠圍翠疊。筆花如繡，鳳翥鸞飛。每到春濃，閒吟麗句，舞扇風迴月影移。多情甚，懷隋宫柳色，大業花枝。　含毫便壓陳思。況蕭統樓高文選時。倩薔薇浣手，方教捧硯，珊瑚架筆，偷畫雙眉。膩玉人佳，絳紗燈晚，不怕魂消杜牧之。揚州好，倩紅牙小拍，低唱烏絲。”“我謂先生，倜儻英多，豈惟填詞。見桃花赭馬，春衣錦燦，彤弓盧矢，穿札楊飛。後院笙歌，雕梁燕子，象管紅箋日影移。晶簾外，有丁香幾樹，紅豆千樹。　　才人自古多思。賦綺語驚心七步時。正登樓舒目，欄名鬬鴨，開窗設硯，山列蛾眉。吟遍東風，只餘軟草，春事年年何所之？春應戀，戀多情張敞，俠骨袁絲。”

繆肇甲墨書《寒夜讀倚紅詞得十二絶》云：“一抹寒煙影寂寥，紅闌干外雪初消。使君自譜新詞好，唱遍揚州廿四橋。”“竹枝紅豆總離披，古調淪亡作者誰？百末尤展成太史詞。烏絲陳其年太史詞。延露彭羨門太史詞。後，只今又見倚紅詞。”“湖山千載興還同，風致無殊六一翁。不信只今橋畔女，月明猶唱上江虹。”“羌笛横吹阿辨廻，青蓮佳句總寒灰。一從翻出尊前譜，花下清歌日幾回。”“今宵只可談風月，徐勉風流是後身。每到花時陪末座，新詞一卷續清真。”“一段風流歌玉練，十分清興捲湘簾。仙音法曲人間少，不數當時昔昔鹽。”“十八風鬟雲欲動，烏衣女子巧能歌。洗花不比司花女，曉起珠簾唤奈何。”“自洗玉舟斟白酒，果然歌罷月西流。槐堂漏轉鶴聲静，紙落如飛小吏收。”“簪花妙楷楞楞吐，研字紅綾格格斜。簾捲黄堂好山色，輕煙蘸墨夢梨花。”“淺碧低斟付小紅，枇杷樹下雨濛濛。從今又有阿那曲，風調何曾讓醉翁？”“河漢輕雲裊夢思，香消紅藕影離離。竹西從此番新拍，不唱屯田柳七詞。”“反覆新聲思渺然，月明如洗净空天。使君真得江山助，鐵板紅牙一代傳。”

受業黄泰來交三《題倚紅詞十九絶》云：“揚州十里朱簾繞，樊素新能唱柳枝。一自廬陵玉堂去，風流輸與倚紅詞。”“使君詞占萬花春，今日知音有幾人？五百餘年重崛起，屯田淮海盡州民。”“緑楊影裏出鞦韆，紅杏香中歌舞妍。好似西湖題壁處，麗人天氣不禁憐。”“紅豆筵邊似異代，木蘭花底又今生。可憐一片隋時月，偏照才人别樣明。”“珊瑚架筆玉爲堂，往往詞人集衆香。粉蝶游蜂多異致，一春强半爲花忙。”“荆州老去佳人在，謂袁籜菴先生穆姬。陽羡微時畫影耽。陳檢討曾畫歌童紫雲像。今日好詞歸太守，袁陳方駕重江南。”“官閒無事坐清衙，燕子雙飛日影斜。爲想風流隋大業，絳仙樓閣倚桃花。”“江南有客賦楊枝，瓦缶難教唱雪兒。自是清真潦倒甚，人間難覓李師師。”“二十四橋花月地，一清堂内主人翁。盡收春色歸詞卷，日日含毫數落紅。”“傳遍詩名并賦名，倚聲妙絶又多情。山中誰識黄生句，花影新誇宋子京。時公爲余作《洗花詞》序。”“滿天寒食雨濛濛，晴柳拖煙隋苑東。纖月一鈎鸚鵡盞，小桃花底醉春風。”“碧藕香中冰水凉，紗厨寶簟夏初長。誰人驚醒清齋夢，覺有蒲葵扇子香。”“鎮日高吟捲幔看，夕陽香水自生寒。静中聽徹流鶯語，花影潛過鬥鴨闌。”“文書閲罷最高樓，倦下梯來且暫游。新賜雕弓神力健，紫丁香外射天毬。”“春衣馬上晝聞香，看藥闌邊鬭草塲。静日林間驅燕雀，不飛金彈打鴛鴦。”“新詞合付樂兒歌，歌罷香煙繞叵羅。桂子滿階金粟冷，銅荷鐙影射秋河。”“江南腸斷賀方回，梅子黄時雨又催。譜得新詞歌一曲，桃花扇底柳枝來。”“大江東去浪傳名，千古才人各有情。身到齊梁花月地，秋煙簾幕一聲鶯。”“經濟文章事事精，天教八斗副公名。憑誰寄語騷壇侶，一闋新詞壓百城。”

受業宫超凡半村《題倚紅詞百字令》云：“烏絲乍展，爍瓊葩、拍案掀髯叫絶。氣壓曹劉卑屈宋，寫出我公勳烈。陋彼秦三，差他柳七，字字丁香結。尚書好句，差堪並駕南國。　　憶昔絳帳曾親，折經門下，矯矯欽風節。一帙瑶華開卷讀，如在鱣堂侍雪。紅杏枝頭，緑楊影裏，應共聲名潔。邗溝西望，此心常對明月。”

受業繆沅湘芷《題倚紅詞百字令》云：“竹西太守，有新詞、減字偷聲都絶。更寫薛濤箋寄我，落紙如鋪冰雪。細雨孤舟，廻環雒誦，聲咏都高潔。豪蘇膩柳，此中難與人説。　　當日舞鳳歌鸞，宋元遺響，南北分車轍。誰譜紅牙彈别調，一縷歌絲如髮。花影郎官，尚書紅杏，往事昏如月。闌干拍遍，遥天煙水明滅。”

受業俞楷陳芳題近集《八節長歡詞》云："天地之間，有誰堪、數吏治清閒。蕪城新賦詠，六一舊衣冠。吾師晉水真奇絶，一琴鶴、祇對雲山。心是冰濤千尺，冷眼憑看。　　吹葭月，線光圓。梅花裏、陽春有腳初還。淮海愜恩波，牛斗畔，時窺色，正芒寒。編摩訖，傳必矣，無待豐干。須知道、芙蓉卅二，香名遠過前賢。"

詞話八則

黄泰來

詞貴婉轉流麗，曼聲合拍，方能傳神動魄，移人情思。如公《滿江紅・惜别》前段云："玉笛一聲天欲暮，寒潮兩岸風吹葉。歎寂寥、無語筭歸期，中秋節。"極得上段虚擬之法。换頭則云："想黄昏深院，那人心怯。只恨宵長魂夢冷，怎知路遠風濤闊？待回來、儂把這相思，和伊説。"即顧太尉"换我心爲你心，始知相憶深"意，皆透骨入情語。周清真外，未可多得。

公善於言情。《江城梅花引》後闋云："都道無情人似我，怎曉得、這無情，是石尤。"委離情於風，真極千古才人慧心口吻，所謂本色當行是也！

公《清平樂》云："挑撥數聲猶未妥，起背蘭燈獨坐。"結云："百遍温存不應，惱人斜盼嬌眸。"上段已含惱人意，尚未明説；至後幅方點出，極得草蛇灰線一氣貫注之妙。此等古法，今人皆不講矣。

公有"蓼花摇暮紅"、"紅板送鞦韆"、"一枝濃艷暈紅潮"、"紅豆歌殘透碧綃"之句，不意三影三變之後，又有四紅之奇！

閲詞須先知弇州空中語之意，然此道自有體製，全以香艷爲工，宋人如韓魏公、寇萊公、趙忠簡公，非不冰心鐵面，而小詞有"人遠波空翠"、"柔情不斷如春水"、"夢回鴛帳餘香嫩"等語。公之詞較之數公，覺更有超乘處。

鍊字是第一法。詞中如"樓外秋光今瘦了"、"教儂無奈可黄昏"、"那人尚被春思惹"，及"多情只有柳匆匆，鎮日拜東風"之句，"瘦"字、"可"字、"惹"字、

“拜”字，如弈之有眼，最是醒目。他家一直説去，便無曲韻。鍊字當以此爲宗。

公人如山岳，而詞入宋人三昧。每一麗句出，士林傳誦。讀公詞者，若無詩；讀公詩者，若無詞。每一藝，必居一才子之名。余深服公之不測，所謂有德者必有言，殆於公遇之乎！

公小令、中調，如花樹春鶯、嚦嚦可聽，又如春山自碧、秋水無痕；而長調，則似絳雲捲舒、幻態百出。蓋其得時而駕，遭逢異數。雍容温厚之語多，固不必“倩盈盈翠袖，揾英雄泪”也。他日新聲遞作，愈進愈工，將上而比雅頌之奏，豈止力追古樂府已哉？

附　録　二

潯江施公傳

錦田林之濬撰

公諱世綸，字文賢，别字潯江，爲襄壯公仲子。生而清羸多疾，及長則刻志厲行，覃精書史。襄壯公門閥貴盛，賓客衆多，公獨退然扃户，手一編不輟。年二十六，以蔭出爲泰州牧。泰州屬維揚郡，地繁華又瀕海，易爲奸藪。公年少華胄，始至，多易視之者。及受事久，則潔身自持，晨夕鈎稽簿書，無少懈。凡所施行輒中度，奸胥豪右乃大驚，斂手屏氣，無敢越尺寸，州遂大治。會有開河之役，廷遣兩大臣蒞州董其事，屬員從而往者數十輩，供頓驛騷，民頗驚擾。有筆帖式某者，强娶州民已聘之女。事發，公持之甚急，奪還請民。因請嚴約束，毋溷吾轄。衆雖忌公，素悉公清名，怵公吏幹，訖無敢横索者。援剿兵過州，主兵者不戢，沿塗肆侵奪。公具糧糗芻茭以應，而令民各持一梃列而待，有犯者立擒治之。兵過無譁，境内以安。於是泰州治行，推甲於江南。

直天子南巡，採擇循吏，擢公知揚州府事。命至，行在獎諭公馳往。上駐舟問良久，顧謂諸王左右曰："此天下第一清官也！"一時岸上皆呼萬歲。維揚號劇郡，然熟公威名久，吏民皆奉法恐後。治郡四載，狹邪屏迹，無敢以女婦入廟燒香，華靡之俗一變。嘗奉檄賑泰州饑，公請於制府曰："州舊有范公堤以捍海患，頗傾圮。某前欲修之而未有便，今請興大役，亦救災一策。"制府從其議，泰人以濟堤，至今爲利。其留心民隱歷久不忘如此。已而改江寧府。江寧當省會，居民叢雜，尤稱難治。市之無賴者連駐兵爲民害，公痛繩以法。女巫錢氏挾邪術惑人，名籍甚，公斃之杖下。上官以私人居奇，市價騰踴，公直陳其不便，大拂上官意，憚公嚴正，勉從之。會聞襄壯公訃，解組，乞留者日萬人，環守數日夜，不得請，乃人投一錢，建雙亭於府署左右，世共傳爲"一文亭"云。

公既歸里，連丁内艱。未兩歲，上特起公爲蘇州知府。公以制服未闋，赴撫軍告辭,乞爲奏聞,竟不赴。服闋,即家遷淮徐道副使。踰年,超遷湖南布政使,旋改安徽。公連三任,筦財賦,司出納,惟謹清白之操逾厲。俄召入爲太僕卿,未數月以在湖南時事,掛吏議罷職。上知公深,匝旬起公爲京兆伊,尋晉副都御史兼理尹事。公感上知遇,益殫厥職。時五城兩坊官擅治訟,诸入赀奏名者多爲奸民羅致,没金錢無算。駔侩倚權力兼業專利,商賈裹足不前。貴游子弟逐酒食,競妖冶,敗行耗家。公條奏禁戢,疏上,悉得請,仍命公察其違禁者。公風裁素著,仰荷眷倚,加以中丞之重,威望弥高,令行禁止,都城爲之肅然。天子嘉其能,擢授少司農,錢法、倉場之務,連以委公。公自是駸駸大用矣。國家歲轉漕東南數百萬石,胥吏窟穴其中,猝不能按籍而考。公既任倉場,與同事冢宰富公,殫心經畫,凡號爲羨余成例,悉屏去。因釐爲十所,請於朝擇郎官之有清望者分督之,於是積弊漸清,歲頗益額,較之向時,相懸萬萬矣。然漕艘來往多不及時,每沍寒守凍,耗損亦甚。天子於是命公出爲漕督。公既釐漕弊,凡漕事無不瞭然。當新漕過淮,日坐北郭外廨廳,驗糧之多寡與船之重輕,至日昃不遑。屬吏具酒食,輒謝却之,後率以爲常。過淮畢,掉輕舟而北,端坐舟中,默記風候順逆,水勢淺深,某艘應至某處,不差晷刻,有宿留者必知之。六七年間,運河中漕艘與他舡分岸安行,帆影相聯,往返不致愆期,倉場奏銷有通漕無欠之效,爲本朝所僅見者。康熙庚子秋,廷議輓河南粟二十萬石濟陝西,需運費二十萬金。上命公往視古運河道,且察陝西積貯,共理糧餉。是時,陝西用兵已六年矣。公尋求故迹,親歷砥柱三門之險繪圖,建議惟人門可通舟楫上下。又議運粟之法,半屬糠粃,徒費無益,不如以二穀易一米,便省原費四分之三。具奏,上嘉叹其詳。遂抵陝西察郡縣積貯。陝值軍興,兼連歲凶歉,所在俱虛耗;而西安、鳳翔二郡,爲制府私人,其不給尤甚。公立疏糾參,遂下吏訊。然其事實連制府,乃爲具疏置辯,上命各自陳得失。制府蒞秦久,權重。所屬爲耳目,言事者皆願爲請屬;然心慑公,未有路,無敢以私干。會有事至公署面議,制府則先爲遜謝,具白所由,已乃甘言謂公曰:"願公稍寬二郡守,以爲己地。"公屹不爲動。時,公長子令會寧,制府因舉令以要公。公笑曰:"某自入官以來,即委身事君,身且不顧,何有於子!"制府語塞。疏入,制府遂報罷,公亦以事畢,奉命歸淮矣。公在秦幾一載,西土遼闊,歲又大饑。上大發帑金五十萬兩,遣郎官十二人往賑,而命公總其事。公措置周詳,分部賑贍,即窮鄉僻壤無遺者。出關之日,秦民扶老携幼,泣送數十里,醵金建生祠,以誌不忘。公即輕騎馳歸。視漕事時,黄河决武陟,東貫張秋,横流急冲。上命公同冢宰遂寧張公視决河,備濟回艘。於是造浮橋以利牽挽,開臨清月河以殺水勢,而寒沍已届。公度守凍者,多日夜綜理,憂勞交并,遂以成疾,然猶趣治漕賦不少輟。有請自寧息者,公曰:"治病以安心爲主。公事不治,則吾心怦怦如有所失,雖服藥餌何益?"久之,竟不起,康熙壬寅五月卒於位,年六十四。遺疏奏,上以公清慎勤勞,深爲憫惻,賜之全葬與祭,榮哀之禮備焉。

公少而嗜學,垂老不倦,風措孤騫,翛然如鶴,於世味泊如也。敦敦書架危坐,常逾夜分,惟耽佳山水。少時游武夷,登天游峰,雨後見絶壁堆霞若篆書"洞天"二字者,移時乃滅。嘗至南岳,登祝融峰,經西嶽上青柯坪,皆作爲歌詩以紀其勝。始仕州郡,頗厲義氣,乃爲大吏,乃以平恕臨人。其潔白之操,則終始如一。尽心於獄訟,在揚州江寧府時,所决疑獄無數;他郡大案未定者,輒移鞫之。有所不愜,常深思永日,反覆訊問,竟得其實;而意在平反,不欲以發奸摘伏爲名,故凡所讞决,海内競傳爲美談者,弗屑也。所著有《南堂集》八卷、《南堂詩鈔》十二卷、詞賦一卷。

論曰:余庚子春從奉符歸里,便道過淮上。公挽留數旬,款曲談宴,幕下吏私怪爲公未嘗有是數數也。然接公論叙,實皆本於人情。惟文符往復,必躬自執筆,嘗四五削稿不休。余竊叹公精神炯炯,不憚勞若是。别未兩載,公已遽作古人矣。公生平歷官,具在國史,後必有能傳之者。余念公行事,忽忽如登天槎閣,與公相對,啜茗劇談時也。因詮次行狀,爲作家傳。

南堂詩鈔跋[①]

施廷翰

先大人詩，其已刻者曰《潯江詩草》，刻於都門、於泰州、於揚州，凡三集，已行於《詩觀》、《詩成》、《詩衡》、《詩的》諸選本；自移守江寧迄晚年所作，皆未刻。嘗定諸作，統名曰《南堂詩鈔》，以生平宦轍多在南方也。

詩皆康熙乙未以前。其督漕八載，以天庾重任，心計手畫，寢食率不得其常，勞瘁中間爲近體寄興。廷翰謹遵所定，分爲前後兩集，集各六卷，而以乙未後所得附之，計千有四百五首。[②]守揚州時，嘗刻《倚紅詞》一帙，又嘗著賦三篇，今合爲一卷。其原序、原跋及詞賦題辭，各匯載於簡端。江夏李君寓竹，先大人賞識士也，善書法，邀爲繕寫登辭。

嗚呼！廷翰仰見先大人性情恬淡，於世上所視爲美好歡娛不能暫釋者，一切屏棄，獨於詩有深嗜。故自少至老，揚歷中外，雖鞅掌跋涉，日不暇給，而興會所至，拈毫落紙，皆不假雕飾，獨出心裁，不特山水清佳、曠懷高寄時爲然也。嘗曰"古人心聲所及，自有不可磨滅之處"，又曰"以自道其性情"云爾。又嘗以人生百事，惟詩不容僞。其人而嚴氣正性，即風雲月露之詞，總以寫其鳶飛魚躍之致；不然，縱忠君愛國鋪排滿紙，適足形其巧媚。蓋生平之持論如此，則此千有四百五首者，先大人恬淡之性情之所寄也，而亦嚴氣正性之所藴而形焉者也。是以廷翰竊念先大人未嘗欲藉詩以傳其清德善政。所揚歷於中外，無不見而知之，亦非必傳之；專在乎詩，而性情之所藴不可得而見或有未盡知者。今匯梓以行，庶自今兹以迄千百年後，能言之士當必有見之而心契神會，不徒爲宦迹可考，且有以想见其性情之所在也。其生平文字，筮仕既早，多关□□國計民生，以事在即文在也，多未收拾□□□所存不能什之二三，方遍輯之，爲《南堂詩鈔》，□俟並傳。

雍正丙午清和月，男廷翰謹識。

【校記】

① 此標題爲點校者所加。

② 以目録所示之數計，爲一千四百零四首。

校點後記

施世綸(一六五九—一七二二),"綸"字家譜寫作"倫",字文賢,號潯江,福建泉州晉江衙口人,施琅之次子。康熙二十四年(一六八五)以蔭知泰州,擢揚州知府。歷官江寧知府、湖南布政使、太僕寺卿、順天府尹、左副都御史、户部侍郎、兵部侍郎兼右都御史、云南巡撫、漕運總督等。《清史稿》、《福建通志》、《泉州府志》、《晉江縣志》均有傳,稱其"聰强果決,摧抑豪猾,禁戢胥吏,所至有惠政","性警敏,勤於莅事,听斷訟獄,摘發如神","清白自持,始終一節"。有《南堂集》等著作傳世。

兹所點校之《南堂詩鈔》,乃施世綸之子施廷翰刊刻於雍正四年(一七二六)之十二卷本,藏於中國國家圖書館。書内鈐有"詩龕鑒藏"、"梧門所珍"、"存素堂珍藏"、"詩龕居士存素堂圖書印"以及"北京圖書館藏"等印章,知書原爲乾嘉間國子監祭酒法式善所藏。卷一至卷六爲前集,卷七至卷十二爲後集,有各體詩一千四百零四首。後附詞賦一卷,依次有詞四十五闋,賦三篇。書之總目前,有序八篇,跋五篇,自序一篇。詞賦一卷前,有序一篇。書末還有題辭,以及施氏的學生黄泰來所撰關於施詞的"詞話"八則。施氏自序標明時間康熙乙丑菊月,即康熙二十四年(一六八五)夏曆九月,正是施氏以蔭授官之年。《蓮坡詩話》以爲,《南堂詩鈔》"如璞玉輝春,蠙珠浴月,琅然可誦,尤工五言",所舉出的警句有《魯港》之"愛山移航對,隔水問花多",《湖夜》之"岸火潛魚躍,沙更宿鳥飛",《入岳》(其二)之"看雲生澗户,聽雨過經樓",《得文中梧州郵信》(其二)之"孤城侵海角,銅柱出天涯",《西齋》之"飛花懸隙網,行雀上空階",《移居》之"風光雖近市,心跡喜多閑",《送三弟文昂》(其二)之"海氣連吴楚,秋聲入鼓鼙",《暮春同友人尋香山碧雲諸勝》(其二)之"水氣凉疑雨,松聲瀉似濤"等,均爲清代郑方坤之《全閩詩話》和周學曾等之《晉江縣志》所引用。

該書版刻的字,多有增減筆畫現象,有些甚至連辭書都查不到,出現相當多的古字和異體字。對此,點校者根據該字所處上下文的意思,該處的音調,凡有十分把握的則徑改爲通行字,不出注;極個別查不到、無法確辨的則予以注明。有些可以平仄兩讀的,如"傍"字,其所在位置該用平聲的,則均改爲"旁",而該用仄聲的則保留不變。不當之處,歡迎讀者、方家指正。

編　者

二〇一二年七月

圖書在版編目(CIP)數據

南堂詩鈔/(清)施世綸著;陳忠義點校. —北京:商務印書館,2018
(泉州文庫)
ISBN 978-7-100-16672-0

Ⅰ.①南… Ⅱ.①施… ②陳… Ⅲ.①古典詩歌—詩集—中國—清前期 Ⅳ.①I222.749

中國版本圖書館 CIP 數據核字(2018)第 224089 號

責任編輯 閻海文
特約審讀 李夢生

南堂詩鈔
(清)施世綸 著

商 務 印 書 館 出 版
(北京王府井大街36號 郵政編碼100710)
商 務 印 書 館 發 行
山東鴻君傑文化發展有限公司印刷
ISBN 978-7-100-16672-0

2018年11月第1版 開本 705×960 1/16
2018年11月第1次印刷 印張 20.25 插頁 2
定價:108.00元